잃어버린 왕국

가야에서 온 소녀

잃어버린 왕국

가야에서 온 소녀

이미희

하루헌

차례

이 책을 읽을 독자에게   6

제 1 장   잔영

비사유록   14

소벌 기슭   34

신전의 파문   48

아기 궁녀   73

제 2 장   만남

벌판에서   102

볼모   126

서라벌 하늘 아래   170

제3장 · 죽어도 죽지 않는 목숨

미안하다, 송이야   192

체념   224

토설   242

작별   257

기원   268

작가의 말   282

가야, 가야 소녀

이 소설은 한 소녀를 둘러싼 이야기다. 천오백여 년을 어두운 무덤 속에서 견뎌 온 열여섯 살 소녀. 그 오래된 소녀는 2007년, 경남 창녕군 송현동 가야 고분군 15호분에서 비교적 온전한 상태의 인골로 발굴되었다. 석실 중앙에 누운 무덤 주인과 그 발치에 나란히 묻힌 다른 세 사람은 그 형체가 삭아 내린데 비해, 안쪽 벽 아래에 누운 한 사람은 뼈대를 제대로 유지하고 있었다. 무덤 주인은 가야 소국 중 하나인 비사벌국의 유력자일 것이고, 같이 묻힌 사람들은 그 주인을 저승에서까지 섬기기 위해 순장된 것으로 추정되었다.

천오백여 년을 오롯이 견뎌 온 인골의 정체를 추적하는 작업이 이루어졌다. 다양한 분야의 전문가들이 모여서 분석한 결과, 열예닐곱 살 정도의 소녀로 판명되었다. 뼈의 성장판이 채 닫히지 않은 데다 사랑니도 완전히 발달하지 않았고, 비교적 영양상태가 좋았지만 빈혈 증세가 있었고, 정강이뼈와 종아리뼈의 상태로 봐서 반복적으로 무릎을 꿇고 일을 했다는 것을 밝혀냈다. 그 결과를 바탕으로 키 153.5센티미터에 허리 21.5인치, '팔이 짧고 허리가 가늘고 턱뼈가 짧고 얼굴이 넓고 목이 긴 미인형'의 실리콘 전신상이 만들어졌고, 송현동 고분에서 나왔다고 해서 송현이라는 이름도 얻었다.

자주색 긴 저고리에 분홍색 치마를 입고, 머리를 뒤로 묶고서 왼쪽 귓불에 외짝 귀고리를 매달고 희미하게 웃고 있는 소녀의 등신대. 이름 없는 비사벌 소녀는 '가야 소녀 송현이'로 되살아나서, 이후 가야를 주제로 한 전시회마다 다니면서 가야를 알리는 상징 역할을 하고 있다.

가야는 한반도 남쪽에서 육백여 년 동안 지속해 왔다. 백제나 신라와 당당히 맞서면서 중국, 왜와 교통하고, 철을 잘 다루고 다양한 토기를 생산했다. 당시의 한반도를 두고, 흔히 말하는 고구려, 백제, 신라의 삼국에 가야를 더해 '사국시대'라고 불러야 한다는 학설이 있을 만큼 그 존재가 뚜렷한 나라였다. 그러나 고구려나 백제보다 백 년 앞서 신라에 통합되어 버려서, 그동안 '잊혀진 신비의 고대 왕국', '철의 왕국' 정도로만 알려져 왔다.

가야와 관련해서 교과서에 나오는 연대는 532년에 금관가야(구야국 혹은 가락국)가 처음으로 신라에 복속되었고, 562년에 대가야(가라국)가 멸망함으로써 가야의 존재가 사라져 버렸다는 정도이다. 가야 문화와 관련해서는 수로왕 설화나 가야금 정도만 겨우 알려져 있을 뿐이다.

하나의 통일된 나라를 이루지 못하고 열 개가 넘는 작은 나라로 존재했다고 알려진 가야. 제대로 된 역사 기록을 남기지 못하고, 여러 역사서에 그저 몇 줄의 짧은 기록으로만 그 흔적이 남아 있다. 경남 김해의 구야국(혹은 가락국, 금관가야), 경북 고령의 가라국(대가야), 경남 함안의 안라국(혹은 아라국, 아라가야), 창원의 탁순국, 창녕의 비사벌국(비화가야), 그밖에 역시 경남 합천의 다라국, 마산의 골포국, 고성의 고자국, 사천의 사물국, 하동의 다사국 등 열 개가 훌쩍 넘는 가야 소국들이 백제에 공격당하고 신라에 복속되면서 하나씩 사라져 갔다.

순장 소녀가 살았던 비사벌국은 경남 창녕 땅에서 육백여년 동안 존속했다고 알려져 있다. 555년에 신라에 병합된 것으로 추정되고, 561년에 진흥왕 척경비가 그 땅에 세워졌다는 기록이 남아 있다. 비사벌은 '빛 뜰', 빛이 환하게 내리비추는 땅이라는 뜻이라고 한다. 자연사의 보고라고 불리는 우포늪과 억새로 유명한 화왕산을 품고 낙동강 자락에 자리하고 있는 조용한 곳이다.

열여섯 살 순장 소녀는 그 비사벌 땅에서 어떻게 살아갔을까? 어떤 인연으로 순장이 되어야만 했을까? 실체는 있으나 기록은 거의 없는, 역사를 남기지 못한 나라에서 살아가다가, 오랜 세월 뒤에야 자신의 뼛조각으로 역사를 증명하고 있는 존재. 그 소녀는 역사의 소용돌이 속에 어떻게 휘말려 들었을까?

이런 의문을 소설로 풀어 가는 과정에서 순장 소녀는 '송이'로 태어났고, 송이의 이모인 신녀와 신녀의 정인인 비사벌 왕이라는 가공의 인물도 탄생했다. 한편, 실존 인물인 김무력도 등장한다. 그는 훗날 삼국 통일의 주축이 되는 김유신의 할아버지로, 비사벌 땅인 창녕에 세워진 진흥왕 척경비에 '무력지'라는 이름을 올린 사람이다. 가야 왕족 출신이면서도 신라 장수로 살아야 했으니, 누구보다 많은 이야깃거리를 지니고 있을 것이다.

역사 기록에 당당히 남은 사람과 역사에 그 어떤 흔적도 남기지 못한 사람들을 이 소설에서 만나게 했다. 그들을 통해 아직 누구도 풀어 놓지 않은 이야기를 만들었다. 잃어버린 역사의 한 부분, 묻혀 버린 문화의 한 단면을 소설로나마 복원하고 싶었다.

송이와 신녀가 들려주는 사건들은 가야 문화와 비사벌 유물에 대한 자료를 바탕으로 작가의 상상력으로 적었음을 밝힌다. 반면 무력지가 들려주는 안라회의, 관산성 전투를 비롯한 신라의 팽창, 진흥왕 척경비 건립, 구야국과 가라국의 멸망 등은 엄연한 역사적 사실이다. 그러나 저자에 따라 약간씩 견해를 달리하는 다양한 참고 자료를 바탕으로, 작가의 상상을 더해 재구성했다. 그러므로 역사적 기록과 상이한 부분이 있을 수도 있다는 것을 미리 밝힌다.

제
1
장

잔
영

비
사
유
록
신
녀

그 가슴 벅찬 일, 비사벌 육백 년 역사를 담은
비사유록을 적는 일을 도왔던 존재가 나였다.
그런데 지금 내 육신은 날마다 살아 있는 것이
모욕임을 일깨워 주는 이곳, 신전에서 목숨을 이어 가고
있다. 어쩌다 내 인생은 이렇게까지 영락했을까.
언제나 그렇듯 마음은 지난 세월을 더듬어 간다.

하늘로부터 한 줄기 빛이 화왕산 정상에 내려오니 그 빛줄기 따라 세상이 열렸도다. 억새에 뒤덮여 순하게 누워 있던 땅의 기운이 이에 감응하니 하늘과 땅, 빛과 물이 한데 뒤엉켜 산이 열리고 불이 뿜어 나왔다. 연이어 뜨거운 물과 돌덩이가 하늘로 솟아 올라 산 아래까지 적시니 천지가 뜨거웠다. 이때 천신이 강림하시어 화왕산 신모께서 천신을 맞이하니, 하늘도 흔연히 느끼시는 듯 거센 비가 내렸다.

천신과 신모가 하나로 맺어진 곳에 웅덩이가 생기고, 그 물이 흘러 황산강까지 닿으며 산천을 적셨더라. 만세토록 이 땅 비사벌이 이어지기를 신모께서 축원하고 천신이 이를 약속하니, 이날로 비사벌의 하늘이 열리고 생령이 생동하기 시작했도다.

태자가 죽간에 써 내려간 '비사유록比斯遺錄'의 첫 장은 이렇게 시작되었다. 하늘이 열리고 땅이 울리던 첫날로부터 시작해서 비사벌국(비화가야. *현 경남 창녕 소재)의 절정을 이루었던 적포나루 전투와 그 이후 신라에 나라를 잠식당해 가는 정세까지, 세세한 이야기를 수천 조각의 죽간에 적어 수십 묶음으로 꾸렸다.

종이가 워낙 귀하니 대나무를 다듬어 만든 죽간에 기록을 했다. 대나무 마디마디를 잘라 겉면을 깎아 내고 한 뼘 길이로 다듬은 다음, 불에 쬐어 기름을 뺀 후에 글자를 적었다. 잘못 쓴 글자가 있으면 파내고 다시 적어 내려가고, 그 조각들을 순서대로 가죽 끈으로 묶는 지난한 과정을 거쳤다. 마지막으로 비사유록, 비사벌의 지난날을 남긴다는 네 글자를 적어 제일 앞에 묶었다.

탁순국(*현 경남 창원 소재)에서 온 두 청년은 그 소중한 기록을 나무 상자 두 개에 나눠 담아 들고 나갔다. 큰 상자는 집 뒤 대나무 밭에 깊이 묻을 것이고, 작은 상자에 별도로 챙겨 넣은 죽간 수십 조각은 드넓은 소벌 기슭 어디에 깊이깊이 숨길 것이라고 알았다. 우리가 죽기를 각오하고 만든 죽간이 부디 신라 관리에게 들키지 않도록, 어떻게든 만세를 이어 전해지기를 빌고 또 빌었다.

그 가슴 벅찬 일, 비사벌 육백 년 역사를 담은 비사유록을 적는 일을 도왔던 존재가 나였다. 그런데 지금 내 육신은 날마다 살아 있는 것이 모욕임을 일깨워 주는 이곳 신전에서 목숨을 이어 가고 있다. 어쩌다 내 인생은 이렇게까지 영락했을까.

언제나 그렇듯 마음은 지난 세월을 더듬어 간다.

– 비사벌이 숨이라도 붙어 있을 동안에 해야 할 일이 있

다. 기록조차 없다면 존재가 그대로 사라지고 말 것이 아닌가. 몇 백 년을 이어 온 나라가 흔적도 없이 사라질 수는 없지 않나. 부왕과 원로들에게 하나하나 물어 가면서 비밀리에 죽간에 적을 것이다. 도와다오, 그대가 도와줘야 이 일을 할 수 있을 것이니.

태자의 부탁에 응하지 않을 수 없었다. 우리는 운명을 함께 하기로 약속한 정혼자가 아닌가. 한순간의 망설임도 없이 돕기로 했다.

세상눈을 피해서 하는 일이라 섣불리 아무에게나 도움을 청할 수도 없었다. 목숨을 함께할 만한 믿음을 지닌 관계가 아니라면 말을 꺼낼 수도, 또 그 말을 듣고 선뜻 동참을 하겠노라고 할 수도 없는 일이 아닌가. 그래서 결국 하나밖에 없는 사촌 여동생과 그 집 노예 청년, 또 그 청년의 죽마고우라는 사람이 우리와 함께했다. 사촌 동생은 망을 보고 노예 청년과 내가 죽간을 다듬어 주면 태자가 글을 썼다. 청년의 친구는 잘못 쓴 글자를 끌로 파내고 완성된 죽간 조각을 가죽 끈으로 묶었다.

탁순국 출신이라는 노예 청년은 일국의 왕족으로 태어났지만, 나라가 망하면서 노예로 전락한 사람이었다. 그가 그 목숨을 걸어야 하는 일에 동참을 한 이유를 짐작해 알았다. 가야의 작은 나라 가운데 하나인 비사벌 역사를 기록하자면 당연히 여러 가야 소국과 관련된 일들을 적게 될 것이고, 그 것은 곧 탁순국의 기록, 탁순국의 역사가 될 것이라고 확신 했을 것이다. 그는 죽간을 다듬으면서도 내 사촌 여동생에게 서 눈을 뗄 줄 몰랐다. 가야 역사를 적는다는 대의명분도 있 었지만, 정인과 함께 하는 일이기에 목숨을 걸어도 아깝지 않다고 생각했을지도 몰랐다.

그렇게 비사벌 땅 중에서도 외지고 외진 하늘재 아래 푸렁 골이라는 골짜기 외딴집에 다섯 사람이 모여서, 사라져 가는 나라의 역사를 숨죽여 가며 남기는 일을 했다.

– 이 죽간에 역사를 적는다고 해서 청사, 푸른 대나무에 쓴 역사라고도 하지.

역사를 기록하는 것은 한 나라의 격을 높이는 작업이자 왕을 신성화하는 작업이라고 했다. 안타깝게도 가야 어느 나 라에서도 기록을 남기지 못했으니, 태자는 위험을 무릅쓰고 라도 더더욱 비사벌 역사를 남기려고 했을 것이다.

몇 달 동안 쉬지 않고 수천 조각의 죽간을 적어 내려가던 태자는 거의 탈진 상태에 이를 지경이었다. 그러나 적포나루 의 일을 써 내려갈 때는 눈빛이 형형하게 살아나고 붓을 쥔 팔에 힘이 들어갔다. 그야말로 혼신의 힘을 다해서 비사벌의 자랑스러운 순간을 이렇게 적었다.

고구려와 신라의 대군은 비사벌국을 공략할 요량으로 황산강을 거슬러 올라왔다. 적포나루, 도읍에서 오십여 리 떨어진 강나루인 이곳은 비사벌로 들어오는 관문이다. 드디어 적포나루에 적군의 배가 닿고 수천의 인마가 내렸다. 배에서 내린 적들은 거침없이 비사벌 땅으로 밀려들었다. 비사벌 왕께서는 대군이 행군하는 모습을 멀리서 지켜보고 계셨다.

강가 마을인 배말을 지난 적군은 드넓은 등대벌에 대낮처럼 불을 밝히고 숙영할 채비를 했다. 경계하는 기색은 조금도 없이 제 집에 들어온 듯 담대하게 굴었다. 비사벌 왕께서는 팔을 내려 신호를 보냈다.

초겨울, 잘 마른 갈대밭에는 북서풍이 사정없이 불어 대고 있었다. 등대벌 기슭 양쪽에 숨어 있던 궁수들이 일제히 활시위를 당겼다. 불을 매단 화살이 갈대밭에 비 오듯 쏟아졌다. 불은 바람을 타고 바람보다 더 빨리 내달렸다. 적군의 숙영지는 순식간에 불바다로 변했다. 우왕좌왕하며 울부짖는 비명과 불꽃에 놀라 천방지축 뛰어오르는 말 울음소리가 뒤섞여 천지가 울렸다.

적군이 불바다 속에서 허우적거릴 때 나루터 뒤편에 매복하고 있던 수백 기의 기병들이 적군의 후미를 치니, 고구려와 신라의 대군은 창졸간에 무너졌다. 적군의 일부는 혼비백산하여 나루터로 내달려 정신없이 배를 강으로 띄웠다.

갈대밭에 엎드려 있던 궁수들이 일제히 일어나서 배를 향해 불화살을 쏟아부었다. 수백수천의 불꽃이 하늘을 날아 뱃전에 떨어졌다. 내려앉은 불은 산지사방으로 흩어지고 불길은 너울너울 번지며 창궐했다. 강 위에 뜬 수십 척의 배는 불구덩이가 되어 강을 대낮처럼 밝혔다.

영명하신 비사벌 왕은 소수로써 다수를 이길 수 있는 화공을 택했다. 물을 타고 오는 적을 불로 응징했다. 불로 갈대를 태우고 적을 물에 수장했다. 왕의 계책대로 적군은 불에 타 죽고 물에 빠져 죽고, 말발굽 아래에 짓밟혔다. 살아남은 자들은 허겁지겁 북쪽으로 퇴각해 갔다.

저 무적의 고구려와 신라 연합군을 무찔러 침략의 발길을 돌리게 한 쾌거가 바로 적포나루 전투였다. 수십 묶음 비사유록 중에서도 가장 영광스러운 기록, 육백여 년 비사벌 역사에서 가장 빛나는 순간을 담은 죽간 한 묶음이었다. 그것을 탁순국 출신 두 청년이 태자의 명을 받들어 소벌 기슭 어디에 따로 숨겼다.

손가락에 굳은살이 박이도록 죽간을 적어 내려가던 태자였다. 잠시 숨 돌릴 틈이 날 때면 나직이 가야의 역사를 들려주곤 했다. 이십 여 년이 지난 지금도, 그 목소리가 귓전에 생생하게 남아 있다.

"삼한 땅 남녘에 자리 잡은 가야, 서쪽으로는 백제와 동쪽으로는 신라와 마주하고, 그 위 쪽 북녘의 고구려와도 연결될 수밖에 없는 형편이었다. 고구려, 백제, 신라는 일찌감치 왕을 중심으로 큰 나라로 발전을 한 반면, 가야는 열 몇 개가 넘는 소국 형태에서 발전을 하지 못하고 머물러 있었으니 자연히 그 존재가 미약할 수밖에 없었다. 가야 변방, 신라와 인접한 곳에 자리한 비사벌국은 산은 높고 강은 길고 땅은 넓어서 농사도 풍요롭고 인심도 넉넉했다. 비록 바다는 끼고 있지 않았지만 삼한 제일가는 큰 강인 황산강(낙동강) 자락에 자리 잡은 덕에, 백제와 왜를 상대로 교역 활동을 활발하게 하고 있었다.

백오십여 년 전, 백제와의 영토 싸움에 밀린 신라는 고구려에 원병을 청했다. 고구려 광개토왕의 오만 대군과 신라의 연합군이 공격해 올 때, 가야는 백제와 왜와 연합해서 대항했다. 그러나 고구려군은 퇴각하는 왜병을 공격하며 남쪽 바닷가의 구야국(혹은 가락국, 금관가야. *현 경남 김해 소재)까지 일시에 휩쓸어 버렸다. 그때까지 가야 제일의 대국으로 행세해 오던 구야국은 이후 그 자리를 내륙의 가라국(대가야. *현 경북 고령 소재)에게 내주고 근근이 명맥을 이어 가게 되었다. 신라가 갈수록 세력을 키우고 가야 공략에 열을 올리면서, 결국 구야국이 제일 먼저 신라에 항복했다. 이후 가야의 다른 소국들 모두, 구야국과 비슷한 운명에 처했거나 폐망의 날을 목전에 두고 있다.”

스무 해 전에 이렇게 들려주었던 태자의 예견대로, 이제 가야는 머지않아 사라질 운명을 앞두고 있다. 그 옛날 적포나루의 승전이라는 위업을 이루었던 비사벌은 신라의 손아귀에서 벗어나지 못하고 마침내 그 숨을 다한 상황이다.

태자는 죽간을 기록한 몇 해 뒤에 왕위에 올랐지만, 곧 나라를 내주고 이제는 신라의 감시 아래 살고 있다. 가야의 대국으로 행세하던 안라국(혹은 안야국, 아라국, 아라가야. *현 경남 함안 소재)은 나라의 명운이 바람 앞에 놓인 등불 같은 존재가 되었고, 가라국 또한 신라의 수중에 통째로 떨어질 날이 얼마 남지 않았다.

가야가 신라와 백제 사이에서 그나마 육백여 년 동안이나 존속할 수 있었던 것은 철이 있었기 때문이었다. 그러나 백제와 신라는 물론 왜에까지 제철 기술이 전해진 다음부터는 상황이 급변했다. 철을 독점하던 시절이 막을 내리면서, 가야가 처한 위상은 판연히 달라졌다. 가야 사람들은 광개토왕에게 참패한 뒤에 대거 왜로 옮겨 갔다. 철을 만들고 도기를 굽는 기술이 전해지면서 왜에 새로운 문명이 피어나기 시작했다. 왜로 건너간 야장들은 가야에서 하던 대로 부뚜막을 만들고, 가야의 신령을 모시는 가야신사를 지었다.

외삼촌은 이십여 년 전 비사벌의 운명이 기로에 놓였을 때, 야장들과 함께 바다를 건너갔다. 외삼촌은 비사벌에서 제일 규모 큰 제철소를 가지고 수많은 야장들을 거느리던 분이었다. 그대로 있다가는 신라로부터 핍박을 받을 처지가 되기 십상이니 새로운 땅, 왜에서 제철 사업을 계속하겠다며 이 땅을 떠났다.

아스카라는 곳에 정착해서 물과 무쇠를 다스리는 신을 모신 서낭당을 짓고, '무쇠를 제조하는 집안'을 뜻하는 말로 성씨를 삼았다고 했다. 지금 외삼촌은 왜에서 제일가는 제철업자가 되어 왜국 조정에도 막강한 입김을 행사하고 있다고 하고, 오빠들은 왜 조정에 진출해 관리가 되었다고 한다.

철이 돈이 되고, 돈이 힘이 되는 세월인가 보았다. 시대가 바뀌면서 새로운 세상을 열어 가는 사람들이 있는가 하면, 무너진 옛 집에 갇히듯 꼼짝없이 세월에 짓눌려 살아가는 사람들도 있다. 그리고 때마다 지난날을 되돌아보면서, 아무런 가망 없는 삶을 그저 마지못해 이어 가는 이 또한 있다.

태자와 처음 만난 것은 내 나이 열 살도 채 되기 전이었다. 외가 쪽으로 태자와 가까운 친척간이었으니 그야말로 오누이처럼 친하게 지냈다. 그러다가 정혼을 했지만, 나라 형편이 불안하기 그지없는 상황이고 보니 혼례는 기약이 없었다. 어쩌면 비사벌 왕은 신라에서 태자비를 데려오는 것이 나라의 안전을 보장받는 길이라고 생각하면서 신라의 눈치를 살피고 있었는지도 모를 일이었다. 그런데도 정혼자인 태자를 하늘같이 쳐다보고 있는 나를 지켜보는 아버지의 심정이 어땠겠는가.

– 혼례 전까지는 과하게 가까이 지내지 말거라. 내 말 명심, 또 명심해라.

살얼음 같은 형세 속에서 딸에게 거듭거듭 당부를 하던 아버지. 못 미더우니 타이르고 또 타일렀을 것이다. 비사벌 조정이 돌아가는 형세를 한눈에 파악하고 있는 자리에 있던 아버지였다. 신라가 내정을 감시하고 있고, 가야 여러 나라의 왕실이 혼인을 통해 신라와 엉켜드는 상황을 직접 지켜보고 있었다. 비사벌 또한 예외가 될 수 없다는 것이 불 보듯 뻔한 상황에서, 내가 태자와 더불어 무엇인가를 공모하고 있다는 것도 눈치를 채고 있었던 것 같았다. 그러니 매순간 조바심을 쳐야 했을 것이다.

아버지의 걱정은 현실로 드러났다. 다섯 사람만이 알고 있
던 비밀, 죽간 작업이 발각되고 말았다. 비사유록을 완성해
숨기는 역사까지 마무리하고서 막 한숨을 돌릴 무렵, 갑자기
태자의 종적이 사라져 버렸다.

항간에 소문이 퍼졌다. 태자가 비밀리에 죽간을 만드는 일
을 했고, 그것을 태자의 시종과 제사장이 신라에 일러바쳤다
고, 죽간이라고 해야 어린 태자와 정혼녀가 마주 앉아서 치
기 어린 장난으로 수십 조각을 만든 것일 뿐, 대나무 밭에
숨긴 상자 하나를 찾아내 처리한 것으로 끝이 났다고 했다.
공모자는 아예 없었던 것으로, 사촌 여동생이나 탁순국에
서 온 두 청년의 이야기는 사람들의 입에 오르지도 않았다.
대신 사촌과 노예 청년은 이상한 소문과 함께 도읍에서 사
라졌다. 누대를 두고 고위 관리를 지낸 명문가의 딸이, 어디
서 굴러 왔는지도 모르는 노예와 눈이 맞아서 도망을 쳤다
는 말이 빠르게도 번졌다. 죽간 사건을 덮으려고 없는 소문
을 만들고, 끝내 그 두 사람을 멀리 쫓아 버리고 나자 소문
은 사실이 되었다.

집안 남자들은 줄줄이 끌려가서 죽을 만큼 고초를 겪고서
조용히 돌아왔다. 아버지와 작은아버지는 물론 오빠들까지
살아서 돌아온 것이 다행스러울 지경이었다.

- 이제 태자에게는 일절 미련 갖지 마라.

아버지는 입안에 가득 고인 피를 뱉어내며 단 한 마디를 남겼다.

얼마 후 태자는 신라 왕실에서 온 여인과 혼례를 올렸다. 비사벌을 다스리러 와 있던 신라 관리인 비조부라는 사람의 질녀라고 했다. 죽간의 뒤처리를 혼례로 마무리하는 모양이었다. 태자의 혼례 날, 나는 얼굴에 분꽃 가루를 새하얗게 칠하고 구슬로 치장을 하고서 방을 나섰다. 그렇지만 대문을 넘지 못하고 두 오빠에게 한 팔씩 잡혔다. 발버둥을 치다가 결국 끌려 들어오는데, 순간 웃음이 나왔다. 넋이 나가고 혼이 빠진 자리를 웃음으로 채울 요량인지 웃고 또 웃었다. 한참을 웃는데, 갑자기 창자까지 다 쏟아낼 것 같은 울음이 터져 나왔다. 그때부터 나는 내가 아니었다. 고함을 지르고 옷을 찢고 하늘을 향해 웃어 제쳤다. 몸도 제대로 추스르지 못한 아버지는 방문을 닫아걸었고, 어머니는 땅을 치며 통곡을 했다. 그때, 큰오빠가 낫을 휘두르며 나섰다.

- 이 년, 집안을 결딴낼 년!

하나 있는 누이를 참 어여쁘게 여기던 큰오빠였다. 오래 전 안라회의에 가 있는 태자에게 왕비의 병환을 알리러 가는 길에도, 나를 말에 태우고 수백 리 길을 달려가 준 사람이었다. 그 오빠가 나를 죽이겠다고 나섰다. 작은오빠가 달려들어 큰오빠를 부둥켜안고 말렸다.

－ 악!

순간 작은오빠의 날카로운 비명이 울렸고, 피범벅이 된 그 얼굴을 본 것까지만 기억을 하고 있다. 그 후로 내 온전한 의식은 사라져 버렸다. 실성한 나는 대문을 넘었고 동네방네를 헤집고 다녔다. 어디서 그런 힘이 나오는지 장정 둘은 거뜬하게 밀어붙이니 누구도 나를 잡아들이지 못했다.

작은집도 사정은 마찬가지였다. 금이야 옥이야 키운 무남독녀가 노예와 정분이 나서 야반도주를 했다고 소문이 났으니 어찌 온전히 살겠는가. 숙부와 숙모는 이듬해 역병이 돌 때 하루 이틀 사이로 앞서거니 뒤서거니 이승을 떠나갔다. 큰집 작은집 모두 딸 하나씩 잘못 두어서 그 지경이 됐다고, 귀 있고 입 있는 자는 모두 떠들어댔을 것이다.

어렵게 나를 잡아서 광에 가둔 며칠 뒤, 아버지는 가솔을 이끌고 탈출을 시도했다. 비사벌에 그대로 있다가는 강제로 신라 변방으로 이주를 당할 것이 뻔한 일, 차라리 바다 건너 왜로 가는 것이 옳다고 판단했을 것이다. 한겨울 밤, 매서운 바람은 사정없이 살을 파고들었다. 말 두 필에 아버지와 어머니, 큰오빠와 올케 언니가 나눠 타고 나는 작은오빠 허리에

밧줄로 묶인 채로 말에 올라탔다. 적포나루를 향해 산길을 따라 말발굽 소리를 죽이며 달렸다. 나루터를 좀 지나자 작은 배 한 척이 기다리고 있었다.

다른 식구들이 배에 오르는 사이, 나와 작은오빠는 밧줄을 푸느라 뒤에 처졌다. 소리 없이 재촉하는 큰오빠의 손짓을 따라 작은오빠의 손을 잡고 배에 오르는 순간, 시커먼 물결이 출렁거리는 모습에 그만 기함을 하고 말았다. 나를 잡으려고 달려드는 저승사자의 펄럭이는 옷자락이 바로 코앞에 다가오고 있었다. 나는 진저리를 치며 오빠의 손을 뿌리치고 달아나기 시작했다.

- 잡아라, 어서!

아버지의 애타는 소리가 울려 퍼졌다. 숨소리도 죽여야 할 마당에 고함을 지르다니. 오빠들이 황급히 아버지의 앞을 가로막았을 것이다. 배는 서둘러 움직였을 테고. 어머니의 쇳소리가 하늘을 갈랐다.

- 아라야, 아라!

소리는 거기서 끊겼다. 필시 큰오빠가 손으로 어머니의 입을 틀어막았을 것이다. 배는 검은 강을 소리 없이 미끄러져 나갔다. 황산강을 흘러 내려간 배는 구야국 앞에 이르러 바다를 만났을 것이다. 그 바다 끝에 놓인 왜 땅은 과연 새로운 세상일런가.

그렇게 가족이 떠나 버린 뒤, 나는 한겨울 삭풍에 떠도는 가랑잎 신세가 되었다. 고운 비단처럼 아리땁게 살아가라고 붙여준 이름 아라, 이름값은 고사하고 정신 나간 여자가 되어 온 비사벌 땅을 헤매고 다녔다. 태자는 내 일생의 사랑이었고, 그 사랑에 버금가는 동지였다. 그를 잃어버린 가슴의 구멍을 견디지 못하고 서글픈 정념, 참혹한 집착에 휘둘려서 본성을 잃어버렸던 것이다. 그때 내 나이 열여섯이었다.

  비 오는 어느 날, 남의 집 처마 아래서 쉰밥을 빗물에 말아 먹고 있는데 그가 다가왔다. 비사벌의 젊은 제사장, 한때는 태자를 보좌해 비사벌의 부흥을 불러올 것이라는 신망을 한 몸에 받았던 사람이었다. 태자의 죽간 일을 신라에 고해바치기 전까지, 비사벌 사람 누구나 제사장의 품성과 용모를 칭송했더랬다.

  ― 이 꼴을 당하려고 그 위험한 일을…….

  처연한 표정으로 내려다보는 그 얼굴에 나에 대한 연민과 원망이 같이 담겨 있었다.

  ― 퉤!

  입속에 남아 있던 쉰 밥알을 그 잘생긴 얼굴을 향해 뱉었다. 온전하지 않은 정신으로도 그 비열한 존재는 결코 용납할 수 없었다. 그는 옷소매로 얼굴을 닦으면서 알 수 없는 미소를 지었다.

　- 나를 미워할 줄 아는 것을 보니 정신을 다 놓지는 않았
구나.

　웃음이 번져 가는 그 얼굴을 바라보면서 진저리를 쳤다.
잦아들었던 광기가 다시 나를 휘저었다. 한바탕 폭풍우가 지
나간 다음 눈을 떴을 때, 내 몸은 신전에 들어와 있었다.

　제사장은 내 어린 날의 동무였다. 태자와 함께 세 사람이
서로 친구처럼 어울려 지냈다. 태자와는 또 달리 그의 선 굵
은 용모며 활달하면서도 따뜻한 성품이 좋았다. 철들면서 부
터는 손아래 누이를 보살피듯 늘 자상하게 나를 대해 주었
다. 내 마음이 태자에게로 기울고 있다는 것을 알면서도 한
결같이 나를 대했다. 갈수록 자신의 호의를 불편해 하는 나
에게 서운함을 느낄 법했을 텐데도 늘 웃는 얼굴을 보여 주
었다. 그랬던 그 동무가 나를 배신하고, 태자를 배신했다. 아
니, 비사벌의 역사마저 배신했다.

　목숨이 붙어 있는 동안 결코 마주하고 싶지 않은 존재인
그가 내 앞에 나타났다. 신라라는 절대 권력 앞에서는 동지
이자 정혼녀인 나를 보호해 주지 못한 허약한 태자, 본성을
잃어버린 딸을 버리고 왜로 도망간 아버지와 가족들. 겹겹이
버림받아 세상에 의지가지없게 된 때, 어릴 적 동무가 나를
거두어 주겠다며 나선 것이다.

30

비사벌이라는 작은 왕국의 두 실력자, 나라를 다스리는 왕과 천신을 모시는 제사장은 대대로 협력을 하며 나라를 유지해 왔다. 그런데 나라의 존망이 경각에 달린 시점에, 다음 대를 이어 갈 태자와 젊은 제사장 사이에 미묘한 반목이 일어났다. 몇 십 년 전부터 비사벌을 공략해서 이제 완전히 복속시킬 기회만 찾고 있던 신라는 교묘하게 제사장을 부추겨 반대 세력으로 키웠고, 왕과 태자는 번연히 알고 있으면서도 제재를 할 방법이 없었다. 제사장은 시대가 바뀌고 있다는 것을 태자보다 더 일찍 알아차렸는지도 모른다. 비사벌 사람들끼리 오순도순 살아갈 수 있는 시절은 이미 저물었다는 것을 누구보다 빨리 간파했을 것이다. 그러니 새로운 세상에서 살아남기 위한 방법을 모색했는지도 모르겠다.

태자의 죽간 일이 끝날 때를 소리 없이 기다리고 있었던 신라, 그 신라의 손을 잡고자 했던 제사장의 욕망이 맞물리면서, 비사벌은 신라의 손아귀에 빠르게 녹아들었다. 그러나 한편으로는 제사장 역시 새로운 권력, 신라로부터 굴종을 종용받은 희생자인지도 모르겠다는 생각이 간혹 들기도 했다.

- 곧 없어질 나라, 허울뿐인 태자비 자리 그게 뭐라고. 그대가 가질 수 있는 게 따로 있지 않는가. 비사벌 여인 중에 왕비를 제하고는 제일 중한 자리가 신녀지. 대대로 상등 가문 여인만이 신녀가 될 수 있었다는 것은 잘 알고 있을 터.

본성이 돌아온 다음, 제사장이 수시로 나에게 하던 말이었다. 하기는 내 처지에 신녀가 되는 것은 그야말로 최상의 방안이었다. 신녀, 신모를 섬기는 신성한 처녀로 일생 신전에서 살아가야 하는 존재. 세상의 이목에서 벗어날 수 있으니 그보다 더 다행일 수가 없을 것이다. 게다가 신녀에게 접근하는 것만으로도 신모의 노여움을 사게 된다고 하니, 세상 어느 사람도 나를 여자로 대하지 않을 것이다. 그러나 정신이 온전해지면서, 제사장을 향한 증오와 분노는 나날이 커져 갔다.

— 일신의 영화를 위해 동무 둘을 팔아넘겼으니 흡족하시지요? 그 대가를 언젠가는 치르게 될 거라는 것도 아시지요?

내가 아무리 원망을 퍼부어 대도 그는 그저 말없이 웃기만 할 뿐이었다. 젊은 날의 호방함이 차분하게 가라앉은 모습이라고도 하겠지만, 태자와 나를 향해 소리 없는 조롱과 경멸을 보내고 있는 것처럼 보이기도 했다. 보일 듯 말 듯 고요하게 웃고 있는 그 얼굴을 바라보는 것은 너무나도 괴로운 일이었다. 일 년에 몇 번씩 어쩔 수 없이 제사장을 대면할 때마다 목숨 붙어 있다는 것이 무참했다.

나라가 없어지고 나면 제사장 자리도, 나라 제사도 당연히 없어져야 할 터였다. 그런데도 제사장 자리를 보전하는 것은 물론이고, 신녀까지 거느리고서 봄 제사를 이어 가고 있다. 태자는 죽간을 만든 일이 탄로나 버린 후로는 나라 제사에도 참석할 수 없는 처지가 되었다. 신전은 제사장만의 공간이 되었고, 태자에게는 금단의 지역이 되고 말았다.

내가 제사장에게 의탁해 목숨을 이어 가고 있다는 것 자체가 태자의 불명예를 증명하는 일임을 잘 알고 있다. 하지만 그런들 어찌하겠는가. 부모의 그늘은 영영 잃어버렸고, 다시 실성해 저자를 떠돌 수도 없고, 그렇다고 산목숨을 어떻게 할 수도 없지 않은가. 그저 신전에서 죽은 듯이 살아갈 수밖에 없다고 자신을 다독이며 살아온 지가 이십여 년이나됐다.

그 모진 세월을 신모께 올리는 기도로 마음을 달래며 살수 있었다. 날마다 신전에 엎드려 빌고 또 빌었다. 옛 왕궁에 갇힌 채 살아가는 내 정인이 안녕하기를, 소벌에 숨긴 죽간이 무사하기를, 죽간을 지키는 소벌 사람들이 안전하기를. 그러나 그 간절한 기도마저 허망한 일이 되어 버렸다.

가련한 목숨 하나가 신전으로 흘러 들어왔다.

소벌 기슭

송이

그림같이 아름답던 나날은 단 한순간에 사라져 버렸다.

이제 소벌 기슭에 나와 그 아이, 그루만 남았다.

아니, 그 아이도 없는 것 같았다. 세상에 나 하나만 남은

것 같았다. 온몸이 지푸라기처럼 힘이라곤 하나 없이,

한없이 가벼웠다.

34

우리 동네, 소벌 기슭에는 밤마다 춤판이 벌어졌다. 소벌 물결 위에는 별이 번지고 별똥별이 흐르고 반딧불이가 춤을 추었다. 밤을 밝히는 빛은 낮으로 이어졌다. 금빛 햇살이 온종일 내려앉아서 그 넓은 소벌이 온통 반짝이는 햇살 밭처럼 보였다. 새까만 몸에 노란 끝동이 달린 붉은 부리를 한 쇠물닭 한 마리가 후드득 날아오르면, 놀란 물결이 재잘거리며 퍼져 갔다. 별처럼 샛노란 노랑어리연꽃이 가득 핀 기슭까지.

– 송이야, 밥 묵자.

엄마의 목소리에도 금빛 물살이 고물고물 번져 갔다. 풀잎에 매달린 어여쁜 이슬, 물가에 흩날리는 연두색 왕버들 가지, 수면을 가득 메운 녹색 물풀, 물 위에 어려 비치는 단풍, 얼어붙은 호수 위에 종종종 찍힌 새 발자국. 누가 이렇게 철마다 아름다운 그림을 그려 주는지, 날마다 고마웠다. 장구애비, 물방개, 소금쟁이같이 물에 사는 것들은 또 얼마나 많은지. 새도 수십 가지 모양이었다. 온몸이 희고 목이 긴 백로, 샛노란 몸통에 부리만 빨간 꾀꼬리, 노란 눈에 시커멓고 무섭게 생긴 수리부엉이. 떼를 지어 날아오르는 기러기나 청둥오리를 쳐다보면 내 마음도 하늘을 나는 듯 두근거렸다. 소벌 둑에 나가 앉아 있으면 세상이 숨 쉬고 있다는 것이 기뻤다. 나도 살아 있고, 새도 살아 있고, 물고기도 살아 있고,

나무도 풀도 살아 있었다.

　- 나는, 살·아·있·다!

　혼자 가만가만 속삭이는 말소리에도 문득 가슴이 뛰었다.
그러나 가끔, 맑은 하늘에 먹구름이 끼듯이 슬그머니 걱정이
피어나기도 했다. 소벌 위로 온통 쏟아질 듯 반짝이는 별들.
하늘이 저 많은 별을 안고 있다가 너무 무거워서 놓아 버리
면 어떡하나, 그 바람에 소벌이 넘치면 어쩌나. 그 걱정을 들
은 엄마가 꽃처럼 활짝 웃었다.

　- 땅 꺼질 걱정은 어째 안 하노, 호호호.

　여덟 살 난 남동생 마루도 나만큼 궁금한 것이 많은 아이
인가 보았다.

　- 아부지, 소벌은 얼마나 클까예?

　- 내가 어째 알겠노만 아마 하루 종일 걸어도 못다 걸을 걸.

　- 팔을 벌려서 잴라면 몇 번이나 벌려야 될까예?

　- 수만 번, 아니 몇 수백만 번을 벌려도 안 될 것 같은데.

　- 그라믄 소벌은 언제쯤 생겼을까예?

　- 글쎄, 까마득한 옛날에 안 생겼겠나. 바위가 옷깃에 스
쳐서 다 닳아 버릴 만큼 긴 세월 동안 만들어졌겠제.

　소벌은 소가 누워 있는 것처럼 생긴 늪이라고 해서 붙은
이름이라는데, 어려운 말로는 우포라고도 불렀다. 나무벌, 쪽
지벌, 모래벌 같은 작은 늪이 올망졸망 붙어 있지만 두루 소

벌이라고 불렀다.

마을 뒤, 소의 목처럼 생겼다는 소목산에는 짐승도 많았
다. 칡덩굴을 엮어 만든 올가미를 놓아 놓으면 가끔 멧돼지
며 노루가 들어앉아 있었다. 짐승이 잡히면 온 동네 사람들
이 나눠 먹었다. 어른들은 가끔 마을 안 넓은 터에 모여서 이
야기도 하고 술도 마시면서 놀았다. 일 년에 두어 번씩은 마
을 사람들이 모두 모여서 노래도 부르고 춤도 추었다.

아버지는 새벽이면 장대로 젓는 배를 타고 소벌로 나갔다.
물풀을 헤치며 가는 뒤쪽으로 해가 떠오르면서, 물안개는
하늘로 말리듯 흩어져 사라졌다. 아침 해가 비쳐서 하늘도
물도 발갛게 물든 호수에 작은 배가 여러 척 둥둥 떠 있는
모습, 또 눈이 펄펄 날리는 겨울날에 꿈처럼 아득한 호수 위
로 장대배가 미끄러져 가는 모습은 정말이지 그려 놓은 것처
럼 어여뻤다.

아버지가 붕어, 잉어, 가물치, 메기, 큰납자리 같은 물고기
를 가득 잡아서 돌아오면, 엄마는 서둘러 아궁이에 불을 지
펴서 삶을 것은 삶고, 찔 것은 찌고, 구울 것은 구웠다. 그러
고도 남는 것은 싸리나무로 만든 채반에 널어 햇볕에 내다
말렸다. 그중 몇 마리는 옆집에 사는 내 동무 그루네 집에 가
져다주었다. 그루는 엄마가 없으니까 우리 엄마가 그루네 집

안일까지 도와주었다.

- 니는 좋겠다, 엄마가 있어서.

- 니는 와 엄마가 없는데?

- 몰라. 그런 거 물으면 안 된다 카더라, 아부지 말이.

- 이상하제. 와 어른들만 알고 아이들은 알면 안 되는 게
그래 많은지, 그자?

- 그러게 말이다, 하하하.

둘이서 소벌 둑에 나란히 앉아 있기만 하면, 그루는 금방
함박웃음을 터뜨렸다.

우리 집과 그루네 집은 마을에서 제법 떨어진 뒤편, 산기슭
에 있었다. 그루네처럼 땅을 파들어 가서 지은 어두컴컴한 움
집보다는 나무를 얽어 높다랗게 올려 지은 귀틀집인 우리 집
이 훨씬 좋았다. 왼쪽으로는 드넓은 소벌이 바라보이고 오른
쪽으로는 나지막한 산이 줄지어 누워 있는 모습이 정겨웠다.

가끔 너구리나 오소리 같은 짐승들이 부엌을 엉망으로 만
들어 놓기도 하지만, 불을 때는 부뚜막과 부엌이 아래에 있
으니까 위쪽에 있는 방이 저절로 따뜻해졌다. 낮은 사다리를
타고 집으로 오르내리다가 가끔 치마를 밟아서 넘어질 뻔하
기도 하고, 어떤 때는 짚신이 홀러덩 벗겨져 나가기도 하지
만 그것도 재미있는 일이었다. 그루네도 이런 집이면 좋을 텐
데. 하기는 허리를 못 펴서 똑바로 서지도 못하고 거의 기다

시피 하는 그루 아버지에게는 어쩌면 움집이 편할지도 모르겠다.

 아버지는 오른쪽 다리를 심하게 절었다. 그러는데도 산비탈에 불을 놓아 밭을 만들어 콩도 심고 푸성귀도 길렀다. 또 소벌 기슭 낮은 땅을 일궈서 쌀농사도 조금, 보리농사도 조금씩 지었다. 우리 식구들은 무엇이든 달게 먹었다. 박달나무를 파서 만든 그릇에는 엄마의 솜씨가 맛나게 담기고, 숟가락과 젓가락이 밥상 위에서 즐겁게 움직였다.

 엄마가 길쌈을 하거나 바느질을 하는 곁에는 늘 내가 있었다. 대마 비슷한 풀 껍질을 벗겨서 푹푹 삶아 가늘게 찢어 실을 삼았다. 베틀에 앉은 엄마의 머리가 북을 따라 왔다갔다 움직였다. 나처럼 머리를 묶는 것보다는 엄마처럼 위로 틀어 올린 모양이 훨씬 예쁜 것 같았다. 초승달 같은 눈썹에 오뚝한 코에다 키도 큰 엄마, 거친 천으로 만든 치마에 긴 저고리를 걸쳐 입은 수수한 모습이지만 우리 동네 누구보다 예쁜 엄마가 은근히 자랑스러웠다.

 언젠가 아버지에게 물었다.

 ― 아부지는 어째 저래 예쁜 엄마를 만났어예?

 아버지는 그 말에는 대답을 하지 않고 말을 돌렸다.

 ― 내 눈에는 우리 송이가 엄마보다 훨씬 더 예뻐 보이는데.

- 참말로?

- 그라믄. 꽃송이같이 예쁘다고 송이라고 했제. 세상에서 제일 예쁜 꽃 한 송이.

- 맞다. 누부야가 우리 동네에서 제일 예쁘지.

아, 나는 정말 꽃이 되고 싶다. 해같이 환한 아버지와 달같이 예쁜 엄마, 별같이 똘똘한 남동생이 입을 모아서 칭찬해 주듯이 정말 예쁜 꽃이 되고 싶다. 나만 보면 눈부신 듯 손을 이마에 얹는 버릇이 있는 그루. 그 아이에게도 세상에 단 하나밖에 없는 어여쁜 꽃이 되고 싶다.

장맛비가 내리기 시작했다. 바람도 같이 불면서 물가 왕버들이 제법 흔들리기 시작했다. 하룻밤이 지나자 뿌리가 뽑힐 듯이 흔들렸다. 다음날에도 비는 쉴 새 없이 퍼부었다. 하늘에 구멍이 뚫렸는지, 비가 그렇게 많이 오는 것은 정말 처음 보았다. 아버지의 낯빛은 장맛비를 쏟아붓는 하늘보다 더 어두웠다.

- 설마, 괜찮겠제?

밑도 끝도 없는 아버지의 말에 엄마의 낯빛이 순간 변했다. 집에서 내려다보면 어디가 소벌이고 어디가 땅인지 구분이 가지 않을 만큼 온 천지가 싯누렜다. 비는 쉴 새 없이 퍼붓고 엄마 아버지 얼굴에서는 걱정이 흘러내렸다. 먹을 것이 떨어져서 배에서 쪼르륵 개울물 소리가 날 지경이었다. 움집에 사는 사람들은 물이 찬 집을 빠져나와 근처에 있는 귀틀집으로 피난을 했다. 그 소란 중에도 그루와 아저씨가 우리 집으로 건너온 것이 은근히 즐거웠다. 아버지는 장대비 속에서도 하루에 두어 번씩은 소목산 기슭으로 나갔다 오곤 했다.

– 아직은 괜찮더라. 그래도 걱정이구만.

무엇을 걱정하는지 도무지 알 수 없는 일이었다. 다리를 질질 끌고 다니는 아저씨 역시 바쁘게 들락거리더니, 그날 오후에는 완전히 흙투성이가 되어서 돌아왔다. 팔이 부러졌는지 팔꿈치 아래가 덜렁거리는 것 같았다. 움직일 때마다 온 얼굴을 일그러뜨리면서 입을 딱딱 벌렸다. 밖에 나갔다가 미끄러져서 그렇게 되었다는데, 이 빗속에 무슨 일로 그렇게 나다니는지 알 수 없는 일이었다.

마루는 깊이 잠들었고 나도 설핏 잠이 들려고 하는데, 엄마 목소리가 나직하게 들려왔다.

– 기어이 이리로 오더니, 그만큼 말자고 해도 끝끝내 오더니…….

뭔지 모르겠지만 아버지를 원망하고 있는 것 같았다. 뒤이어 아버지의 소리가 들렸다.

– 지금 와서 그런 소리를 뭐 하러 하노.

– 누가 알아준다고, 무슨 영화를 볼라고…….

엄마가 다소 잦아들자 아저씨가 말을 받았다.

- 누가 알아주기를 바라서 한 일이 아니니 더더욱 우리가 지켜야지요. 그나저나 그 사람들이 낌새를 차린 것 같으니 걱정입니다.

이상하다, 엄마가 아버지를 원망하고 아버지가 엄마를 나무라는 소리를 하다니. 아저씨가 저렇게 말을 길게 하는 것도 처음 있는 일이었다. 더 이상 자는 척 하기가 힘들어서 슬며시 일어나 앉았다. 그루도 똑같은 생각을 하고 있었던 것 같았다. 저쪽 구석에서 부스스 일어나더니 눈을 찡긋했다. 나도 그대로 흉내를 냈다. 엄마가 소리 없이 다가오더니 그루와 나를 한 팔에 하나씩 당겨 안았다.

- 송이야, 그루야, 미안하다.

엄마 눈가에 이슬이 맺히는 것을 봤지만 모른 척했다. 그래야 엄마 마음이 편할 것 같아서. 그루와 눈이 마주쳤다. 그루도 같은 생각이라고 눈으로 말했다. 둘이서만 눈으로 말할 수 있다는 것이 못내 흐뭇했다.

다음날도 비가 줄기차게 내렸다. 갑자기 우리 집 기둥이 우지끈 부러졌다. 집이 한쪽으로 쑤욱 기울어져 내리더니 순식간에 반이나 넘게 물에 잠겨 버렸다. 놀란 식구들은 간신히 집 밖으로 빠져나왔다. 장대 같은 빗속에서 아버지는 어떻게든 기둥을 일으켜 세워 보려고 애를 썼다. 아저씨는 안 그래도 허리가 아픈 데다 팔까지 다쳤으니 별로 힘을 보태지 못하는 형편이었다. 엄마와 우리도 달려들어서 기둥을 한 쪽씩 잡고 힘을 쓰는 시늉을 했지만 별 도움이 되지 않았다. 몸피도 크지 않고 다리도 불편한 아버지가 기둥을 붙잡고 용을 쓰는 모습이 애처로웠다.

아버지가 근근이 기둥을 일으켜 세워 집을 반쯤 들어 올려놓고 허리를 펴는 사이, 왼쪽 산비탈에서 흙물과 흙덩이가 우르르 몰려오고 있었다. 순식간에 집채 같은 흙더미로 변해 우리 집을 향해 달려 내려왔다. 엄마는 우리 셋을 서둘러 챙겨 피하면서 아버지를 향해 소리를 질렀다.

ㅡ 아이고, 피하소, 퍼뜩!

아버지는 아저씨를 끌고 옆쪽으로 죽을 둥 살 둥 뛰어서 가까스로 흙더미를 피했다. 그런데 물웅덩이에 주저앉아서 놀란 가슴을 쓸어내리며 숨을 고르고 있던 아버지가 갑자기 벌떡 일어섰다.

ㅡ 죽간!

알 수 없는 말을 한 아버지는 다짜고짜 소목산 쪽으로 달려갔다. 아저씨도 엉금엉금 뛰어가기 시작했다. 그 모습을 본 엄마가 소스라쳐 놀라더니 나와 그루에게 다가왔다.

ㅡ 셋 다 여기서 꼼짝 말고 있어라. 아부지 따라 얼른 갔다

가 오께. 아이고, 마루는 어디 갔노, 금방 여기 있었는데.

마루는 그새 아저씨를 따라가고 있었다. 엄마가 소리쳐 부르자 뒤를 돌아보며 혀를 날름 내보이고는 다시 뛰어갔다. 무슨 재미난 일이라도 생긴 줄 아는 모양이었다.

- 안되겠다, 마루는 내가 챙기께. 어쨌든 너거 둘이는 여기 가만히 있어라, 알았제?

그루와 나에게 몇 번이고 다짐을 준 엄마는 빗속으로 뛰기 시작했다. 절뚝거리며 달려가는 아버지, 기다시피 다리를 끌며 따라가는 아저씨, 껑충거리며 뛰어가는 마루, 그 뒤를 정신없이 쫓아가는 엄마. 그 네 사람의 멀어져 가는 등 뒤로 비가 억수같이 퍼부었고, 그 뒷모습은 곧 비에 묻혀서 사라져 버렸다. 도대체 무슨 일이 벌어진 것인지. 그루를 쳐다봤지만 무슨 영문인지 모르기는 마찬가지였다. 그저 넋이 빠진 듯 빗속에 쪼그리고 앉아서 아버지 엄마와 마루, 아저씨가 어서 돌아오기만을 기다릴 수밖에 없었다.

비는 계속 내리는데 날이 저물기 시작했다. 그런데도 아버지도 엄마도 마루도 아저씨도 돌아올 줄을 몰랐다. 그루와 나는 무너져 내린 집 모서리에서 무릎을 끌어안고 밤을 새웠다. 무서워서 죽어라 감고 있던 눈을 살그머니 떠 보니 날이 밝아오고 있었다. 그러는데도 아직 아무도 돌아와 있지 않았다. 어찌 된 일인가? 다들 어디 가서 오지 않는 것일까?

마른 울음조차 나오지 않았다.

엄마, 아버지, 마루와 아저씨를 찾아 온 동네를 뒤졌지만 어디에도 보이지 않았다. 아침나절이 지나고 점심 무렵에 엄마와 마루를 찾았다. 마을로 떠밀려 내려온 흙탕물 속에서. 물에 불어 형체를 거의 알아볼 수 없는 모습은 우리 엄마가 아니었다, 내 동생 마루가 아니었다. 어제 엄마가 입고 있던 자주색 저고리와 분홍치마, 마루가 입고 있던 흰 저고리와 푸른색 바지가 너덜너덜 조각으로 붙어 있는 것을 보고서야 엄마인 줄, 마루인 줄 알았다. 젊고 예쁘던 엄마, 또랑또랑한 마루의 모습은 그 어디에도 없었다. 온 동네 주변을 다 뒤졌 건만 아버지와 아저씨는 흔적조차 못 찾고 말았다. 아버지를 삼킨 흙더미는 영영 어디로 굴러가 버렸는지.

도무지 어찌 된 일인지, 세상이 캄캄해지고 무섭고 또 무 서웠다. 소리 내어 울고 싶은데, 너무 무서우니 소리가 나오 지 않았다. 엄마와 마루 앞에서 뒹굴며 울고 싶은데, 온몸에 서 기운이 빠져나가 손가락 하나 움직일 수 없었다. 죽은 듯 이 웅크리고 있으면서, 제발 이것이 꿈이기를 빌고 또 빌었다.

넋이 나가 버린 것 같은 나와 그루를 앉혀 놓고 동네 사람 들이 둘러앉아 한탄을 했다.

- 젊은 내외가 흘러 들어와서 그래 열심히 살더니 대체 이

게 무슨 날벼락이고.

- 인자 열 살밖에 안 된 저 아이 둘을 어짜겠노.

그 와중에 어떤 사람이 알 수 없는 말을 했다.

- 며칠 전부터 낯선 사람들이 소벌 둑 근처에 얼쩡거리더만.

- 희한한 일일세. 이 난리에 남의 동네에 와서 돌아다니는 정신없는 사람들이 있다니.

- 아이고, 지금 그런 쓸데없는 소리나 하고 있을 정신이 있나?

동네 어른들은 바로 엄마와 마루를 소목산에 묻기로 했다. 비가 채 그치지도 않았지만 엄마와 마루를 동네에 그냥 둘 수 없다는 것은 나도 알고 있었다. 가끔 산에서 독이 뒹구는 것을 본 적이 있었다. 큰 독에 죽은 아이를 넣고 부모나 가족의 무덤 옆에 묻는데, 어쩌다 독이 무덤 밖으로 나온 것이라고 했다. 그런데 마루가 그 독무덤에 들어가다니. 도깨비불 날아다니는 소목산에서 엄마와 마루는 얼마나 무서울까.

그림같이 아름답던 나날들은 단 한순간에 사라져 버렸다. 이제 소벌 기슭에 나와 그루만 남았다. 아니, 그루도 없는 것 같았다. 세상에 나 하나만 남은 것 같았다. 온몸이 지푸라기처럼 한없이 가벼웠다. 소벌 둑에 앉아서 엄마와 마루가 묻혔다는 소목산 언저리만 바라보고 있었다. 땅이 마르면 동네 아저씨를 따라 찾아갈 것이다.

- 송이야.

　부르는 소리에 천천히 뒤를 돌아보니, 어떤 고운 여인이 나를 보면서 금방이라도 울음을 터뜨릴 것 같은 표정을 짓고 있었다.

 - 누구?

 - 이모다, 니 이모.

 - 이모?

　그 말을 다 못 하고 그만 까무러진 것도 같았다.

신전의 파문

신녀

무어라 말을 건네기도 전에 눈물이 후드득 떨어져
내렸다. 내 인생 전부인 사람. 치욕 속에서도
그가 있어서 살 수 있었다. 그런 그를 살아서 대면하고
그가 다시 내 이름을 부르는 꿈같은 순간이 찾아올
줄은 몰랐다.

사람 사는 세상과는 멀리 떨어져 찾아오는 이라곤 거의 없는 쓸쓸한 집. 일 년에 딱 한 번, 망한 나라의 조상신을 모시고 제사를 지내는 곳. 비사벌을 병풍처럼 두르고 있는 화왕산 자락에 자리 잡은, 겉은 웅장하지만 속은 텅 빈, 집 같지 않은 집이 바로 신전이었다.

　그 신전 살림채에서 송이는 힘겹게 눈을 떴다. 눈을 뜨기까지, 그야말로 죽을힘을 다했을 것이다. 여기에 와서 사흘을 내리 잠에서 헤어나지 못하던 아이였다. 꿈속에서도 비와 싸우고 자신의 운명과 싸웠으리라.

　아주머니는 통통 부어오른 눈에서 연신 눈물을 훔쳐 내며, 진땀에 젖은 아이의 온몸을 정성스레 닦아 주고 몇날 며칠 동안 미음을 끓여 먹였다. 아이가 간신히 몸을 추스르자, 어디서 구했는지 귀한 고기며 생선을 다져 죽을 쑤었다.

　송이는 잘 자고 곧잘 받아먹다가도 갑자기 엄마 아버지를 부르며 봇물 같은 울음을 토해 놓곤 했다. 그 모습을 그저 망연히 바라볼 수밖에 없었다. 입이 있고 손이 있어도 아이 마음을 달래고 쓰다듬어 줄 수 없어 안타까울 뿐이었다. 다행히 갈수록 울음이 가라앉고 눈물이 잦아들더니 한 닷새쯤 지나자 일어나 앉았다. 눈빛이 더 이상 흔들리지 않고 안온하게 자리 잡은 것을 보면서 안도의 한숨을 몰아쉬었다.

　그 무서운 여름이 가고 하얀 억새꽃이 물결처럼 나부끼고 흰 눈이 꽃송이처럼 날렸다. 이듬해 봄 산자락에 연두색 새싹이 돋아나고 분홍색 진달래가 흐드러지게 필 때까지, 송이는 수시로 목을 놓아 울었다.

아이의 어깨를 안았다. 결곡한 생김새에 조붓한 몸매며 얇은 몸피, 그 옛날 제 어미를 빼박은 모습. 가슴이 아렸다. 꾹꾹 눌러 가슴에 묻어 두고 나 혼자 삭이면 되려니 하던 삶에 아이로 인해 파문이 일었다. 밤마다 지난 세월이 되살아나서 상처에 소금을 비비는 듯 쓰리고 아팠다.

그런 중에도 송이는 나날이 힘을 차려 갔다. 모양새만큼이나 성품도 안존하고 얌렵했다. 그 또한 제 어미의 어린 날 같았다. 그 모습을 가만히 바라보고 있으면 마음에 등불을 켠 듯 새뜻한 기쁨이 샘솟았다.

아이의 낯빛에 생기가 돌고 다리에 힘이 올라 신전 구석구석을 기웃거리게 되자 슬그머니 겁이 나기 시작했다. 이 신전 안 여러 채의 귀틀집 중 제일 뒤편에 있는 큰 집, 그곳에서 웅크린 채 살고 있는 제사장의 눈에 띄지 않도록 해야 했다. 그 근처로는 얼씬도 말라고 몇 번이고 신신당부를 했다.

송이는 이제는 바깥세상이 궁금한지 집 밖으로 나다니기 시작했다. 동무해 줄 사람 하나 변변히 없으니 심심도 할 것이었다. 하루 종일 가도 말이라곤 거의 않는 나나 부엌일로 바쁜 아주머니와 하루를 보내자면 열한 살짜리가 좀이 쑤셨을 것이다. 처음 며칠은 집 주변을 배회하는 눈치더니 며칠이 지나자 제법 멀리까지 다녀오는 모양이었다.

아름드리 소나무가 빽빽이 늘어선 솔고개에 올라서 옛 왕릉 사이도 걷고, 그 너머로 멀리 왕궁과 그 주변의 큰 집들도 바라보고, 건너편 산자락에 있는 동네도 구경하고 왔다고 했다. 동네를 지키는 높다란 망루가 있고 곡식을 재 놓는 창고가 여러 채나 있는 데다 엄청나게 큰 집도 여러 채 보이더라고 말을 풀어 놓았다.

- 뭐라? 동네 이름이 뭐라고 하더노?

- 달뫼, 달 뜨는 산이라는 뜻이라고 하던데예.

아, 기막힌 일이 또 있구나 싶었다. 발길 닿는 대로 가다 보니 거기까지 갔더란다. 동네 입구 귀틀집 앞에서 여자아이를 만났다고 했다. 제 이름은 구슬이라며, 말을 걸더란다.

마실 다니는 데 마음을 붙인 송이는 하루가 멀다고 달뫼에 다녀와서는 곧잘 이야기를 늘어놓았다. 좀 친해졌다고 살갑게 재잘거리는 모습을 물끄러미 바라보았다. 옛날, 달뫼 앞 개울의 시냇물 소리가 저렇게 졸졸졸 노래처럼 흘러갔던 것도 같다.

어느 날은 감꽃 목걸이를 만들었다며 가져왔다. 구슬이네 집 뒤 감나무에 감꽃이 오종종 열려서, 소벌 기슭에서 놀던

51

때처럼 감꽃을 주워 먹으며 팔찌며 목걸이도 만들었다고 했다. 머뭇거리며 다가와서 목걸이를 내 목에 걸어 주고서 뒷걸음질 치는 모습.

나도 모르게 아이를 향해 두 팔을 벌렸다. 아이는 주저주저하면서 다가오더니 내 가슴께에 제 머리를 폭 묻었다. 덜 여문 보리 같은 풋내, 콩닥콩닥 뛰는 조그만 심장의 울림, 새근새근 여린 숨소리. 가슴이 먹먹해져 왔다. 품에서 풀려난 아이는 부끄러운 듯 배시시 웃었다. 얼떨결에 끌어안았다가 슬그머니 풀어 놓은 나도 멋쩍기는 마찬가지였다.

아주머니는 송이를 거둬 먹이는 재미, 재잘거리는 모습을 바라보는 기쁨에 아예 넋을 놓은 것 같았다. 어찌 아니 그럴 것인가, 그렇게 활짝 핀 얼굴을 처음으로 보는 것 같았다. 잠자고 있는 송이 옆에 앉아서 그 볼에 가만히 뺨을 대 숨소리를 들어도 보고, 어떤 때는 얼굴을 쓸어 보다가 빙그레 미소를 짓기도 하고, 또 어떤 때는 땅이 꺼질 것 같은 한숨을 내쉬며 눈물짓기도 했다. 그날도 잠든 송이를 내려다보고 있다가, 내가 들어가자 황황히 눈물을 닦으면서 나가려는 것을 붙들어 앉혔다.

- 이제 송이한테 말을 해 줘야지요. 다른 이야기는 알아봐야 좋을 게 없을 테니 그 말만 하지요.

- 그리 해 주면 고맙지요.

눈물짓는 늙은 얼굴을 바라보기가 너무나 미안했다. 다음 날 저녁에 송이를 제 할머니 앞에 앉혀 놓았다. 아이는 눈을 반짝이며 나를 쳐다보고 있었다. 그 눈을 들여다보면서 힘들 게 입을 열었다.

- 송이야, 니한테 하지 못한 말이 있는데……, 들어볼래?
- 무슨 말인데예?
- 그러니까, 이 분이 니 친할매시란다. 아부지의 엄마…….
- 그래, 내가 니 할미다.

말이 끝나기 무섭게 아주머니는 눈물을 쏟아 냈다. 아이는 이게 무슨 일이냐는 듯 잠자코 제 할머니를 바라보고 있었다.

- 니 엄마 아버지가 혼인을 하고, 농사지으며 살라고 소벌 로 갔지. 할매는 농사를 짓기에는 연세가 많으니까 안 따라 가시고 여기서 나하고 같이 살게 된 거란다.

그제야 송이는 사실을 받아들인 듯 눈물을 떨구었다.

- 아, 할매.
- 오냐, 내 강아지.

아이는 정말 강아지처럼 제 할머니의 품에 안겨 들었고, 그 할머니는 세상에 없는 행복을 누리는 것처럼 얼굴이 꽃처 럼 피어났다. 난생처음 누려 보는 조손간의 단란한 시간이었 다. 아이 말소리가 노래처럼 울리고 아주머니 웃음소리가 간

간이 들리니 모처럼 사람 사는 곳 같았다. 그렇지만 봄기운
이 깊어 갈수록 마음이 무거워졌다. 사람들 눈앞에 나서야
하는 괴로운 순간이 다가오고 있는 것이다. 아주머니는 내
눈치를 보면서도 봄 제사 걱정을 내놓았다.

– 제사 올릴 준비를 해야 하는데…….

송이는 허투루 들어 넘기지 않고 눈을 빛냈다. 내키지 않
는 채로 대강 일러 주었다.

– 아주 옛날에 저 화왕산을 지키는 신모가 있었단다. 하
늘에서 내려온 천신을 만나 비사벌의 첫 왕을 낳았지. 그래
서 이 신전에 모시고 해마다 제사를 드리는 거란다. 신모는
사람들의 목숨을 돌봐 주고 농사도 잘되고 물고기도 많이 잡
히도록 도와주시는 분이란다.

신모가 진실로 계신다면, 이십여 년 간구한 내 기도를 몰
라라 하시지 않았어야 하지 않는가. 송이 부모의 안전을 지
켜 주셨어야 하지 않는가. 그렇지만 아닌들 어쩌랴. 한없이
무력하고 불안한 존재인 인간이 할 수 있는 일이라고는 그저
기도하고 기원하는 것밖에 더 있겠는가. 그나마 남은 소망,
제발 왕이 안녕하고 부디 죽간이 무사하기를 신모께 엎드려
빌고 또 빌면서 살아가야 할 것이다.

제삿날에는 관리와 귀족들이 모여들었다. 비단으로 지은

긴 도포에 구슬 목걸이를 늘어뜨리고, 두건에는 새 깃털이며 금이나 은으로 만든 나비 모양을 붙여 화려하게 꾸미고, 귀에는 커다란 금귀고리를 매단 사람들을 쳐다보느라 송이의 눈길이 바빴다.

사당에 모신 신모의 신주단지를 모셔내 오고 대청에 제상을 벌여 놓았다. 다리처럼 긴 받침이 붙어 있고 위가 넓게 벌어진 굽다리접시 수십 개마다 음식을 가득 담아 놓았다. 나는 비사벌의 구경거리가 되어 제상 한쪽에 서 있었다.

상수위가 옆 사람을 보는 척하며 슬쩍 훑어보다가, 나와 눈이 마주치자 황급히 시선을 거두어 갔다. 태자의 시종으로 있으면서, 제사장과 한편이 되어 제 주인이 하는 일을 신라에 살뜰히도 일러바친 덕분에 비사벌 관리의 제일 우두머리인 상수위 자리를 차지한 자였다.

그때 제사장이 소리 없이 나타났다. 검은 두건에 검은 도포를 떨쳐입고 긴 머리카락을 날리면서 양손으로 미늘쇠를 받쳐 든 엄숙한 모습으로. 넓은 칼처럼 생긴 몸뚱이 양쪽에 새같이 생긴 작은 쇳조각을 조롱조롱 붙여 놓은 미늘쇠는 가야의 철 제조 기술을 보여 주는 증표였다. 천신과 산신, 해신을 인간과 연결해 주는 성스러운 상징물이니 나라 제사를 지낼 때는 꼭 모셨다.

제사장은 미늘쇠를 제상 위에 놓고 큰절을 네 번 했다. 이어서 관리들이 일제히 절하고 나자 상수위가 앞으로 나와서 축문이 적힌 죽간을 펼쳤다. 소나무나 밤나무를 다듬어 글자를 적는 목간에 비해, 대나무를 다듬어 놓은 죽간은 부피도 얇고 가죽 끈이나 칡 끈으로 엮기가 편하니, 긴 글을 적기에 좋을 것이었다.

앉아서 천 리 서서 만 리를 내다보시는 신모님, 부디 이 백성들을 굽어살피소서. 씨앗 뿌리는 대로 돈 아나고 알곡 줄줄이 맺어서 이 백성들 먹여 살리도록 해 주소서. 아픈 사람 슬픈 사람 일일이 신모님 약손으로 쓰다듬고 어루만져 살려 주소서. 황산강 자락 화왕산 아래 옥토, 이 땅 비사벌이 영원히 안녕하도록 보살펴 주십사 빌고 또 비옵나이다……

이윽고 제상 앞으로 나섰다. 영원한 신모께 바치는 춤을 추어올리는 가련한 신녀, 그것이 내 모습인 것이다. 신모님, 인간의 괴로움은 나 몰라라 하시고도 하늘 높이 앉으시어 대대손손 숭앙을 받으시는 신모님. 이 치욕을, 이 목숨을 언제까지 견뎌야 합니까.

하늘을 향해 방울을 흔들었다. 여덟 개의 금동 구슬이 달린 팔주령 한 쌍이 무심하게 울렸다. 이 춤을 배우고 신녀로

서의 소임을 익히기까지, 나날이 울었다. 무엇을 바라고 무엇을 위해 살아야 하는가, 생각할수록 막막하기만 했던 이십여 년 세월이 눈앞에 스쳐서 춤사위가 흔들렸다.

제사가 끝나자마자 제사장은 미늘쇠를 모셔 들고 제청을 빠져나갔다. 마당으로 내려서다 말고 문득 멈추더니, 문 뒤에 숨은 듯 서 있는 송이를 유심히 바라보는 모습이 눈에 들어왔다. 아, 저 호기심 많은 아이가 기어이 제사 지내는 구경을 하러 나왔구나, 간이 떨어지는 것 같았다. 사람들의 시선을 피해 가며 제상 뒤쪽으로 돌아 문 앞으로 나갔다. 갑자기 나타난 나를 보고 더 놀란 듯 눈을 동그랗게 뜨고 있는 아이를 등 뒤로 숨겼다. 그 모습에 제사장이 희미하게 웃는 것 같았다. 그 웃음이 어떤 사악한 생각을 담은 신호처럼 느껴져서 오싹 소름이 돋았다.

송이 뒤에 서 있던 아주머니가 옆으로 나섰다. 눈에서는 푸른 불이 일고 새파랗게 질린 얼굴은 얼음장 같은 서늘함을 뿜어내고 있었다. 그 날선 얼굴빛에 제사장은 흠칫 놀란 표정을 짓더니 못 본 척 돌아서서 마당으로 향했다.

- 갈아 마셔도 시원찮을 놈!

이를 갈며 나직이 내놓는 소리에 송이가 제 할머니를 올려다보았다. 지금까지 봐 오던 것과는 너무나 다른 모습에 아이의 눈이 등잔처럼 커졌다.

　제사장에 이어 상수위도 재빨리 대청을 나갔다. 제사에 참석한 다른 제관들은 대청 한가득 앉아서 음복 상을 받았다.

　- 요즘에사 제사를 제사라고 할 게 있나. 그저 섭섭하지 않도록 봄에 한 번 올리고 마는 것을. 예전같이 가을걷이를 해 놓고도 제사를 올려야 하는 건데.

　- 옛날에는 시월 제사가 끝나고 나면 몇 날 며칠 노래하고 춤추며 놀았지요.

　옛날이랄 것도 없는 이십여 년 전만 해도, 시월상달이 기울 즈음이면 비사벌 전체가 떠들썩했다. 드넓은 들판에 수백 명이 모여서 손뼉을 치고 춤을 추면서 놀았다. 발로는 대지를 밟고 손으로는 하늘을 받들고 입으로는 이웃을 부르면서 하나가 되는 축제였다. 어른들은 왁자지껄 시끄럽게 떠들었고 청춘 남녀들은 호젓한 곳에서 소곤거렸다.

　신라의 압박이 날로 심해진다고는 하지만 그래도 희망이 남아 있던 때였다. 그 해 상달, 태자와 나는 화왕산성을 거쳐 억새가 수만 평에 걸쳐 바다처럼 펼쳐져 있는 화왕산 정상까지 달려갔다. 화왕산 신모가 천신과 만난 곳에 큰 못이 생겨 용지라고 부른다고 했다. 하늘로 떠가는 배 같은 바위, 배바위 아래에서 우리도 비사벌을 떠받치는 기둥이 되고 비사벌을 먹여 살리는 기름진 벌판이 되고 싶었다.

태자 얼굴에는 안도의 빛이 가득했다. 비사유록을 적고 숨기는 일을 막 끝내 놓은 때였으니 그럴 법도 했다. 조용하나 결기 있는 사람, 그 누구와 함께 있어도 해처럼 달처럼 환하게 드러나는 사람. 내가 그의 정인일 뿐만 아니라 중요한 일을 같이 수행한 동지라는 사실에 새삼 가슴이 벅찼다. 그를 눈앞에 두고 바라보고만 있어도 황홀했다.

신라의 기세에 눌려 나라의 형편이 갈수록 나빠지고 있기는 했지만, 가야 소국들 형편이 모두 오십보백보이니 설마 당장 무슨 일이 일어나기야 하겠는가. 설사 무슨 일이 일어난다 하더라도 비사벌 역사만은 전할 수 있으리라. 밥을 먹지 않아도 배가 부를 것 같은 충만한 시절, 온 비사벌이 인정하는 정혼자들답게 마음껏 웃고 사랑하던 때였다. 그러나 행복한 나날은 꿈처럼 짧았고, 그 후 참혹한 세월은 길고도 길었다.

신전은 다시 늪처럼 고요해졌다. 몸도 마음도 죽은 듯이 웅크리고 있다가도 송이를 보면 정신이 조금씩 드는 것 같았다.

– 불구대천이라는 건 무슨 말인데예?

갑자기 왜 그런 말을 하느냐고 되물었더니, 제 할머니가 구정물을 꼭 부엌문 왼쪽으로 뿌린다고 했다. 왜 그쪽으로만 뿌리냐고 하니까 불구대천의 원수가 그쪽에 산다고 하더란다.

– 나라 제사 때 봤던 제사장을 두고 하는 말이지예?

하늘을 같이 할 수 없는 원수. 하나 있는 아들과 며느리를 죽음에 이르게 한 위인과 한 울타리 안에서 살아가야 하는 그 마음이 어떻겠는가. 목숨을 부지하기 위해 제사장에게 의탁해 살고 있다지만, 증오의 힘으로 세월을 견디는 것은 나나 아주머니나 같은 형편이었다.

- 아이고, 니가 왔구나. 잘 있었더나?

마당에서 아주머니의 소리가 들리기에 내다봤더니, 그루가 서 있었다.

- 아!

송이는 반가움에 입을 다물지 못했고, 그루는 눈이 부신 듯 손을 이마에 얹고 활짝 웃었다.

- 야장 어른이…….

보퉁이를 내미는 손등이 형편없이 터 갈라지고, 엄지손톱이 하나는 부스러지고 하나는 검게 멍이 들어 있는 것이 눈에 들어왔다. 송이는 그루의 턱 밑에 앉아서 눈을 빛냈다.

- 대장간에서는 무슨 일을 하는 건데?

- 엄청나게 큰 불미(풀무)라는 게 있거던. 그걸로 화덕에 바람을 불어 넣어 불을 지펴서 쇳물을 끓이제. 그 쇳물을 틀에 넣어 식혀서 괭이, 호미, 도끼 같은 온갖 쇠붙이를 만들제. 그래서 동네 이름도 불밋골이 됐다고 하더라.

- 불밋골에 한 번 가 봤으면.

- 나중에 데리고 가 주께. 옛날에 너거 엄마가 그랬제. 송이는 세상 일이 다 궁금한 모양이라꼬.

- 니는 별 걸 다 기억하네.

- 기억할라꼬 안 해도 저절로 기억나는데 뭐. 소벌에서 우리 아부지하고 니하고 너거 엄마 아부지하고 마루하고 같이 살 때…….

- 나도…….

저 가련하고 어여쁜 아이들의 앞날을 곁에서 지켜 주고 오래도록 바라보고 싶었다. 나도 저렇게 아름다웠던 때가 있었다. 그러나 나는 끝내 이루지 못한 꿈, 그것을 저 아이들은 제발 이룰 수 있기를 빌었다.

그루가 못내 아쉬운 얼굴로 돌아보고 또 돌아보며 떠나고 나자, 송이가 살금살금 다가왔다. 눈으로는 그루가 가져다 놓은 보퉁이를 연방 더듬고 있었다.

- 철정이라고, 이게 돈이나 마찬가지란다.

어른 손으로 한 뼘이 좀 넘을 만한 길이에 손바닥 넓이의 얇은 쇳조각이 차곡차곡 포개져 있었다. 열 개씩 다섯 묶음, 그루가 들고 오기에는 꽤 무거웠을 터였다.

그루를 맡긴 불밋골 야장은 옛날에 외삼촌이 부리던 사람이었다. 내 정인이었던 전날의 태자, 이제 이름만 남은 왕이 된 그가 여전히 신임하는 야장이기도 했다. 해마다 봄 제사가 끝나고 나면 왕은 인편에 철정을 보내 주고 있다. 지척에 살면서도 이십 년 넘게 만나지 못한 사람이 쇠붙이에 마음을 담아 보내고 있는 것이다.

- 참, 신모님께 올리는 제삿날에 누가 앞에 나와서 나뭇조각에 쓰인 글을 읽던데예.

철정을 살펴보던 송이가 엉뚱한 말을 꺼내 놓았다.

- 죽간말이냐? 대나무 조각에 글을 적는다고 해서 죽간이라고 한단다.

무심코 말을 해 놓고서는 아차, 싶었다.

- 예에?

아니나 다를까 송이의 눈이 있는 대로 커지더니 마른 침을 삼켰다.

-아부지가, 아부지가 큰물 날 때, 죽간이라는 말을 하더니 갑자기 뛰어갔는데…….

아이는 금방 닭똥 같은 눈물을 떨어뜨렸다. 죽간을 간수하는 것을 절체절명의 임무라고 생각했던 사람들은 물난리에 목숨을 잃었고, 죽간은 종적이 없어져 버렸다. 아니, 그 와중에도 부디 어디에서든 무사하게 있어 주기를 나는 빌고 또 빌고 있다. 죽간 이야기를 그 누구에게도 해서는 안 된다고 서둘러 입막음을 했다.

며칠 후, 마실 나갔던 송이가 돌아오더니 아무 소리 없이 앉아 있었다. 내 눈치를 살피며 손톱을 쥐어뜯는 품이 아무래도 이상해 보였다. 무슨 일이 있었느냐고 묻자, 그저께 구슬이한테 갔다 오는 길에 제사장을 만났다고 했다.

- 뭐라고? 무슨 말을 하더냐?
- 니가 소벌에서 살던 아이냐고 묻던데예.
- 또 다른 말은 않더냐?
- 그냥 죽간 이야기를 하다 말던데예.

온몸에 불덩이가 쏟아져 내리는 것 같았다. 제사장은 종적이 사라져 버린 죽간을 찾기 위해 끝내 아이까지 이용하겠다는 생각을 하는 것인가. 기어이 아이를 앞세워 죽간의 행방을 찾겠다는 말인가.

송이를 제사장의 눈이 미치지 않는 곳으로 한시 바삐 피신시켜야 한다고 생각했다. 몇 날 며칠 궁리를 해 봤지만 묘수는 끝내 떠오르지 않았다. 우선 제사장을 만나서, 도대체 무슨 생각을 하고 있는지 그 의중을 캐 봐야겠다는 생각이 들었다. 그런 다음에는 어떤 대책이라도 세울 수 있으리라. 그렇지만 막상 제사장이 거처하는 귀틀집 앞에 이르자, 그 얼굴을 마주 대할 일이 너무도 두려웠다. 선뜻 발걸음을 떼지 못하고 사립문 옆에 비키듯 서 있었다.

그때 제사장의 방문이 열리더니, 신라 관리의 복장을 한 남자가 마루로 나왔다. 손에는 목간으로 보이는 묶음 하나가 들려 있었다. 방 안에 앉아 있을 제사장에게 머리 숙여 인사를 하는 것으로 봐서, 아마 하급 관리인 듯 했다. 틀림없이 비사벌에 와 있는 신라 고위 관리에게 보내는 목간일 것이라는 생각이 들었다. 저 안에 어떤 내용의 글을 적은 것일까. 종적이 묘연해진 죽간을 기어이 찾아서 신라에 바치겠다고 맹세하는 글을 적은 것은 아닐까. 아무리 생각해 봐도 그 일 밖에는 글을 적어 보낼 일이 없을 것 같았다.

어떻게든 제사장의 장난질을 막을 방안을 찾아야 한다. 그런데 당장 송이를 숨길 곳도 마땅히 없는 형편이 아닌가. 아주머니를 불밋골 야장에게 보냈다. 우포, 소벌이라는 뜻의 한자 두 자를 적은 목간을 지체 없이 으뜸 궁녀에게 전해 달라고 부탁했다. 왕이 그 목간을 받아 본다면, 한 번 내 얼굴을 대해서 의논을 해 주기는 하리라. 왕궁에 갇혀 지내다시피 한다고는 하지만, 무슨 방도라도 내서 한 번 만나 주기는 하리라, 그러리라. 이 상황에서 기댈 데라고는 오직 그 사람밖에 없지 않은가. 긴 밤을 하얗게 새웠다.

다음 날 아침나절, 안절부절 못하며 마당을 뚫어져라 내다보고 있었다. 문득, 거짓말처럼, 말을 탄 사람이 들어섰다. 그 옛날 젊고 젊은 청년의 모습으로 헤어졌던 사람, 살아서는 다시 못 볼 것이라 여겼던 사람. 그가 말에서 내려 내 앞으로 다가오고 있었다.

- 아라!

그 한 마디 말에 가슴이 무너져 내렸다. 무어라 말을 건네기도 전에 눈물이 후드득 떨어져 내렸다. 아라, 그 이름에 우리 젊은 날, 또 꿈에도 그리워하면서 떨어져 살아야 했던 이십여 년이 고스란히 담겨 있었다. 내 인생 전부인 사람. 치욕 속에서도, 그가 있어서 살 수 있었다. 그런 그를 살아서 대면하고, 그가 다시 내 이름을 불러 주는 꿈같은 순간이 찾아올 줄은 몰랐다.

두서없이 뛰는 마음을 애써 수습하며, 서둘러 살림채 뒤편 연못가 정자 안에 있는 방으로 안내를 했다. 내 맞은편에 앉아 있는 그가, 신기루가 아니라 살아 있는 사람이라는 것이 믿기지 않았다. 괴롭고도 괴롭게 살아오다 보니 이런 날이 오기도 하는 걸까.

찻잔에서는 연꽃 차 향기가 은은하게 피어오르고 왕의 눈빛에는 지난 세월이 아프게 담겨 있었다. 아, 젊은 날 눈부신 관옥 같던 용모는 어디로 사라지고 저렇게 초라하게 삭아 가고 있단 말인가. 나 또한 그의 눈에 그렇게 비칠 터였다.

지난 세월 동안, 왕을 대하면 하고 싶은 말이 태산같이 많을 것 같았다. 그런데 진작 마주 앉아서는 그저 하염없이 바라만 보고 있었다.

- 그 세월동안 어떻게 지냈느냐.

이윽고 왕의 목소리가 나직이 퍼졌다.

- …….

- 살아서 만나는 날이 오다니…….

윤기 없는 목소리의 끝이 갈라졌다.

- 이렇게 빨리 찾아 주실 줄은 몰랐습니다만, 궁 밖으로 나오셔도 되는지?

물기 없는 내 목소리도 끝이 잠겨 들었다.

- 그 전갈을 듣고 어떻게 주저할 수가 있나. 아무것도 모르고 있다가 그대의 목간을 보고서야 번개처럼 깨달았구나. 그대와 내가 그토록 애써 만들어 놓은 모든 것, 비사벌의 자랑스런 순간이 그야말로 흔적도 없어져 버렸다는 말인가?

- 모르지요. 떠내려가다가 어느 흙더미에 묻혀 있는지 아니면 다행히 그 자리에 남아 있는지.

- 아!

암흑 같은 절망과 한 줄기 희미한 희망의 빛이 동시에 그 얼굴을 훑고 지나갔다.

- 탁순국 청년들이 신라 관리 비조부에게 갖은 닦달을 당하면서도 끝끝내 따로 숨긴 것은 없다고 버텼다고 들었다. 간신히 목숨을 부지해서 소벌로 숨어들어 여태껏 지킨 것이

건만.

왕의 얼굴에 한 줄기 눈물이 흘러내렸다.

– 이 죄를 다 어쩔꼬. 나를 도와준 사람들을 모두 그리 만들었으니.

뜨거운 여름날, 가슴에는 날카로운 얼음 조각이 헤집고 다녔다. 마음을 다잡고 왕을 똑바로 쳐다봤다.

– 그 난리 끝에 살아남은 제 사촌의 딸이 있지요, 불러 보실는지요?

– 봐야지. 그 부모를 죽게 한 사죄를 해야지.

– 제발 그 아이에게는 아무 말씀 마시소. 그저 아무것도 모르고 살도록 해 주시소.

송이가 맑은 얼굴에 또랑또랑한 모습으로 들어왔다. 아이를 바라보는 왕의 눈이 커지고 입가에는 서글픈 미소가 번졌다. 송이는 다소곳이 절을 올리고는 왕을 바라보며 서 있었다. 처음 보는 사람인데도 낯설지가 않은지, 열한 살짜리답잖게 고요한 표정을 지었다.

– 그래, 이름이 송이라고?

– 예.

다음 말을 잇지 못하고 아이를 바라보고만 있는 왕 얼굴이 일그러지기 시작했다. 아이 눈에 그 모습이 띄지 않도록 해야겠다 싶었다.

　- 인사를 드렸으니 됐다. 안채로 들어가 봐라.

　송이는 다시 고요한 표정으로 왕을 향해 깊이 고개를 숙이고서 방을 나갔다.

　- 참 참하구나. 눈매며 생김새가 옛날 그대나 그대 사촌을 그대로 보는 것 같구나.

　흔들리는 왕의 눈을 바라보며 애걸을 했다. 아이가 제사장과 다시는 마주치는 일이 없도록 제발 궁으로 데려가 달라고. 그렇게 하겠노라고 약속을 하던 왕이 얼굴을 찌푸리며 손으로 배를 문질렀다.

　- 어디가 편찮으신지요?

　- 내 처지에 몸과 마음이 성하다면 그게 이상하지 않겠나. 아프다는 소문이 나기 시작하니 좋은 일도 있더구나. 감시가 느슨해지는 게 눈에 보이니, 허허.

　그 서글픈 웃음이 날카로운 칼날처럼 내 가슴을 찔렀다.

　- 부모님 소식은?

　- 다 돌아가셨다고…….

　- 아.

　- 오빠들하고는 소식이 끊어졌지만 그래도 외삼촌이 종종 기별을 하시지요.

　- 왜로 건너오라고 하실 것 같다마는.

- 늘 그러시지요. 제가 못 간다는 것을 알고 하시는 말씀이겠지요.

- 내가 그대 발길을 묶고 있구나.

- ······.

남은 평생 동안도, 여전히 죽는 날까지 절절히 그리워하기만 해야 할 사람, 생각만으로도 마음이 아픈 사람. 그렇지만 그를 바라보는 것만으로도, 그것은 해원이었다.

왕이 다녀간 날 밤, 송이도 늦도록 잠을 설치는 눈치였다. 애써 궁금증을 참고 있는 모양이 안쓰러웠다. 어차피 오지 않을 잠, 불을 켜고 마주 앉았다. 초롱초롱한 눈망울로 내 입을 쳐다보는 아이에게 오래된 이야기를 간추려 들려주었다.

빛 뜰 비사벌, 햇살이 환하게 내리쬐는 땅이라는 말부터 시작해서 불사국, 비자벌로도 불리면서 육백여 년을 이어 온 이야기, 그러다가 결국 신라에 병합당해 버린 사정까지. 그때부터 신라는 비사벌을 직접 다스리고 있으며 신라 군사들이 와서 비사벌을 지키고 있다는 긴 이야기를 송이는 눈을 반짝이면서 듣고 있었다.

- 저도 신녀가 되고 싶어예. 그라믄 이모처럼 나랏일을 많이 알게 되겠지예?

가슴이 철렁 내려앉았다. 이 아이를 왕궁으로 보내는 것이 옳다는 생각을 다시 다졌다. 아이 눈을 들여다봤다. 연못같이 맑은 그 눈동자에 힘없고 가련한 어른 한 사람이 들어앉아서, 애원을 할 양으로 입을 떼고 있었다.

— 송이야, 참을 수 있겠제?

아이 눈동자가 커졌다.

— 송이야. 한 번만 더 고생하자. 한 번만 더 참는 고생을 하자, 응?

일 년 전 이 신전으로 와서 정을 붙이느라 몇 달이나 울며불며 고생을 하던 아이, 간신히 마음 붙이고 사는데 이제 와서 또 다시 그 고생을 겪게 만들어야 한다니 이 무슨 잔인한 일이란 말인가.

— 왕궁으로 가거라. 임금님이 잘 보살펴 주실 거다. 제발 그렇게 하자.

— 이모…….

아이 얼굴이 일그러지는 것을 보면서, 창자가 곤두서는 듯 속이 쓰렸다. 그렇지만 송이를 내 힘으로는 도저히 지킬 자신이 없으니 왕궁으로 보내는 것이 옳다고 믿고 또 믿었다.

다음 날, 하는 수 없이 신모를 모신 사당으로 건너갔다. 제사장이 사당에서 신녀를 부르는 것은 나랏일이니 부름에 응하지 않을 수 없는 노릇이었다. 신성한 사당에서 제사장의 화난 목소리가 바로 터져 나왔다.

– 내 허락 없이는 신전에 들어오지 못한다는 것을 누구보다 잘 알고 있을 사람이 아닌가. 그런데도 무단히 드나들어?

– 예전에 나라 제사 지내러 다니던 곳이니 궁금해서 들러 봤겠지요.

어떻게든 공손히, 낮은 목소리로 대답을 했다.

– 그때나 지금이나 그대는 한없이 어리석은 인간이구나. 제 목숨 부지하자고 정인을 헌신짝처럼 내던져 버린 그 인물을 지금껏 오매불망 마음에 품고 있다니.

– 예. 제가 그리 어리석으니 실성까지 했겠지요. 그런 인간을 거둬서 사람 꼴이 되도록 만들어 준 은혜는 잊지 말아야겠지요.

빈정거리며 되받아치는 내 목소리에 날이 서는 것이 내 귀에 울렸다. 어떻게든 제사장을 자극하지 말자 싶었는데도 또 그 속을 긁는 어리석은 짓이라니. 일없이 상처를 덧내지 말자는 생각에 그쯤에서 말을 그치고 애써 낯빛을 풀었다.

– 말은 그렇게 하면서도 그대 마음도 왕에 대한 원망으로 가득 차 있겠지. 그것을 아니라고 도리질하며 살자니 지옥이 따로 없을 게 아닌가.

제사장 눈빛이 누그러지는 것이 현현히 보였다. 이십여 년 동안 한 울타리 안에서 살다 보니 이제는 서로 가슴속에 있는 생각도 읽는 사이가 되어 버렸다. 일생의 동무를 배반하고 그를 무너뜨렸으나 결국 승자가 되지 못해 괴로운 사람과 철석같이 믿었던 정인에게 버림받아 평생 괴로운 사람, 둘이서 서로를 할퀴며 벌이는 싸움이라니.

하기야 제사장인들 한순간이라도 마음 편할 새가 있었을까. 평생 태자를 경쟁 상대로 삼아 앙앙불락하며 지내면서, 질투와 증오로 자신을 옭아매 파멸시켜 가고 있는 가련한 존재가 아닌가.

― 유약한 왕을 평생 마음에 두고 사는 그대나 그런 그대를 일생 마음에 품고 사는 나나 어리석기는 매 한가지. 아니지, 어리석기로 말하자면 이 하늘 아래 나를 당할 사람이 또 있겠나, 허허.

입으로는 자신이 어리석다고 외치고 있으면서도 머리로는 또 다른 일을 획책하고 있는 야비한 존재. 소벌에 남아 있을지도 모를 죽간을 기어이 찾아 신라에 갖다 바쳐서 제 일신의 영달을 이룰 생각을 하고 있는 것이다. 이십여 년 전에 저지른 죄도 모자라서 또 다시 신라 하수인 노릇을 하려는 인간이라니. 그 사악한 존재를 간혹 안쓰럽게도 생각해 왔다니, 나야말로 얼마나 어리석은 사람인가.

아기 궁녀

송이

있었다는 사실을 아예 인정하지 않겠다는 것이니.

고구려와 신라 연합군이 비사벌 군대에

무참히 패했다는 사실은 있을 수 없는 일이라고.

올해로 열세 살, 비사벌 한가운데 자리 잡은 왕궁에서 산 지 어느새 이 년이 훌쩍 지났다. 이게 도대체 어떻게 된 일인 가, 혹시 내가 긴 꿈을 꾸고 있는 것이 아닌가 하는 생각도 들었다. 이모는 왜 나를 왕궁으로 보냈을까. 한 번만 다시 참 는 고생을 하라던 말, 왜 그런 말을 했을까.

왕궁에 들어온 지 일 년쯤 지나고 나자, 일이 손에 붙는 것 이 내 마음에도 느껴졌다. 아는 듯이 으뜸 궁녀가 말했다.

- 송이야, 내가 갈수록 무릎이 아프고 온몸이 쑤시니 임금 님 수발을 혼자서 하기 힘들구나. 니가 나를 도와다고.

그래서 임금님 방을 치우고 이부자리를 펴고 걷고 음식 시 중을 드는 일을 하게 됐다. 일도 많지 않을뿐더러 구경거리 가 많아서 은근히 신이 났다. 날마다 임금님 차림새를 슬쩍 훔쳐보는 것도 즐거운 일이었다. 금동 판에 구름 같은 무늬 를 새겨 만든 작은 관을 쓰고 갖가지 구슬이 주렁주렁 달린 긴 목걸이를 늘어뜨리고 커다란 금귀고리를 하고 있는 모습 이 멋져 보였다. 신전에 평복 차림으로 혼자 찾아왔을 때와 는 비교가 되지 않는 차림새였다.

어느 날, 왕비가 소리 없이 임금님 방으로 들어왔다.

- 서라벌에서 좋은 곶감이 와서…….

왕비는 그 말만 해 놓고는 가만히 앉아 있었다. 발그스름 하니 말랑말랑해 보이는 곶감을 쟁반에 담아냈지만 임금님

은 입에 대는 둥 마는 둥 했다. 왕비가 눈살을 살짝 찌푸리
더니 싸늘한 눈빛으로 나를 노려봤다. 가슴이 오그라드는
것 같았다.

- 저 아이를 기어이 여기다 두는 이유가……?
- 부리는 사람조차 내 뜻대로 할 수 없다 이 말인가.

임금님은 담담한 눈길로 앞만 바라보고 있고, 왕비는 입을
앙다물고는 그런 임금님을 쏘아보고 있었다.

- 다른 건 몰라도 저 아이 일은 제 청대로 해 줘야 겠습니
다만.

- 청이라, 이런 걸 청이라고 하는 것인가?

말은 거기서 끊어졌다. 왕비는 치마꼬리에 찬바람을 일으
키면서 방을 나가 버렸다. 방문을 닫기 전에 나를 다시 한
번 쏘아보는 것도 잊지 않았다. 무참하고 억울했다. 왜 나를
그렇게 보기 싫어하는지, 가슴을 돌로 누르는 것처럼 답답했
다. 그러면서도 혹 나 때문에 언짢아지신 것은 아닌지, 임금
님 얼굴빛을 살펴보았다. 임금님 눈길이 천천히 나에게로 옮
겨 왔다. 갑자기 눈물이 날 것 같아 얼른 고개를 숙였다.

- 궁 밖으로 나가 보자. 따라 나서거라.

이게 웬 일인가 싶었다. 반갑기 그지없는 말씀에 눈물은
단번에 날아가 버렸다. 한달음에 임금님 앞으로 다가갔다.

- 정말이셔예? 나가도 되는 거라예?

- 지금 와서 되고 말고가 무슨 소용이 있겠느냐.

얼떨결에 시작된 단출한 나들이였다. 마부는 임금님이 탄 말의 고삐를 잡고 앞장서고 호위 무사가 뒤따르고 나는 그 뒤를 종종걸음으로 쫓아갔다. 말 몸통에 달린 물고기 꼬리 모양의 쇠 장식이 찰랑거리며 흔들리고, 호위 무사가 꼬나든 창 꼭대기에 앉은 바람개비 모양의 꾸미개가 산들바람에 돌아가는 모양이 예뻤다.

- 천천히 가자. 송이가 숨이 가쁘겠구나.

내 다리가 짧은 것까지 걱정해 주시는 고마운 임금님. 세상이 온통 노란 가을날이었다. 산자락에는 샛노란 산국이 군데군데 피어 있고, 노랗게 물든 은행나무 너머로 황금색 들판이 펼쳐진 위로 백로가 느린 날갯짓으로 날아다니고 있었다.

- 나오니 참 좋구나. 이 볕 좋은 가을날에 감옥살이를 하고 있었으니.

임금님의 말씀에 쪼르르 말 옆으로 달려갔다.

- 감옥살이라고예?

- 감옥 같은 궁에 갇혀 있었다는 말이다, 하하하.

궁에서 산 지 이 년이 넘도록 한 번도 들어본 적이 없었던 웃음소리였다.

- 그래, 왕궁에서 살아 보니 어떻더냐?

그 말씀 한 마디에, 하고 싶은 말이 많았다. '살아 보니 어떻더냐고요? 좋은 일도 많고 나쁜 일도 많았지요. 그래도 자고 나면 새 힘이 솟고 오늘은 또 어떤 일이 기다리고 있을지 은근히 기대가 되기도 한답니다.'

왕궁에 오고 나서 얼마 동안은 날마다 울었다. 소벌에서 살던 때가 생각나서 울고, 그동안 정이 든 이모가 보고 싶어서 울고, 왕궁으로 떠나오던 날 내 얼굴에 뺨을 비비고 또 비비며 울던 할머니가 그리워서 울었다. 조용하기 그지없는 궁궐과 소리라곤 거의 내지 않는 사람들이 무서워서 밤마다 이불 속에서 훌쩍거렸다. 방을 같이 쓰는 언니 궁녀들은 귀신 부르는 소리 같다며 기겁을 하곤 했다.

어느 날, 으뜸 궁녀가 나에게 방을 옮기라고 했다. 궁녀 중에서 제일 나이가 많고 임금님을 바로 옆에서 돌봐 드리는 분이 으뜸 궁녀였다.

– 나하고 한방에서 자자. 늙은 사람하고 어린아이가 같이 지내는 게 순리에 맞니라.

간혹 한밤에도 울음이 치밀어 올라 훌쩍거리면, 으뜸 궁녀가 끌어안고 달래 주었다.

– 송이야, 그만 자자. 이래 예쁜 것을, 신령님도 무심하시제.

할머니 같은 그 품에서 울다가 잠이 들기도 했다. 그래도 아침 해가 떠오르면 눈물도 울음도 함께 사라졌다. 내 눈과 마음은 새로운 것 천지인 궁궐 안을 좇느라 날마다 바빴다.

으뜸 궁녀는 밥을 먹을 때마다 나를 옆에 불러 앉혔다.

- 우리 아기 궁녀, 많이 먹어라. 그래야 키도 크고 예뻐지제.

엄마 아버지 없이도 배 주리지 않고 사는 것이 고맙기 그
지없었다. 왕궁에서 조금만 걸어 나가도, 달뫼에만 가도 끼니
를 잇지 못하는 사람들이 많은 것을 보았기 때문이었다.

왕궁에 들어와서 처음 맡은 일이 물 긷는 일이었다. 두레
박질이 워낙 서투니 물 한 동이를 채우는 데 반나절이 걸릴
지경이었고, 똬리를 받쳐 이고 걷는다고는 하지만 반 넘어
쏟아 버리기 일쑤였다.

내가 물을 긷는 바깥 우물 말고도 왕궁 안뜰에는 왕정이
라는 우물이 따로 있었다. 임금님이 드실 음식을 만들 때나
선대 왕들의 제사상에 올리는 음식을 장만할 때, 또 임금님
의 목욕물로만 사용하는 신성한 우물이었다. 몇 해 전 비사
벌이 망할 때 피가 넘쳤다고 해서 신령스러운 우물로 대접받
고 있다고 했다. 아무나 함부로 가까이 갈 수도 없어서 나이
많은 궁녀 한 사람만이 드나들 수 있었다. 두레박질하는 것
이 지겨워지면, 왕정에서 물을 긷는 내 모습을 상상해 보기
도 했다. 왕궁에 오래 있으면 나이 많은 궁녀가 될 것이고, 그
러면 나도 왕정에 드나들 수 있겠지 싶어서 다시 행복해졌다.

그런데 언니들 말이, 비사벌국은 이미 망했으니 이 왕궁도 오래는 가지 못할 것이라고 했다. 지금 이렇게 왕궁에서 지낼 수 있는 것도 신라에서 너그럽게 봐준 덕분이라고도 했다. 나라는 없어졌지만 아직은 마지막 임금님이 살아 계시니까 그 수발을 들기 위해 궁녀들이 남아 있는 것이고, 임금님이 돌아가시면 모두들 흩어져야 할 거라고 했다. 그런 날이 올 것이라고 생각하면 갑자기 힘이 빠져 버리곤 했다.

임금님은 자식도 없고 새로 궁녀를 들이지 않은 지도 오래 됐다고 하니, 이래저래 왕궁에서 내가 제일 어릴 수밖에 없었다. 어른들만 살던 곳에 열한 살짜리 아이가 들어왔으니 모두들 나를 아주 어린아이처럼 대했다. 천진한 아이처럼 구는 나를 어른들이 편하게 대한다는 것을 저절로 알게 됐다. 누구라도 부르면 쪼르르 달려가서 심부름을 하고 언제든 방글방글 웃어 보이려고 애썼다.

그렇다고 속까지 어리게 살 수는 없었다. 알려고 하지 않아도 저절로 알게 되는 것이 많았다. 마음에 있다고 다 말로 해서는 안 되며, 알고도 모르는 척 모르고도 아는 척해야 할 때도 있고, 보았으나 보지 않은 것처럼 들었으나 듣지 않은 것처럼 해야 할 때도 있다는 것을 알게 됐다.

왕궁에서는 무엇보다 눈이 즐거웠다. 언니 궁녀들을 바라보고 있으면 내가 꽃밭에 와 있는 것 같은 생각이 들었다. 한쪽 귀에는 하나같이 금동 외짝 귀고리를 차랑차랑 울렸다. 그게 유행이라고 했다. 빨갛고 파란 구슬을 박은 머리꽂이가 살랑살랑 움직이는 모양을 바라보고 있으면 나도 어서 어른이 되고 싶었다.

왕궁에는 궁녀가 오륙십 명쯤 되는 것 같은데, 절반 넘게 왕비를 따라 신라에서 온 사람들이라고 했다. 왕비 주변의 일을 맡아 하는데, 치장하는 것도 비사벌 궁녀들과는 많이 달랐다. 우리 가야 사람들은 옥이나 유리, 수정 같은 구슬을 귀하게 여기는데, 신라 사람들은 금으로 만든 것을 좋아한다고 했다. 신라에서 온 언니들은 금귀고리를 하고, 머리꽂이도 금으로 만들었다. 얇게 오려 붙인 금 이파리가 나비 날개같이 떨리는 모습을 보고 있으면 내가 별세계에 와 있는 것 같은 느낌이 들었다. 소벌 기슭이나 신전과는 아주 멀리멀리 와 버렸구나 싶은 쓸쓸한 생각도 들곤 했다.

처음에 나와 스치고 나면 돌아서기 무섭게 수군거리는 궁녀들이 있었다. 저 어린 걸 왜 왕궁으로 떠밀어 넣었느냐, 노예하고 그랬다면서라는 둥 내 뒤통수에 대고 웃고 떠드는 소리가 들렸다. 도대체 누가 노예라는 말인가? 궁금하기는 하지만 그렇다고 다른 사람에게 불쑥 물어볼 말이 아니라는 것쯤은 눈치로 알 수 있었다. 그때 나를 두고 킥킥거리던 언니들이 신라에서 온 사람들이었다는 것은 얼마 안 돼 알 수 있었다. 가만히 보면 하나같이 거만을 떠는 품이 신라 사람이라는 것을 은근히 과시하는 것 같았다.

마음이 뒤숭숭할 때는 일을 하는 것이 제일 좋은 해결 방법이라는 것은 누가 가르쳐 주지 않아도 알았다. 일을 할 때는 아무 생각이 없어서 좋았다. 그리운 마음도 잊을 수 있고, 눈물겨운 일도 잊어졌다. 내가 제일 좋아하는 일이 걸레질이었다. 반짝반짝 빛나는 바닥을 보고 있으면 내 마음에도 빛이 나는 것 같아 금방 기분이 좋아지곤 했다.

신라에서 온 언니 궁녀들과도 갈수록 조금씩 친해지고, 은근히 예뻐해 주는 사람들도 생기는 것 같았다. 언니들은 만날 때마다 나를 놀리곤 했다.

– 송이 얼굴 보면 생각나는 게 있제?

– 그래, 보름달. 호호호.

얼굴이 보름달같이 생겼다는 말은 참말 별로였다. 보름달처럼 둥글고 훤하기보다는 갸름하니 함초롬해 보이는 얼굴이 되고 싶었다.

나를 둘러싸고 있던 궁녀들이 한순간 입을 닫았다. 저쪽에서 왕비가 걸어오고 있는 것을 보고는 모두 머리를 숙이고 달려가서 양쪽으로 비키며 길을 틔웠다.

나를 처음 보던 날, 뚫어질 듯 쳐다보다가 말없이 지나가 버리는 왕비의 옷자락에서 서늘한 바람이 일었다. 그 표정이 너무나 무서워서 그 뒤로는 왕비의 그림자만 보여도 피해 다니곤 했다.

왕비는 궁녀들과는 비교가 되지 않을 정도로 화려하게 차렸다. 최상등 비단으로 지은 옷에다 옥과 금으로 된 머리 장식, 유리구슬에 녹색의 곡옥을 매단 목걸이가 햇살에 반짝였다. 쌀가루로 빚어 놓은 듯한 흰 손가락에는 굵은 금가락지가 서너 개씩 끼여 있었다. 나는 왕비의 차림새 중에서 귀고리에 제일 오래 눈이 갔다. 둥근 황금 고리 아래 화려한 장식이 조롱조롱 달려 있는 어여쁜 귀고리. 나는 언제 저런 귀고리를 달아 보나 싶었다.

더없이 화려하게 차린 왕비는 이상하게도 단 한 번도 웃는 얼굴을 보여 주지 않았다. 도대체 왜 그럴까, 나 같으면 매일 활짝 웃으며 살 것 같았다. 신라 사람이라는 왕비가 어째서 비사벌로 시집을 왔는지 묻자, 으뜸 궁녀는 대뜸 한숨부터 쉬었다.

- 길게 말할 게 있겠나. 나라가 망해 갈 때 신라에서 태자비로 보낸 거제. 돌아가신 선왕이나 지금 임금님이나 목숨을 보전하려면 그 말을 들을 수밖에 더 있었겠나. 하기사 아직까지 임금님이나 우리가 이 왕궁에서 살고 있는 것도 다 왕

비 덕이라고 봐야 안 되겠나. 왕비도 그렇겠제. 저래 화려하게 차리고 있어도 마음이 편할 리가 있겠나. 망해 가는 나라에 억지로 시집왔는데 이제는 왕비도 아닌 처지가 됐고 자식도 낳지 못하니.

낮에는 각자 맡은 일을 하지만 밤에는 궁녀들이 한데 모여서 관솔불을 밝혀 놓고 길쌈을 했다. 대마 비슷한 풀에서 나는 실을 가지고는 촘촘하고 폭 넓은 포라는 베를 짜고, 누에를 쳐서 고치에서 나온 비단실로는 겸이라는 천을 짰다.

포나 겸 모두 제일 좋은 천으로는 임금님의 바지저고리와 겉옷이며 모자를 짓고 왕비의 치마저고리와 겉옷을 만들었다. 그 다음 좋은 천으로는 일 년에 두 번 씩, 오월과 시월에 관리들의 옷을 한 벌씩 지었다. 나라는 없어졌다고 하지만 매일 열 명이 넘는 관리들이 왕궁에 모여서 일을 보니, 임금님이 선물로 내리는 것이라고 했다. 언니 궁녀들은 하급품 천으로 만든 치마저고리지만, 청동으로 만든 다리미에 숯을 담아서 나날이 새 옷처럼 다려 입었다.

남들 눈에는 그저 그렇고 그런 일이 내 눈에는 신기해 보이는 것들이 많았다. 한번은 언니 궁녀들을 따라 광에 들어갔다. 커다란 항아리가 수십 개나 줄지어 있었다. 짐승이나 물고기를 잡으면 넣어 두기도 하고 곡식을 보관하기도 한다는

데, 어른 서넛은 충분히 들어갈 만큼 큰 것들도 많이 있었다.

항아리보다 작은 질그릇도 수없이 있는데, 뚜껑에는 세모 모양에 동그라미를 겹쳐 그려 놓기도 하고 점을 콕콕 찍어 놓은 것도 있었다. 삐죽삐죽 빗살무늬도 있고 구름이나 번데기 같은 모양을 동글동글 새겨 놓은 것도 있었다. 그릇 굽는 마을이 따로 있어서, 진한 회색 고급 그릇도 만들고 누렇고 붉은 색 보통 질그릇도 굽는다고 했다.

생각에 빠져 있다가 문득 고개를 들어 보니, 임금님이 나를 물끄러미 내려다보고 계셨다.

- 많이 힘들면 힘들다는 소리를 나한테 해라. 알았제?

얼른 고개를 저었다.

- 아니예. 그냥 이런저런 생각을 하고 있었어예.

임금님은 말 위에서 팔을 들어 저 멀리를 가리켰다.

- 송이야, 저기로 황산강이 흘러가고 있구나. 저 물줄기를 따라 열 개가 넘는 가야의 작은 나라들이 있었다. 남쪽으로 내려가면 사이기국(*현 경남 의령 소재), 탁순국이라는 나라가, 거기서 더 내려가면 구야국이라는 큰 나라가 있었지. 있었다는 말은 이제는 망하고 없다는 말이구나.

임금님의 시선이 화왕산 자락 솔고개에 누운 무덤들을 향했다.

- 내 선대 왕들이 누워 계신 왕릉이다. 저 무덤 안에 비사벌 역사가 담겨 있구나. 저 중에 제일 오래된 왕릉은 돌로 곽을 만들어 시신을 모셨다. 그게 예전에 가야에서 하던 방식이니. 그 안에 묻은 껴묻거리도 모두 가야풍이었고. 그런데 갈수록 무덤은 가야식인데 껴묻거리는 신라 물건들로 채워지기 시작했구나. 제일 마지막에 만든 것은 무덤도 유물도 모두 신라풍 일색이니.

임금님은 마음에 커다란 실타래를 품고 있는 것처럼 보였다. 하고 싶은 말이 너무나 많아서 그 끝을 살짝 당기기만 하면 이야기가 술술 흘러나올 것만 같았다.

- 저 중의 한 분은 배 모양을 한 목관에 누워 계신단다. 왜에서만 자라는 녹나무로 만들었다는데 벌레가 안 먹는다는구나. 왜에서 만든 목관이 뱃길로 와서 적포나루를 통해 비사벌로 들어왔을 것이니. 아니다, 내가 니한테 부질없는 이야기를 하는구나.

쓸쓸하게 웃던 임금님의 눈길이 솔고개 아래로 향했다. 너른 들판에서 수십 명의 남자들이 낫으로 벼를 베고 있고 한 사람이 채찍을 휘두르며 감독을 하는 모습이 보였다.

- 저게 어찌 된 일이냐? 왕실 논에서 백성들을 저리 모질게 부린단 말이냐?

임금님의 얼굴이 굳어 가는 것을 보고서 호위 무사가 입을 열었다.

- 저, 왕실 땅이 아니라…….
- 왕실 땅이 아니라니, 설마 내가 저 땅을 모르겠느냐. 비사벌 최고 상답이 아니냐. 저기서 나는 곡식으로 선대 왕들의 제사를 지내왔거늘.
- 저, 신라에서……, 상수위에게 상으로 주었다고 하옵니다.
- 아…….

긴 한숨을 토해 놓은 임금님은 그 자리에 서서 움직일 줄 몰랐다.

신전에서 열리는 나라 제사 때, 죽간에 적힌 축문을 읽던 사람이 상수위였다. 왕궁에서 임금님 다음으로 우뚝한 사람으로 보였다. 그래서 그런지 매일 아침 임금님을 뵈러 올 때도 공손한 기색이라고는 전혀 없고, 임금님 앞에서도 말을 함부로 툭툭 던지는 것처럼 보였다. 게다가 살이 더덕더덕 붙어서 천해 보이는 얼굴에, 신라에서 온 궁녀들에게는 온 얼굴에 웃음을 담아 친절하게 대하면서도 우리 비사벌 출신 궁녀들에게는 무뚝뚝하기 그지없다고 소문이 난 사람이었다.

나를 볼 때마다 아래위로 쓱 훑어보는 것이 정말 정나미가 떨어질 것 같았다. 그래도 상수위를 대할 때는 싫은 내색 없이 웃으며 공손하게 인사를 했다. 속마음을 드러내지 않고 예의를 차릴 줄 아는 내 스스로가 은근히 대견스럽기도 했다.

- 나는 그야말로 허수아비로구나. 있으나마나 한 존재인
줄 진작 알았지만 이런 지경까지 될 줄이야. 그자가 이 땅을
다 가졌으면 제사장은 오죽하겠느냐.

- 상수위와 달리 제사장은 아무것도 차지하지 않았다고
하옵니다. 그저 신전을 지키겠다고 했다 하옵니다.

- 그자가?

임금님은 고개를 들어 길게 헛웃음을 웃었다. 그러다가 다
시 어두운 낯빛으로 돌아오더니 말없이 말머리를 돌렸다.

왕궁으로 돌아오는 내내 제사장 생각을 했다. 신전에 있을
때, 이모도 할머니도 뒤쪽 큰 귀틀집 근처에는 얼씬도 하지
말라고 하는 것을 보면 보나마나 무서운 사람일 거라고 생
각했다. 그런데 나라 제삿날, 나를 보고 빙그레 웃을 때 보니
그렇게 무서운 사람으로 보이지 않았다. 그렇지만 할머니가
워낙 불구대천의 원수라며 이를 가는 걸 보면 틀림없이 나
쁜 사람이라고, 다시 좋지 않게 생각하기로 마음을 먹었다.
그런데 갈수록 자꾸만 궁금증이 더해졌다. 그 사람은 저 큰
집에서 무얼 하며 지낼까? 이모나 할머니는 왜 그렇게 나쁜
사람으로 생각하는 걸까?

언젠가 구슬이네 집에 갔다 오는 길에 결국 제사장이 사는
귀틀집 대문을 살짝 밀어 보았다, 아주 조금. 갑자기 사립문이

쑥 안쪽으로 밀리면서 그 마당에 들어서고 말았다. 큰일 났다 싶어 허둥지둥 돌아 나오려고 하는데 제사장이 천천히 다가왔다. 간이 떨어지는 것 같았다. 발이 땅에 붙은 것처럼 떨어지지 않았다.

- 니가 소벌에서 온 아이냐?

천만뜻밖에도 말소리가 아주 부드러웠다.

- 그래, 이름이 뭐냐?

- 송이…….

- 송이라, 니 부모의 눈에는 그야말로 한 송이 꽃으로 보였겠구나.

아버지가 하던 말, 세상에서 제일 예쁜 꽃 한 송이라고 하던 말이 생각나서 마음이 아득해졌다. 제사장은 손으로 마루를 쓸고 나를 앉도록 하더니 앵두가 담긴 바가지를 내밀었다. 빨간 구슬처럼 빛나는 예쁜 앵두, 소벌 집에도 한 그루 있었지. 새콤달콤한 맛을 생각하니 금방 군침이 돌면서 기분이 좋아졌다.

- 앵두를 따던 참인데 마침 같이 먹을 사람이 생겼구나. 많이 먹어라.

앵두 바가지에 저절로 손이 갔다. 그럴 줄 알았나는 듯이 빙그레 웃으면서 나를 바라보는 모습이 아버지와도 닮아 보였다.

- 달뫼에 다녀오는 길이구나.

갑자기 너무 놀라서 앵두가 목에 걸린 것 같았다. 캑캑거리며 뱉었다. 제사장이 재미있다는 듯이 눈으로 웃었다.

- 많이 놀랐나? 니가 뭐를 하는지 내 눈에는 다 보인단다.

하늘에 제사를 지내는 제사장은 역시 보통 사람과는 다르구나 싶었다.

- 소벌 생각이 많이 나제?

정말로 내 마음속까지 다 보고 있는 모양이었다. 제사장은 내 얼굴을 찬찬히 살펴보면서 가만히 한숨을 내쉬었다.

- 나 같은 사람은 생각도 못한 일을 니 부모는 용감하게 해냈구나.

제사장이 우리 엄마 아버지에 대해 좋게 이야기하는 것이 정말 이상했다. 엄마 아버지가 어떤 일을 했다는 것인지 물어보고 싶은 생각이 굴뚝같았다. 그렇지만 이모나 할머니가 그렇게 싫어하는 제사장과 이야기를 길게 하면 안 될 것 같은 생각이 들어서 아쉽게 입을 닫았다. 제사장이 싱긋이 웃어 보였다.

- 이모가 죽간 이야기는 아무한테도 하지 말라고 하더나?

- 그걸 어째 아셔예?

- 괜찮다. 이모 시키는 대로 해라. 내가 이런 이야기를 하더란 말도 나를 봤단 말도 이모나 할매한테는 하지 말거라,

알았제?

그러면서 눈이 다 감기도록 활짝 웃었다. 나도 고개를 끄덕이며 마주 웃었다. 남은 앵두를 한입에 털어 넣었다. 새콤한 단물이 목구멍을 넘어가자 문득 행복한 마음마저 들었다.

앵두를 다 먹고 사립문을 밀고 나오면서 살그머니 돌아봤더니, 제사장이 나를 향해 손을 흔들고 있었다. 나도 팔을 올려 흔들까 하다가, 부끄러운 생각이 들어서 그만 두었다. 제사장은 내 마음을 안다는 듯 소리 없이 웃으면서 손을 크게 흔들었다.

제사장과 한 약속은 비밀로 간직해야 한다는 생각이 들었다. 어쩌면 비밀 한 가지쯤 가지고 있는 것도 괜찮겠지 싶었다. 그렇지만 비밀을 지키고 있자니 가슴이 시도 때도 없이 콩닥콩닥 뛰었다. 이모와 할머니와 눈이 마주치면 내 비밀이 다 들킬 것 같았다. 결국 며칠을 끙끙거리다가 이모에게 털어 놓았다. 그래도 내 발로 제사장을 찾아간 이야기는 하지 않았다. 더군다나 우리 엄마 아버지를 두고 용감한 일을 한 사람이라고 하더란 말은 절대로 하지 않았다.

임금님 말씀을 들어 보니, 임금님도 제사장을 미워하는 것이 확실했다. 임금님에게도 제사장 이야기는 않아야 한다는 것을 알았다.

임금님과 나들이를 나갔던 날, 사실은 하고 싶은 말이 있었다. 근 이 년 만에 바깥나들이를 나왔으니 잠시라도 신전에 들러서 할머니와 이모를 만나 봤으면 좋겠다는 말씀을 드려 보고 싶었다. 그렇지만 임금님의 얼굴빛이 너무 어두워서 말을 꺼내지도 못하고 말았다. 왕궁으로 돌아오는 내내 가슴에 구멍이 뚫린 듯 허전했다.

왕궁에 돌아오자마자 죽은 듯이 잠에 빠져들었다. 잠을 자는 중에도 어수선한 생각으로 머리가 어질어질하고 진땀이 흘렀다. 그날 밤 나는 요 위에 붉은 꽃을 그렸다.

- 이제 송이가 진짜 처자가 됐구나.

으뜸 궁녀가 등을 두드려 주었다.

- 니 엄마가 봤더라면 얼마나 좋아했을꼬. 처자가 됐으니 귀고리를 해야제. 상처가 다 아물면 내가 금동귀고리를 해 주마.

으뜸 궁녀는 작은 쇠꼬챙이로 내 왼쪽 귓불을 뚫더니 굵게 꼰 비단실을 밀어 넣고는 하루에도 몇 번씩 뱅글뱅글 돌려 주었다. 가만히 헤아려 보니 엄마가 세상을 떠난 지 삼 년이나 지났다. 이제 진짜 처자가 되었다는데, 이렇게 어른이 되는 것이라고 하는데, 어떤 날들이 나를 기다리고 있을지 걱정이 몰려왔다. 나도 엄마나 신녀 이모처럼 불쌍하게 살게 되는 것은 아닐지.

어금니가 썩고 사랑니가 나느라 온몸이 욱신욱신 아픈 때도 있고 달거리가 있을 때는 가끔 핑하니 어지럽기도 했다. 가을이 깊어 가면서 하늘이 갈수록 새파래졌다. 그 고운 색깔을 바라보는 마음이 왜 자꾸 슬퍼지는지.

어느 날, 정말 거짓말처럼 그루가 왕궁 뜰에 나타났다. 키는 잡아당긴 것처럼 크고 어깨는 갑옷을 입은 듯 떡 벌어진 게, 하마터면 못 알아볼 뻔했다. 내가 놀라서 우두커니 서 있는 사이에 으뜸 궁녀가 재빨리 그루를 임금님께 안내해 주었다. 잘 익은 홍시를 담아 들고 방으로 들어갔다. 그루는 나와 눈이 마주치자 볼을 발갛게 물들였다.

- 새 야장 어른이, 철정을 이래 만들면 되겠는지 살펴봐 주십사꼬.

그루는 임금님께 보퉁이를 전하고는 홍시 하나를 먹는 둥 마는 둥 하더니 일어섰다. 나와는 말 한 마디도 하지 못한 채로. 주저주저하면서 일어서서 천천히 방을 나서는 얼굴에 아쉬움이 흘러내렸다. 그런데도 임금님이나 으뜸 궁녀가 더 앉았다 가라고 붙들지 않는 것이 못내 서운했다. 몇 년 만에 만나 본 동무를 그렇게 보내 버리다니, 꿈에 본 듯이 허전했다.

홍시가 담긴 접시를 치우지도 않고 멍하니 앉아 있는데, 왕비가 들이닥쳤다. 말소리가 날카롭고 매몰찼다.

- 신전을 오고 가는 온갖 심부름을 다 해 주던 그 야장이

죽었다고 해서, 이제 끝인가 보다 했지요. 그런데 덩이쇠가 아직까지 오가는 건 무슨 연유인가요? 어린아이한테 심부름을 시키면 눈에 안 뜨일 줄 알았던가요?

임금님은 그저 어색한 웃음만 흘릴 뿐이었다. 왕비는 한동안 꼼짝도 않고 임금님을 바라보며 서 있더니, 이윽고 쌩하니 돌아섰다. 그전에 나를 한 번 노려본 것은 물론이었다. 차마 임금님을 마주 볼 수가 없었다. 내 무안함과 임금님의 민망함을 털어낼 이야기를 궁리하다가 나도 모르게 불쑥 말이 튀어나왔다.

- 임금님, 칼이나 창을 쓰실 줄 아셔예?

기껏 한다는 말이 워낙 어린아이 같은 소리니 말을 꺼내 놓고 나서도 부끄러웠다. 애쓰는 것이 기특해 보였는지, 임금님은 슬며시 웃어 보이며 말문을 열었다.

- 나는 칼이나 창 쓰는 것은 못 배웠다. 내 어릴 때 이미 나라가 신라 수중에 들어가다시피 되어 버렸으니. 갑옷이야 훌륭한 게 있지만 입어볼 일이 없었구나. 가만, 그걸 보여 주면 송이 니 기분이 좀 나아지겠나?

임금님은 누렇게 빛나는 큰 열쇠 하나를 꺼냈다.

- 내 방 뒤, 저 방문을 열어 보아라. 거기서는 조심, 또 조심해야 한다.

자물통에 열쇠를 넣고 문을 밀자마자, 입이 떡 벌어지는 광경이 기다리고 있었다. 그곳은 비밀의 방이었다. 넓디넓은 방에는 벽을 따라 두꺼운 나무 시렁이 둘러져 있고, 시렁 위에 고운 천을 깔고 온갖 진귀한 것들을 얹어 놓았다.

제일 먼저 눈에 띈 것은 금관이었다. 금으로 된 두꺼운 테 위에 금 나뭇가지가 네 가닥 하늘을 향해 뻗어 있는 모습, 그 휘황찬란한 빛에 눈이 부셨다. 입은 다물리지 않는데 눈은 연방 돌아갔다. 얇은 쇳조각을 이어 붙인 갑옷도 있었다. 쇠를 마치 베 조각처럼 오리고 잘라서 옷을 만들어 놓았다. 엄청난 크기의 말 갑옷도 있었다. 말도 갑옷을 입어야 싸움터에서 다치지 않겠지.

그 뒤로 몇 달에 한 번씩 비밀의 방에 들어가서 진기한 물건들을 닦았다. 임금님은 아득한 얼굴로 하나하나 바라보곤 하셨다. 칼머리가 고리처럼 생긴 큰 칼이라고 해서 환두대도라고 한다는 칼에는 봉황 머리가 조각되어 있고 손잡이에는 금과 은을 녹여서 용무늬를 새겨 넣어 놓았다. 그런데 임금님 말씀이, 고구려에서 만든 칼이라고 했다. 오랫동안 고구려를 대국으로 떠받들던 신라가, 고구려에서 만든 칼을 얻어서 비사벌 왕에게까지 진해 준 것이라고 했나. 역시 신라에서 왔다는, 은으로 된 둥근 둘레에 갖가지 장식이 달린 커다란 허리띠도 있었다. 칼이나 허리띠나, 신라 편이 되어서 시키는 대로 말 잘 들으라고 달래면서 준 것인가 보았다.

아무려나 저 잘생긴 얼굴에 환한 표정으로 금관을 쓰고 은으로 만든 허리띠를 두른 모습, 아니면 갑옷에 용무늬 환두대도를 차고 역시 갑옷 입힌 말을 척 하니 타신 모습을 봤더라면 얼마나 좋을까.

- 임금님, 저 금관을 한번 써 보시면 안 될까예?

임금님은 희미하게 웃었다.

- 송이야, 이제 나는 왕이 아니니 왕관을 못 쓰니라. 후에 한 번은 쓰게 안 되겠나마는.

- 그게 언젠데예?

- 글쎄다, 언제가 될지 아무도 알 수 없는 일이 아니겠느냐. 아니면 곧 올지도……. 살아서는 감옥살이를 시켰으니 가는 날에는 대우를 안 해 주겠느냐. 이래 간수를 하도록 하는 것을 보면 무덤 속에서나마 비사벌 왕으로 지내도록 해 줄 모양이다.

- 무슨 말씀이신지?

- 니도 왕궁 생활을 이만큼 했으니 곧 알게 될 것이다. 나한테 무슨 일이 생기면 이 방을 열어서 모두 무덤에 같이 넣을 것이니 그리 알고 있거라. 내 병이 점점 깊어 간다는 것을 내가 아니.

- 임금님…….

말로 표현하기 힘든 슬픔이 밀려왔다.

비밀의 방에는 잘생긴 굽다리접시도 여러 점 있었다. 검은
색이 도는 짙은 회색에 복이 긴 그릇, 그 굽다리 부분에 두
단으로 네모 모양의 창이 가지런하게 뚫려 있었다. 임금님이
보여 주시는 그릇은 참 이상하게 생긴 것이, 뚜껑에 작은 꼭
지가 달려 있었다.

- 잘 봐라, 이 뚜껑의 꼭지와 이 아래, 굽다리접시의 다리
모양이 서로 어떠하냐?

말씀을 듣고 보니 그 모양이 금방 눈에 들어왔다.

- 아, 그릇 다리를 조그맣게 줄여서 뚜껑에 거꾸로 붙여
놓은 거 같은데예.

- 옳지, 바로 봤구나. 비사벌 토기는 이렇게, 뚜껑에 작은
다리 모양이 거꾸로 붙었고 굽다리에 창이 아래 위 한 줄로
뚫려 있느니라.

- 비사벌 말고 다른 가야 나라도 토기 모양이 다 다른 거
라예?

- 그래, 나라마다 조금씩 다르지. 안라국에서는 굽다리의
창을 네모 모양으로 뚫지 않고 불꽃 모양으로 뚫느라. 그래
서 불꽃 토기라고도 부른단다.

불꽃 토기, 어떻게 생겼는지는 모르겠지만 이름이 참 예쁘

다 싶었다. 문득 흙그릇 뒤쪽으로, 나뭇조각을 엮어서 둥글게 말아 놓은 게 여럿 눈에 띄었다.

 - 저기, 저게 죽간이라고 하는 거지예?

 - 니가 죽간을 아느냐?

 - 나라 제사 때 죽간에 축문을 적어 놓은 것을 봤지예. 이모가 목간이라는 것도 있다는 말도 해 줬고예.

 - ……

 - 비사벌 이야기를 저렇게 적어서 보관하면 좋을 건데예.

임금님이 놀라는 표정을 지어 보였다. 이모가 아무에게도 말하지 말라던, 아버지와 죽간 이야기를 임금님께는 해도 되지 않을까 하는 생각이 얼핏 들었다. 그 말씀을 드려 볼까 어쩔까 망설이고 있는데, 임금님의 얼굴빛이 어둡게 변하는 것 같아서 그만 말을 하지 않기로 마음먹었다.

그날 이후로 날씨가 갑자기 추워져서 그런지, 임금님은 잠 숫는 것도 전과 같지 않고 기력도 많이 떨어져 보였다. 그러더니 며칠 후부터는 이부자리에서 통 일어나지를 못했다.

 - 그저 날 가만 놔둬라, 며칠간만.

임금님은 세상이 다 귀찮다는 듯 눈을 감아 버렸다. 그 모습을 보고 있자니 기도 같은 말이 저절로 흘러나왔다. '신모님, 임금님 병이 나아서 오래 사시고 재미난 이야기도 많이 들려주시도록 해 주시소, 예?'

며칠 후 임금님이 자리를 털고 일어나셨다.

- 민가 옷에 두꺼운 겉옷을 입고 따라 나서거라.

궁 밖으로 나간다고 생각하니 가슴이 뛰었다. 임금님은 관리처럼 수수한 복장으로 차리고 나섰다. 화려한 치장을 한 임금님의 말은 두고, 아무 장식도 없는 호위 무사의 말에 올라탔다. 호위 무사가 나를 번쩍 들어서 임금님 앞에 태웠다. 호위 무사나 마부나, 나한테 참 따뜻하게 대해 주는 고마운 사람들이라는 생각이 문득 들었다.

말은 순식간에 왕궁을 나서서 산길을 한참 달리더니 황산 강가로 나갔다. 초겨울 바람 속에서도 마음이 즐거우니 추운 줄을 몰랐다. 드넓은 강 자락을 바라보면서 맡는 구수한 흙 냄새며 볼을 때리고 지나가는 싸늘한 바람이 더없이 좋았다.

한 식경쯤 지났을까, 드디어 말이 멈춰 섰다. 넓은 강물이 유유히 흘러가고 그 기슭에 큰 나루터가 있었지만 사람이라곤 보이지 않고 작은 나룻배 서넛만 묶여 있었다. 저절로 쓸쓸한 느낌이 드는 풍경이었다.

- 여기가 적포나루다. 죽기 전에 한번 와 보고 싶었구나. 비사벌국은 자랑스러운 역사를 지니고 있다. 저 삼한의 최강자였던 고구려의 침략을 제지시킨 적도 있으니.

임금님의 목소리에 힘이 들어가고 볼이 어린아이처럼 붉게 물들었다.

- 그때, 고구려와 신라 군대의 기세를 꺾어 침략자들 발길을 돌려세운 사람이 있었다. 선대 왕이었던 내 고조할아버지께서는 비사벌국으로 들어오는 적군의 선발대를 이곳에서 쳐부숴 버렸단다. 그런데 말이다, 이 적포나루의 싸움에 대해서 고구려도 신라도 이후 언급을 하지 않는다는구나.

찬바람을 오랜 쐰 탓인지 임금님은 몸을 부르르 떨었다. 이미 사라진 옛날 일을 가슴 저 깊은 곳에 넣어 두고 언제까지든 잊지 않으려고 용을 쓰는 것 같은 모습. 어떻게 하면 임금님 마음이 좀 따뜻해질 수 있을까. 내가 해 드릴 수 있는 일이 하나도 없는 것이 안타까웠다.

한참 후에 임금님이 나직하게 말씀하셨다.

- 송이야, 니가 살던 소벌이 여기서 멀지 않구나. 이십 리 안팎밖에 안 되니.

그 말씀에 나도 그만 슬퍼졌다.

- 미안타. 니한테도 니 부모한테도 면목이 없구나.

임금님이, 소벌에서 살던 우리 엄마 아버지한테 미안한 일이 있다니 무슨 엉뚱한 말씀인가. 그렇지만 임금님 낯빛이 도무지 펴지지 않으니 물어볼 엄두도 내지 못했다.

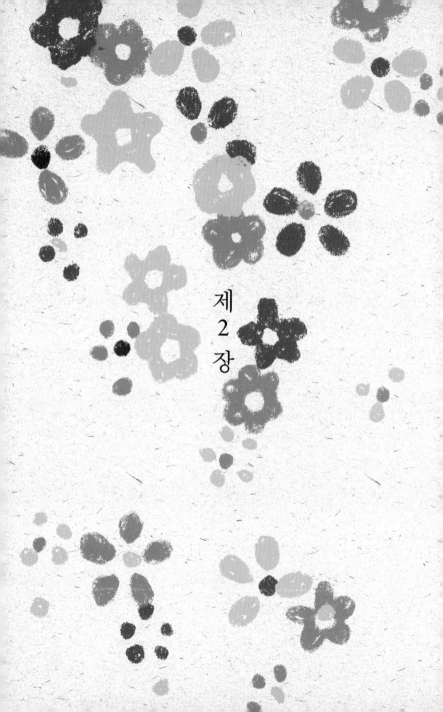

제
2
장

만
남

벌판에서

송이

신라 왕이 몸을 돌려 돌아간 후에도 무력지 잠간은

한참 동안이나 찬 땅바닥에 머리를 대고 있었다.

그러다가 아주 천천히 머리를 들어서 나를 바라봤다.

아, 눈물이 그렁그렁한 눈.

나이 든 남자가 눈물짓는 것을 난생처음 보았다.

그렇게 아저씨를 만나고 서라벌로 끌려가게 될 줄을,

열네 살 나는 꿈에도 생각하지 못했다.

적포나루에서 돌아온 지 며칠 지나지 않은 때였다. 그날도 상수위는 임금님 기색을 살살 살피는 눈치였다. 그저 무심한 듯 조용한 임금님 낯빛에서, 무슨 생각을 하고 있는지 얼마나 아픈지 신라에 보고할 거리를 찾는가 보았다. 다른 관리가 숨을 몰아쉬면서 임금님 방까지 쫓아 들어왔다.

- 행사대등이 오셨습니다.

- 뭐라고?

상수위는 불에 덴 것처럼 일어나서 후다닥 달려 나갔다. 행사대등은 비사벌에 와 있는 신라 관리 중 제일 높은 사람인데, 신라 왕이 비사벌에 온다는 소식을 전하고 갔다고 했다. 그날로 온 비사벌 천지가 떠들썩해졌다.

신라 왕이 직접 비사벌로 행차해서 늘어난 영토를 돌아볼 것이고, 그 일을 기념하는 거대한 비를 화왕산 자락에 세운다고 했다. 비 세우는 것을 지휘하고 감독하는 일이야 신라 관리들이 하겠지만, 돌을 캐고 옮기고 그 위에 글씨를 새기는 노역은 모두 비사벌 사람들이 해야 한다고 했다. 우리 임금님, 비사벌 왕은 이제 신라의 벼슬아치이니 비문에 술간이라는 관직으로 적히고, 제막식 날에도 나가야 할 것이라고 관리들이 떠들었다.

젊은 신라 왕은 새벽에 직접 말을 몰아 와서 비를 제막하고, 행사가 끝나면 벌판에서 하루를 쉬어 간다고 했다. 신라 왕을 수행하고 오는 수백 명 군사들의 저녁을 마련해 주기로 했으니, 그야말로 비사벌이 생긴 이래 가장 큰 일이 될 거라고 언니 궁녀들이 수군거렸다. 수시로 행사대등이 왕궁으로 와서 관리들에게 지시를 하고, 관리들은 각 마을 촌주들을 불러 모아서 또 지시를 했다. 궁녀들은 궁녀들대로 비사벌 천지를 들쑤시면서 음식 재료를 모으러 다녔다.

바쁘기 이를 데 없는 관리나 궁녀들과는 달리 임금님은 그날부터 입을 닫아 버린 듯했다. 하루 종일 말 한 마디 하지 않는 날도 있었다. 신전에서 살게 됐을 때, 신녀 이모도 저렇게 통 말을 하지 않았다. 그렇지만 달뫼에 다녀온 이야기를 해 주면 낯빛이 달라지곤 했지. 어떻게 해 드리면 임금님이 말문을 여실까, 나날이 태산 같은 걱정을 안고 사는 것 같았다.

며칠만에 임금님이 문득 입을 여셨다.

- 가야금…….

으뜸 궁녀에게 달려가서 전해 드리자마자, 나이 많은 궁녀 한 사람이 커다란 나무판에 줄이 잔뜩 달린 이상한 물건을 안고 들어왔다. 손가락으로 줄을 퉁기자 맑고 아름다운 소리기 흘러나왔다.

- 송이야, 이리 오너라.

요 위에 앉아 있는 임금님께 무릎걸음으로 다가갔다. 그즈음 임금님은 낮에도 이부자리를 깔아 두고 있었다.

- 열두 개의 줄을 가지고 이렇게 고운 소리를 내는 것이 바로 가야금이다. 가야의 열두 나라를 상징하는 악기구나. 어쩌면 다시는 듣지 못할 지도 모르겠으니.

가야금 소리는 쉴 새 없이 변했다. 살랑살랑 봄바람같이 부드럽게 감기기도 하고 비바람처럼 사납게 휘몰아치기도 하고 가을날 해 저물녘같이 쓸쓸하게 내려앉기도 하고 첫눈 오는 날의 내 마음처럼 폴폴 가볍게 날리기도 했다.

- 저 가야금 소리는 세세생생 이어질 것이다. 잦아드는 숨결 같은 비사벌 역사도 저렇게 이어지리라.

무엇이 임금님 마음을 저렇게 짓누르고 있는 것인지, 그 마음을 좀 가볍게 해 드릴 방법이 없을까.

- 아, 으뜸 궁녀가 임금님께 여쭤보라고 했는데예. 저녁 찬으로 뭘 해 드리면 좋을까 하고예. 한입 드시면 입맛이 확 돌아올 수 있는 게 없을까예?

- 연꽃 차를 몇 모금 마셔 보면 입맛이 좀 살아날 성도 싶다만. 이 겨울에 연꽃 차를 어디서 구하겠느냐.

- 전에 보니까, 이모가 연잎을 말려서 차로 만들어 놓던데예. 가서 그거라도 달라고 할까예?

- 오냐. 니가 일일이 염렴하구나.

할머니와 이모를 근 이 년 만에 만난다고 생각하니, 신전으로 향하는 발걸음이 날 것 같았다. 할머니는 고꾸라질 듯 달려 나와서 나를 끌어안았다.

- 아이고, 내 강아지. 하루 종일 징징거리며 울던 아이가 다 큰 처자가 됐구나, 용타.

방에 들어가 마주 앉아서 바라보니, 이모는 얼굴빛도 무겁고 몸피도 많이 줄어든 것이 그새 나이가 훌쩍 들어 버린 것처럼 보였다. 게다가 평소의 이모답지 않게 왠지 모르게 허둥거리고 어딘가 불안해 보이는 모습이었다.

- 왕궁에서 많이 보고 들었나? 궁금한 게 많이 풀리더나?

- 많이 보고 들으면 궁금한 게 없어지고 속이 후련해질 줄 알았거던예. 그런데 마음이 더 어지럽기만 하네예.

이모가 입으로는 웃고 눈으로는 생각을 하는 듯한 묘한 표정을 지었다.

- 니 마음이 많이 고단한가 보구나. 사는 게 쉽지 않다 싶제?

이모가 신녀답게 정말로 신통력이 있는가 싶었다. 그 무렵 내 마음에는 이상한 일렁임이 일어나고 있었다. 딱히 설명할 수 없는 느낌이 물결처럼 번져 가면서 만 가지 일이 뒤엉킨 듯 생각이 어수선해지기 일쑤였다. 왜 그런 마음이 드는지 도무지 까닭을 알 수가 없고, 어디서부터 시작된 것인지 짐작도 할 수 없었다. 참 이상하다 싶은 마음이 들기는 했지만 누구에게도 내색은 하지 않았다. 그저 안개 속에 갇힌 듯 마음이 갑갑한 채로 지내고 있는 형편이었다. 그런 얘기를 이모에게 들려주면 듣는 이모까지 마음이 어지러워질 것 같았다.

- 왕궁은 요새 어떻노? 신라 왕이 온다고 하던데?

이모의 얼굴빛이 어두워지고 목소리가 가라앉는 것 같아서 얼른 대답을 했다.

- 온통 난리가 났어예. 준비해야 될 게 뭐가 그리 많은지 사람들마다 바빠서 종종걸음을 치고 있고예. 임금님은 속이 상해서 그런지 말문을 닫아 버리시고예. 왕궁에서 살던 중에 요새가 제일 정신없는 땐 것 같아예.

- 어째 안 그러시겠노.

- 그렇지예? 임금님 생각을 하면 마음이 아파예.

- 니가 철이 많이 들었구나.

이모의 눈빛이 그윽해졌다. 그러면서도 방문을 연거푸 열어 보는 모습이 누군가를 기다리고 있는 것도 같아 보였다. 조금 후에 이모가 일어서서 방을 나갔다.

- 송이야, 좀 있다 가도 되겠제? 할매하고 이야기하고 있을래?

무슨 이야기를 들려 드리면 할머니가 좋아하실까? 왕궁에서 있었던 재미난 일을 열심히 재잘거리는 내내, 할머니는 내 얼굴에서 눈을 떼지 못했다. 먹을거리를 챙겨 주겠다며 할머니가 부엌으로 나간 사이에 마당으로 나가 봤다.

저만치 뒷마당 연못 앞에 이모가 서 있는 모습이 눈에 띄었다. 그런데 웬 수수한 차림새의 남자가 머리를 숙이고 잰걸음으로 이모에게 다가가고 있었다. 이모는 그 남자를 보자마자 황급히 연못가 정자로 이끌고 갔다. 정자 밑에서 두 사람이 신을 벗어 쥐더니 곧장 층계를 올라서 정자 안에 있는 방으로 들어가 버렸다. 임금님이 다녀가셨던 바로 그 방이었다. 이상하다, 낯선 남자가 왜 정자 방에 들어가는가, 그것도 신을 벗어 쥔 채로. 살그머니 정자로 올라갔더니 방문 앞에 신이 하나도 없는 게 또 이상했다. 저절로 방문 옆 기둥에 몸이 다가갔다. 안에서 소곤소곤 말소리가 들려왔다.

- 제막식 날밤에는 때가 없습니다. 군사들이 마음 놓고 쉬는 틈을 노려야지요. 문제는 그때가 언제냐 하는 건데, 맞춤한 때가 되면 약속대로 붉은 기를 올려서 알려드리지요.
- 그러지요. 말씀하신 그 지점 근처에서 기다리겠습니다. 월광태자께서 때를 알려 주기만 하면 제가 이 사람과 바로 신라왕의 막사로 뛰어들겠습니다. 일이 잘되면 세상이 달라지겠지요. 아니, 설사 성사가 안 된다 하더라도 가야의 기상은 보여줄 수 있겠지요. 안라국 왕사와 가라국 태자가 함께 하는 일이 아닙니꺼.
- 목숨을 건 일입니다. 안라국 왕자께서는 신중 또 신중하

108

게 움직여야 할 겁니다.

- 물론이지요.

- 예, 예, 그럼요. 월광태자께서 기를 올릴 때까지 제가 왕자님을 모시고 기다리겠습니다.

아, 안라국. 불꽃 모양의 창이 뚫린 흙그릇, 불꽃 토기를 만들었다던 나라. 그런데 안라국 왕자가 비사벌 신전에 와 있다는 것인가, 더군다나 저 방 안에서 세 사람이나 되는 남자의 소리가 들리다니 이게 웬일인가. 이모는 도대체 어디로 갔는가.

- 그만큼 부탁을 했는데도 신녀는 도무지 꿈쩍을 안 하니. 부친 때부터 이어 온 의리를 믿고 이 멀리까지 어렵게 왔더니, 끝끝내 비사벌 왕에게 말을 넣어 주지 않는구만. 안라국에서 열렸던 회의에 댁의 부친이 비사벌을 대표해서 태자를 모시고 오셨고, 저 친구 부친도 왜국 대표로 참석을 했소. 안라국을 패망하게 한 신라를 징벌하고 가야 사람들의 기상을 보여 주자는 일에, 왜에서 온 이 친구도 힘을 보태겠다고 하는 마당이건만.

나무라는 듯한 까칠한 목소리에 이어서 이모의 소리가 들렸다.

- 저나 왕이나 겨우 목숨 부지나 하고 있는 형편인데 무슨 도움이 되겠습니꺼. 또 비 제막하는 날에 비사벌 왕은 이미

끌려 나가 있을 게 아닙니꺼, 예?

　- 우리 중에 처지가 딱하지 않은 사람이 어디 있소. 신라 관리로 몸담고 있는 월광태자까지 이렇게 오셔서 뜻을 보태기로 했건마는. 서라벌에서 여기까지가 어디요, 그야말로 목숨을 걸고 오셨다는 것을 알겠건만.

　- 이 멀리까지 오셨는데도 아무 도움이 못 돼 드리니 정말 면목이 없습니다.

　- 신녀 뜻이 그렇다면 어쩔 수 없는 게지요. 우리 일은 우리가 알아서 할 테니 이만 나가 보소.

　이모가 나오기 전에 재빨리 숨어야 하나 어쩌나 생각을 하는 사이에 그만 방문이 벌컥 열렸다.

　- 누구냐?

　순간, 젊은 남자 두 사람이 방문 앞에 나타났다. 두 사람 모두 잘생긴 얼굴에다 가야 복장을 하고 있는데, 그 중 한 사람은 좀 이상하게 보였다. 얼굴이 어딘가 모르게 달라 보인다고나 할까. 열린 방문 사이로, 조금 전에 이모와 함께 들어갔던 남자가 앉아 있는 모습도 보였다. 이모가 허둥지둥 문 앞으로 달려 나왔다.

　- 얼른 왕궁으로 돌아갈 재비 안 하고 와 여기 서 있노, 응?

　- 왕궁이라고? 비사벌 왕궁?

　남자가 깜짝 놀라면서 눈빛을 반짝이자 이모가 다급한 소리를 냈다.

  - 말만 궁녀지 아무것도 모르는 아입니다. 아까 말씀드렸듯이 왕이 많이 편찮으시니 그 말 들어 봐야 걱정만 할 뿐이고 아무 도움이 안 됩니더. 그러니 제발 끌어들이지 마시소, 부탁드립니더.

  뭔지는 알 수 없지만 엄청난 일이 벌어지고 있다는 느낌이 들었다. 이모 손에 떠밀려 안채로 들어서는데, 할머니가 바가지를 들고 부엌에서 나오더니 왼쪽 수채 쪽으로 구정물을 버리고 들어갔다. 틀림없이 불구대천의 원수라는 욕을 중얼거렸을 것이다.

  할머니 등 너머로, 말 두 필을 끌고 대문간에 숨듯이 서 있는 남자가 눈에 띄었다. 행색은 초라했지만 얼굴은 점잖은 느낌이 들어 보이는 사람이었다. 나와 눈이 마주치자 작은 손짓으로 불렀다. 나도 모르게 두어 걸음 다가갔다.

  - 니는 누구고? 신녀와 어째 되는 사이고?

  별 것을 다 묻는다 싶었지만 왠지 싫지 않은 생각이 들어서 상냥하게 대답을 했다.

  - 우리 이몬데예.

  한순간이지만 그 사람의 얼굴빛이 흔들리는 것이 보였다.

  - 그라믄, 아까 그 할매하고는 어째 되노?

- 우리 할맵니더. 그런데 와 물으시는 거라예?

그 사람은 울 것 같은 낯빛으로 나를 바라보더니 한 걸음 다가올 기세였다. 그때, 아까 뒤란 정자 방에 이모와 함께 들어갔던 남자가 대문간 쪽으로 바삐 걸어왔다. 방문 밖에서 들은 말로는 안라국 왕자, 서라벌에서 왔다는 월광태자, 그리고 왜에서 왔다는 사람이 한방에 있는 것 같았는데, 그중 누구일까?

- 어서 갑시더. 서라벌까지 가자면 한시가 급합니더.

'아, 서라벌에서 왔다는 월광태자구나.' 월광태자로 짐작되는 남자는 바로 말안장 위로 훌쩍 뛰어올랐다. 그러나 나에게 말을 걸어왔던 사람은 선뜻 발걸음을 떼지 못했다. 말에 오른 남자가 다급하게 재촉을 했다.

- 어서 갑시더, 예?

나를 바라보고 있던 사람은 다리는 그대로 두고 몸통만 돌리면서 말을 받았다.

- 얼굴만 잠깐 보고 가면 안 되겠습니꺼? 나를 그리도 아껴 주시던 분인데요.

- 얼굴만 본다지만 그게 어디 말처럼 됩니꺼? 위험천만한 일인 줄은 알고 있지요?

- 그야 그렇지만…….

- 미안하지만 다음을 기약합시더. 오늘은 그만 갑시더, 제발.

나에게 말을 걸어왔던 사람은 재촉에 못 이긴 듯 무거운 한숨을 토하더니 발을 뗐다. 얼굴은 내 쪽으로 두고 뒷걸음 질로 멀어져 가는 사람. 무엇이 그 발길을 저렇게도 잡고 있는가. 그 사람은 이윽고 등을 보이더니 뛰다시피 걸어서 말 위에 올라탔다. 문득 내 쪽으로 고개를 돌려서 한 번 크게 끄덕이더니 바로 말 옆구리를 박차며 대문을 빠져나갔다. 그 뒷모습을 보고 있자니 저절로 쓸쓸한 생각이 들었다. 한참 동안 서 있다가 돌아섰더니 이모가 나를 바라보고 있었다.

- 저 사람들은 누구라예?

- 송이야, 궁금해도 좀 참아다오. 또 오늘 일은 아무한테도 말하면 안 된다. 할매한테도, 임금님한테도. 알았나?

이모는 연잎 차를 고이고이 싸서 내 손에 들려 주었다.

- 이 차 드시고 씻은 듯이 나으시면 좋겠건만……

이모의 간절한 마음을 연잎 차가 알아주기를 나도 빌었다. 신전을 떠나오면서 이모와 할머니를 향해 손을 열 번은 더 넘게 흔든 것 같았다.

신라 왕이 머물고 있는 군막으로 보낼 음식을 장만하느라 온 왕궁이 들썩였다. 뜰이고 부엌이고 간에 음식 익히는 연 기가 자욱하고 온갖 냄새가 뒤섞여 퍼져 나갔다. 소고기를 포 뜨고 돼지고기를 삶고 물고기를 굽느라 정신없이 바쁘면서도 두엇만 모이면 쑥덕거렸다.

- 우리 임금님이 그 행사에 기어이 가셔야 하는 거라예?

도토리묵을 쑤느라 부뚜막에 올라앉아 솥에 나무주걱을 젓던 나는 기어이 언니 궁녀들의 이야기판에 끼어들었다.

- 이월 추위가 보통이 아닌데, 하루 종일 서 계셔야 할 거 같다고 하던데예.

- 견디셔야지 어쩌겠노. 견디시는 것뿐이겠나. 아주 구경거리가 되실 거로.

착한 임금님이 아픈 몸으로 그 고생을 해야 한다니, 더군다나 사람들의 구경거리가 될 거라고 하니 마음이 따가웠다. 보통 때도 입맛이 없고 소화를 못 시키는 분이 찬바람에 하루 종일 시달리고 나면 큰 병이라도 나시는 게 아닌지.

비 제막식 날, 임금님은 신라 왕을 길에서 영접해야 한다고 첫새벽에 왕궁을 떠났다. 어떻게 견디시는지 봐야 할 것 같아서 기어이 으뜸 궁녀를 졸랐다.

- 하기사 그 몸으로 찬바람에 떨며 어째 서 계실지, 장골이라도 견디기 힘들 텐데⋯⋯. 니가 가 본들 무슨 힘이 될까마는, 잘 보고 얼른 와서 알려다고, 응?

화왕산 서쪽 자락 목마산성 기슭에는 사람들이 그야발로 구름처럼 모여 있었다. 움직이기도 힘들 것 같은 노인부터 코흘리개 아이까지 몰려들어서 목을 길게 빼고 있었다. 비사벌

114

관리들이 서 있는 앞줄을 파고드느라 옷매무새가 형편없이 되어 버렸지만 할 수 없는 일이었다. 신라 왕의 명령으로 만들었다는 비는 황금색 천으로 덮여 있었다. 한눈에 봐도 여남은 살 먹은 아이 서넛은 그 뒤에 숨어도 될 것 같았다.

멀리서 부웅부웅 소리가 들리더니 천둥 같은 말발굽 소리가 울렸다. 자욱한 먼지구름 속으로, 번쩍이는 갑옷에 긴 칼을 찬 장군들을 태운 검은 말 수십 마리가 들어왔다. 그 뒤로 말 탄 군사 수백 명이 어마어마한 행렬을 이뤘다. 이윽고 입이 떡 벌어질 정도로 호화찬란하게 꾸민 흰 말이 보이고, 신라 왕이 그 위에 앉아 들어왔다.

말고삐를 신하에게 맡기고 훌쩍 내려서는 왕을 보자 숨이 멎는 것 같았다. 몸은 우람하고 눈은 등잔처럼 부리부리한 모습이, 왕이라기보다는 범 같은 장군을 보는 것 같았다. 온몸에 쇠 비늘로 만든 것 같은 황금색 갑옷을 떨쳐입고 허리에는 붉고 푸른 구슬로 장식한 커다란 칼이 빛나고 있었다. 그렇게 웅장하고 힘차게 보이는 사람은 정말 태어나서 처음 보았다. 사람들 사이에서 탄성이 터져 나왔다.

신라 왕이 비를 배경 삼아 화려하게 꾸며 놓은 의자에 자리를 잡자, 왕을 뒤따르던 수많은 신라 관리들이 차례대로 절하고 좌우로 늘어섰다. 그렇게 다들 제자리를 찾아 들어가고 나자 그제야 휘청휘청 걸어 들어오는 사람이 있었다.

임금님은 흙빛 같은 얼굴로 신라 왕에게 무릎을 꿇고 세 번 절을 했다. 떠오르는 해 같은 신라 왕 앞에 이지러지는 달 같은 비사벌 왕이 몸을 낮추고 있었다. 내 입이 마르고 내 속이 타들어 갔다. 절을 마치고 일어서는 임금님 몸이 휘청 하니 흔들리는 것이 눈에 띄었다. 순간 사람들 입에서 약속 이나 한 듯이 탄식이 흘러나왔다.

부웅부웅 소리가 다시 길게 울리자 드디어 비를 싼 천이 벗겨져 내리고 신라 만세, 대왕 폐하 만세를 외치는 소리가 천지에 울려 퍼졌다. 신라 왕은 우렁찬 소리로 길게 말을 늘 어놓았지만 사방에서 떠드는 소리 때문에 하나도 알아들을 수가 없었다. 비사벌 관리들 목소리도 갈수록 높아졌다.

- 왕 노릇을 이십 년 넘게 했다고 하더니만 스물여덟 살 밖에 안 됐다고 하네요.

- 대단하기는 대단하제. 별 볼일 없던 신라가 고구려, 백제 를 쳐서 한수 유역까지 차지하고 백제 왕을 잡아 죽였다고 하잖나.

- 관산성에서 성왕을 사로잡은 사람은 무력지라고, 구야 국 구형왕의 아들이라고 하지요. 저 비에도 그 이름이 새겨 져 있다고 하던데요. 구야국 왕자가 신라 장군이 되어서 가 야를 쳐 없애는 데 앞장을 서고 있는 형국이지요.

- 저기, 신라 왕 옆에서 시중을 들며 따라가는 사람이 누군지 아나? 가라국 월광태자제. 나라가 망하기도 전에 외가인 신라로 망명을 가 버렸다고 하더만. 말로는 신라 관리로 있다고 해도 실상은 볼모나 마찬가지겠제.

- 무력지나 월광태자나 같은 처지가 아니겠나. 그나저나 신라 왕이 빨리 비사벌을 떠나야 우리 왕도 좀 쉴 건데.

말을 마친 신라 왕 바로 뒤편으로 갑옷을 입고 따라오고 있는 사람이 있었다. 분명 본 적이 있는 얼굴이었다. '저 사람이 가라국 월광태자구나.' 신녀 이모 집에 촌사람 차림새로 왔던 때와는 옷이 워낙 달라서 몰라볼 뻔했다. 순간, 제막식 날밖에 없다고 하던 말이 떠올라 가슴이 쿵하고 내려앉았다. 신라 왕이 행사장을 완전히 빠져나갈 때까지 내내 마음이 조마조마했지만 다행히 아무 일도 일어나지 않았다. 나도 모르게 가슴을 쓸어내렸다. 그러고는 며칠 전 신전에서 들었던 이야기는 까맣게 잊어버렸다, 그날 늦은 오후까지는.

비 제막식은 안 본 것보다 훨씬 못한 일이었다. 임금님의 안쓰러운 모습을 보고 나니 궁으로 돌아오는 발걸음이 천근만근이었다. 느지막한 오후가 되어서야 왕궁으로 돌아온 임금님은 단 한술을 뜨지 못했다. 그러면서도 신라 막사에 가져갈 음식 준비가 어떻게 되어 가고 있는지 챙기셨다. 늦지 않도록 빨리 보내라는 당부를 빠뜨리지 않으셨다.

이미 수레 수십 대에 음식을 나눠 실어 놓았고 그것도 모자라서 말 수십 마리에도 바리바리 얹어 놓았다. 관리들뿐만 아니라 궁녀들도 함께 가서 신라 군사들의 음식 수발을 들어 주고 온다고 했다. 갑자기 나도 간절히 따라가고 싶어졌다. 으뜸 궁녀에게 허락을 얻기 위해 여기저기를 기웃거렸다. 으뜸 궁녀는 음식 일체를 챙기느라 혼이 빠진 듯, 내 말을 길게 들어 줄 틈도 없어 보였다.

- 정 그러고 싶으면 그래라. 가서 일손을 거들어 주면 좋아 안 하겠나.

왕비전 궁녀들은 모두 신라에서 온 사람들이니, 오랜만에 고향 사람들도 만날 겸 신라 군사들의 식사를 챙겨 주는 일을 자청했다고 했다. 언니들은 그 바쁜 와중에도 하나같이 곱게 치장을 하고 나섰다. 상수위가 워낙 출발을 재촉하는 바람에, 임금님께 떠난다는 말을 아뢰지도 못하고 궁을 나섰다. 신라로 가는 길가 황산강 자락 넓은 벌판에 군막을 치고 신라 왕이 하루를 묵어간다고 했다. 비사벌 왕궁이 워낙 좁기도 하고 또 안전하지 않을 수도 있으니 차라리 야영을 하는 것이라고 했다.

음식을 실은 말과 수레가 강변에 멈춰 섰다. 넓디넓은 벌판에 장관이 펼쳐져 있으니 눈이 절로 휘둥그레졌다. 갖가지

색깔의 깃발이 수없이 나부끼는 사이로 흰 막사가 백 채도 넘어 보였다. 여기저기 묶여 있는 말도 수백 필은 실히 되는 것 같았다. 주위가 조용한 것을 보니 신라 왕과 군사들은 쉬고 있는 모양이었다.

군막에서 좀 떨어진 곳에 솥을 걸어 밥을 짓고 국을 끓이느라 칼바람이 불어 대는 것도 몰랐다. 이리저리 뛰어다니면서 일손을 돕다 보니 땀이 콩죽처럼 흘러내렸다. 커다란 그릇에 국을 퍼 담는 일을 거들고 있을 때였다. 어디선가 섬뜩한 비명 소리가 들려왔다. 사람들의 눈길이 일시에 한곳으로 모였다. 저만치 큰 막사 앞에서 칼날이 잠시 어지럽게 날리더니 곧 쥐 죽은 듯 잠잠해졌다. 나도 모르게 그쪽으로 달려갔다.

신라 군사들이 두 사람의 목을 밟아서 벌레처럼 땅바닥에 엎어 놓고 있었다. 한 사람은 오른쪽 옆구리에서 피가 철철 흐르고 있고, 또 한 사람은 왼쪽 어깨에서 피가 쏟아지듯 흘러내리고 있었다. 그 처참한 광경과 진동하는 피비린내에 나는 그만 기함을 할 뻔했다.

짧은 갑옷으로 갈아입은 신라 왕이 나타났다.

– 하룻강아지 범 무서운 줄 모르고 어딜 감히!

기겁을 할 정도로 쩌렁쩌렁한 소리가 울리자, 엎드려 있던 사람 가운데 하나가 고개를 번쩍 쳐들었다. 피로 범벅이 된 얼굴. 신전 연못가의 정자 방문을 열고 나오던 사람이었다.

　- 말하라, 공모한 자들을. 필시 가야 부스러기들과 모의를 했을 터.

　신라 왕은 그 사람의 입가에 칼을 대고 지그시 눌렀다. 그 사람은 비웃음을 웃듯 입을 비틀었다.

　- 없다!

　- 없다, 없어?

　왕은 사뭇 부드러운 목소리로 조롱을 했다. 그 사람은 피가 흐르는 옆구리를 누를 생각도 않고 비비적거리며 일어나 앉았다. 눈동자가 피로 붉게 물들어 있었다.

　- 이 처지에 구차한 말을 한들 무슨 소용이 있겠느냐. 안라국은 물론 가야를 흔적도 없이 만들어 버리려는 니를 못 죽인 게 한탄스러울 뿐이다.

　'저 사람이 바로 안라국 왕자구나. 그러면 그 옆 사람은 신전에 같이 왔던 왜인인가 보다.' 안라국 왕자의 말끝에 신라 왕은 호탕하게 웃음을 터뜨렸다.

　- 몇 달 전 안라국 왕이 나에게 항복을 했을 때, 니는 니 아비의 뜻을 저버리고 도끼로 고당 기둥을 내리치고 사라졌다고 하더니. 하하하, 그래, 한탄스럽겠지. 니가 할 수 있는 게 아무 것도 없으니.

　신라 왕은 싸늘한 표정으로 왜인을 내려다보았다.

- 니는 어찌해서 아까운 목숨을 이리 무모하게 버리려고 하느냐?

왜인은 가쁜 숨을 내쉬며 겨우 말문을 열었다.

- 가야와 왜는 형제국이니 나는 왕자가 하는 일을 도울 뿐.

- 오호, 그래? 말을 제법 하는 것을 보니 오래전부터 안라국에 와 있던 왜인 무리구나. 우습고 같잖은 것들. 더 들을 것도 없다. 내 이것들을 도륙을 내 까마귀밥으로 만들어 주리라. 누가 이놈들을 처형하겠느냐?

모두들 얼어붙은 듯 숨을 죽이고 있었다. 왕의 눈길이 주위를 빠르게 훑다가 한 사람에게 머물렀다.

- 아, 누구도 당할 자 없는 신라 최고 무장, 무력지 잡간. 그대가 이 일을 해 주겠나? 가야 출신 사나이다운 용맹을 보여 주도록 하라.

말이 떨어지기 무섭게, 장군 복장을 한 사람이 황급히 달려 나와서 왕 앞에 엎드렸다.

- 폐하, 분부를 거둬 주시소.

무력지 잡간이라는 사람, 체격도 크고 나이도 많아 보이고 갑옷도 보기 좋게 차려입은 사람이 젊은 왕 앞에서 완전히 엎드렸다. 왕은 싸늘하게 웃었다.

- 그렇지, 신라 내직 삼등급인 잡간에게 이래 허접스러운 일을 명할 수야 없지. 그 부장이 맡아서 하도록 하라. 내 오

늘 가얏것들 모두 도륙을 내리라. 저기, 저 음식을 가져온 것
들도 모두 가얏것들이렸다?

- 폐하, 살려 주시소. 가련한 목숨이라 생각하시고 제발
살려 주시소.

무력지 잡간은 연방 머리를 짓찧으며 부르짖었다.

- 그대가 저것들을 그래 애처롭게 생각할 거야 있나?

왕은 연신 빈정거리는데, 무력지 잡간은 몸을 부들부들 떨
며 울음 같은 소리를 내놓았다.

- 폐하…….

- 알았느니. 그래, 살려 주지. 여봐라, 이 둘을 끌어가고 저
비사벌 것들을 내 눈앞에서 썩 치워 버려라. 음식은 모두 쏟
아 버리고 사람은 어서 쫓아 버려라.

안라국 왕자와 왜인이 끌려 나가며 길게 핏자국을 그렸다.
관리로 보이는 나이든 사람이 앞으로 나와 절하면서 말했다.

- 저들이 폐하의 크나큰 은혜를 입었사옵니다. 더구나 저
궁녀들은 모두 신라 사람들이라고 하옵니다. 그 왕비가 비사
벌로 시집갈 때 태후께서 내려준 시녀들이옵니다.

- 그래?

그 와중에 왕비전 궁녀들이 우르르 달려와서 왕 앞에 엎
드려 절을 했다. 순간, 나는 어떻게 해야 좋을지 몰라서 뒤편
에 엉거주춤 서 있었다.

- 오냐, 그동안 객지에서 고생이 많았다. 이제 서라벌로 돌아올 날이 멀지 않았느니.

안라국 왕자를 닦달할 때와는 달리 참 온화한 목소리였다. 관리가 돌아서더니 말했다.

- 비사벌에서 온 자는 명을 받들라.

상수위가 허겁지겁 달려 나와 땅바닥에 엎드렸다.

- 폐하의 말씀대로 가지고 온 음식을 처리하라.

- 예.

상수위가 다시 머리를 조아렸다. 아무리 신라 왕의 명령이라지만 어찌 그럴 수가 있는가. 온 비사벌이 그야말로 죽을힘을 다해 마련한 음식인데 모두 벌판에 뿌려 버린다니 말이나 되는 소린가. 그렇게 해서는 안 된다는 말을 어떻게든 신라 왕에게 해야 한다는 생각이 들었다. 그렇다고 내가 바로 왕에게 말을 할 수는 없으니 상수위에게 제발 그 말을 하라고, 그렇게 빌어 보라고 부탁을 할 생각으로 나도 모르게 몇 발자국 앞쪽으로 나갔다.

- 그 자리에 서라.

장군 복장을 한 젊은 사람이 급히 쫓아와서 나를 붙잡더니 사납게 꿇어앉혔다. 그 사람의 얼굴빛이 너무나도 무서워서 그만 얼이 빠져 버릴 것 같았다.

그때, 멀지 않은 곳에서 비명이 들렸다. 처절하게 울리는 외마디 소리. 사람들의 고개가 모두 소리 난 쪽으로 돌아갔다. 신라 왕도 몸을 돌려 그쪽을 보았다. 아마 안라국 왕자와 왜인의 목숨을 거두었나 보았다. 세상에서 모든 소리가 사라진 것 같은 순간이었다. 잠시 후에 다시 주변이 술렁거리기 시작했다. 상수위가 무릎걸음으로 한 발 나서며 입을 열었다.

– 이 아이는 비사벌 왕의 시중을 드는 궁녀이옵니다. 신라 출신이 아니옵니다.

그 말을 들은 관리가 신라 왕에게 다가가서 아뢰는 것 같았다. 신라 왕의 우렁찬 소리가 바로 들려왔다.

– 가만, 비사벌 왕의 수발을 드는 궁녀라, 전리품으로 서라벌로 데려가도 나쁘지는 않겠구나, 하하하. 누구한테 저 전리품을 내리는 게 좋을고?

그야말로 날벼락이 내 머리 위에 떨어지는 것 같았다. 이게 무슨 말인가. 서라벌로 데려가겠다고 하다니. 눈으로는 신라 왕의 얼굴을 쳐다보고 있지만 머리는 하얗게 비어 버린 것 같았다.

– 무력지, 그대가 적합한 것 같지 않소?

그때까지 왕의 발밑에 엎드려 있던 무력지 잠깐이 황망하게 머리를 들어 올리는 모습이 눈에 들어왔다.

– 폐하, 아니옵니다, 아니옵니다.

- 가야 땅에 왔으니 가얏것을 하나 얻어 가는 것도 좋지 않겠나?

- 폐하.

무력지 잡간은 머리를 땅에 조아렸다 다시 쳐들었다.

- 되었느니라. 내 농으로 해 본 소리에 그래 놀랄 일이 뭔가. 어쨌든 저 계집은 그대 뜻대로 처리하라. 단 서라벌 땅 안에 두기만 하면 될 터.

그 말을 끝으로 왕은 그 자리를 떠나 버렸고 신하들도 흩어졌다. 무력지 잡간은 한참 동안이나 찬 땅바닥에 머리를 대고 그대로 있었다. 그러다가 아주 천천히 머리를 들어서 나를 바라봤다. 아, 눈물이 그렁그렁한 눈. 나이 든 남자가 눈물짓는 것을 난생처음 보았다.

신라 비 제막식이 있던 날, 그 하루 동안에 그렇게 많은 일을 겪을 줄 정말 몰랐다. 더군다나 그렇게 아저씨를 만나고 서라벌로 끌려가게 될 줄, 열네 살 나는 꿈에도 생각하지 못했다.

볼
모

무
력
지

구야국으로 도망치듯 떠나던 아버지.

자식을 볼모로 넘긴 아버지의 마음은 어떠할까.

그 속을 내가 헤아릴 날이 과연 오기나 할 것인가

하는 막막한 생각이 간혹 들었다. 그러나 무참히

버림받았다는 자괴감과 억울함과 분노는 끝내

지워지지 않았다.

삭풍 불어 대는 벌판, 얼어붙은 땅에 머리를 처박고 왕의 처분을 기다리는 신세. 이 모욕 속에서도 목숨만은 건져 보겠다고 바짝 엎드려 있는 내 모습에 분노가 들끓어 올랐다. 그러나 참고 또 참아야 할밖에 다른 수가 있겠는가. 가슴 저 밑바닥에서부터 차오르는 모멸감과 분노를 억누르기 위해 어금니를 깨물고 입을 앙다무니, 열기가 위로 뻗쳐 눈동자가 금방이라도 빠질 것 같았다.

왕과 군사들이 막사로 돌아가고 나서도 한동안 미동도 할수 없었다. 신라 장수가 되어 크고 작은 전투에서 목숨을 걸고 싸운 대가가 겨우 이것이란 말인가. 어린 날, 서라벌로 끌려와서 모욕감에 떨며 짐승처럼 끙끙대며 앓을 때도 이보다 비참하지는 않았다. 생각이 거기에 미치자 나도 모르게 뜨거운 눈물이 왈칵 쏟아졌다. 이런 황당한 일이 있는가. 가까스로 서둘러 감정을 수습하고 눈물을 거두며 고개를 들었다. 비사벌 궁녀라는 아이만이 그 자리에 남아 있다가, 채 눈물이 가시지 않은 내 얼굴을 물끄러미 바라보고 있었다.

왕은 가슬이 내가 데려온 구야국(가락국) 사람이라는 것을 알고 있었을 것이다. 가슬은 왕의 명령대로 안라국 왕자와 왜인의 목숨을 앗았다. 가슬이 휘두른 칼끝에서 붉은 피가 튀고 늦겨울 짧은 햇살 아래로 살점이 흩어졌으리라. 가슬은 임무를 수행하고는 아무 말 없이 제 막사로 들어가 버렸다.

가야의 풍운아로 불리던 안라국 왕은 올해 초 나라를 들어 신라에 바쳤다. 내 아버지가 그랬던 것처럼, 신라와의 전면전은 아무런 의미가 없다고 판단했을 것이다. 왕족과 귀족들은 대거 왜와 가라국으로 옮겨 갔고, 왕과 그 가족은 서라벌로 잡혀 왔다.

아들들 가운데 하나가 신라로 오기를 거부하고 기어이 안라국 옛 땅에 남았다고 하더니, 이 황량한 벌판에서 끝내 이렇게 마주친 것이다. 삼십여 년 전에 신라 사신을 고당에 오르지도 못하도록 막던 그 용단 있던 안라국 왕이 늙고 병든 몸으로 서라벌 하늘 아래서 죽지 못해 살고 있다가, 그 아들이 구야국 출신인 내 부장의 손에 까마귀밥이 되었다는 소식을 듣는 심정이 어떠할까.

진흥왕은 육 년 전에 비사벌국을 통합해서 하주를 설치하고 신라의 지배를 받는 지역임을 분명히 했다. 지금 그 하주를 직접 찾아 갑옷을 떨쳐입고서 척경비를 제막하겠노라고, 신라 변경을 지키는 사방 군주를 모두 비사벌에 모이게 한 것이다. 가야 여러 나라를 하나씩 통합했고 이제 단 하나, 가라국만 남겨 두고 있는 시점. 그 가라국과 황산강을 사이에 두고 있는 비사벌에서 왕이 천명하고 싶은 것은 무엇인가.

스물일곱 행 육백여 글자에 서라벌 출신 귀족과 관리들 이름을 줄줄이 적었는데, 나는 내직 중 세 번째 등급인 잡간에 이름을 올렸다. 한때 비사벌국의 통치자였으나 이제는 외직 두 번째 등급인 술간이 된 비사벌 왕의 이름도 적혔다. 그 이름들을 확인하고 난 뒤풀이 격으로, 이미 멸망한 안라국 왕자와 그 추종자로 알려진 왜인을 죽이는 피의 광란이 벌어진 것이다.

내 인생에서 가장 긴 날이었다. 전장을 떠돌아다니면서 피를 뒤집어쓰는 것이 예사인 삶이었지만 이처럼 참담하고 슬픈 적은 없었다. 왕 앞에서 개만도 못하게 목숨을 구걸하는 처지, 같은 가야 왕자를 산산조각 내 벌판에 뿌린 장본인. 내 처지가 그랬다.

삼십여 년 전 안라국 땅에서 서로 홍안의 소년으로 만났던 사람, 오늘 중병 환자의 모습으로 관복도 무거워 휘청거리는 비사벌 왕을 바라보는 것은 너무도 괴로운 일이었다. 그런데 벌판에서 그 난리를 만난 끝에, 천만뜻밖에도 그의 시중을 들고 있다는 목숨 하나를 혹처럼 달고 서라벌로 돌아가게 되다니. 이 모두가 참혹한 만남이었다.

그 어지럽고 경황없는 밤에 한 여인이 찾아왔다. 그 밤에 내 막사를 찾는다는 것은 목숨을 거는 일임을 모르지 않을 텐데 대체 누구란 말인가?

- 오래 전 안라국에서 뵈었지요.

아, 세월이 수십 년이나 흘러 버려서 나는 그 여인을 알아 보지 못했다.

- 장군께 이런 결례를 끼칠 줄은 몰랐습니다.

여인은 비사벌 왕의 목간을 전하고서, 그 어린 궁녀에 대한 이야기를 들려주었다. 목소리는 나직하고, 말은 조곤조곤 조리가 있었지만, 탐스러운 꽃송이 같던 얼굴에 세월이 무겁게 내려앉아 있었다.

- 그 아이, 가야의 역사를 지키다 간 사람들의 딸입니다. 부디 잘 거두어 주시소. 제발 목숨은 부지하도록 해 주시소.

말을 맺고 나서 큰절을 하기에 나도 황망히 일어나 맞절을 했다.

- 화왕산 신모님이 장군님과 아이를 지켜 주시기를 빌고 또 빌겠습니다.

여인은 어둠 속으로 총총히 사라져 갔다.

어쩌다가 그 목숨을 내가 떠맡았다는 말인가. 제 존재의 근원도 모르는 채 비사벌에서 가장 한미한 백성으로 살다가 부모마저 잃고, 마침내 서라벌로까지 끌려가게 된 애처로운 목숨이라니.

아이를 수레에 실어 서라벌 집에 앉혀 놓고 나자 더욱 난감해졌다. 제 땅을 잃고 신라로 흘러든 유민인 듯도 싶지만 그보다 훨씬 더 가혹한 처지, 전리품으로 잡혀온 신세가 아닌가. 두려움 가득한 그 얼굴을 하염없이 바라보다가 겨우 말을 꺼내 놓았다.

－ 괜찮다. 여기도 사람 사는 데이니 마음을 놓아라.

열네 살이라지만 아직 솜털이 보송보송한 앳된 얼굴에 눈이 크고 맑아 보였다.

－ 무슨 인연으로 너를 이리로 데려오게 됐는지 모르겠다만, 나는 구야국 사람이니 앞으로 나를 아저씨라고 불러라. 신라 땅에서는 너한테 제일 가까운 사람이라고 생각해라, 알았나?

－ ······.

얼굴빛이 희미하게나마 밝아 오는 것을 보니 안심이 되었다.

－ 너는 내가 누군지 알고 있느냐?

아이는 눈으로 답을 했다.

－ 어찌?

－ 비 세울 때 비사벌 관리들이······.

말없이 눈을 내리까는 것을 보니 염치 체면이 빤한 아이구나 싶었다. 그런 형편에 무슨 말을 더 늘어놓을 것인가.

잊고 살았던, 아니 잊었다 여기고 싶었던 기억. 구야국에서 살아가던 날들이 오롯이 되살아났다.

겨울이 물러가는 삼월 초하룻날이면 구야국 남자들이 한데 모여서 목욕을 했다. 높은 관을 쓴 왕과 왕족과 귀족, 맨머리로 지내는 일반 백성과 노예들까지 모두 함께 개울에 들어가서 맨몸에 찬물을 끼얹으면서 하늘을 향해 고함을 질렀다. 그 함성에 지난해의 부정이 날아가고 새 힘이 솟아나기를, 뼛속으로 번지는 냉기에 부르르 진저리를 치면서도 간절히 기원했다. 바다에서 일하는 어부와 선원들은 금방 눈에 띄었다. 팔뚝에 검고 굵게 새겨진 물고기며 파도 모양의 문신이 그들이 용맹한 바다의 사나이라는 것을 증명해 주고 있었다.

아낙네들은 깨끗한 우물에서 길러온 정화수를 떠 놓고 새봄의 기운을 받기를 기원했고, 부뚜막신에게도 가족의 평온을 빌었다. 앞이마가 눌려서 코와 입이 앞으로 튀어나와 보이는 미인들의 얼굴에 남자들의 시선이 오래 머물렀다. 구야국에서는 어린 여자아이의 앞이마를 돌로 지그시 눌러서 이마를 평평하게 만드는 편두미인이 유행이었다. 그렇게 하면 코가 더 오똑하게 보이고 눈꼬리가 위로 올라가 눈이 더 커 보인다고 했다.

열 몇 개가 훌쩍 넘는 가야 소국 중에서 가장 먼저 일어나 가야를 이끌어 가는 노릇을 했던 구야국, 나중에는 가락국으로 부르기도 했다. 나는 아홉 촌장들이 노래를 부르며 수로왕을 맞이했다는 구지봉 아래 왕궁에서 왕의 셋째 아들로 자라났다.

　대대로 왕들의 무덤이 있는 언덕을 애꾸지, 애기구지봉이라 불렀다. 내 조상님들이 누워 계신 무덤 안은 생시 때처럼 차려 놓았다고 했다. 곡식이며 생선 등 갖가지 음식, 말 탄 인물상 같은 온갖 모양의 토기, 갑옷, 거기에다 마구 일습도 넣었다. 또 팔찌와 반지 같은 장신구에, 조그맣게 만든 농기구, 심지어 사람까지도 같이 묻었다. 시중들던 사람들은 왕의 발치에 묻혀서 죽어서도 왕을 섬기도록, 왕은 죽어서도 산 듯이 섬김을 받으며 살아가도록.

　백제, 신라와 수백 년에 걸쳐 국경 싸움을 계속하고 있고 왜구의 침입을 시도 때도 없이 받는 나라, 나는 그 나라에 보탬이 되는 인물이 되고 싶었다. 구야국에서는 내로라하는 무사를 스승으로 모시고 칼을 휘두르고 창으로 찌르는 훈련을 했다. 나의 시종이자 벗인 가슬과 함께.

　가슬의 아버지는 항구에서 교역 사업을 크게 벌였다. 우람한 청동 솥이며 청동 거울과 유리잔 같은 것을 중국에서 들여오고 진귀한 옷감들도 실어 왔다. 항구에는 중국 말과 왜 말 소리가 뒤섞이고 중국 돈이 통용되기도 했다.

　구야국에서 실어 나가는 것은 주로 쇠였다. 철의 나라라고 불린다는 구야국의 별칭에 어울리도록 창과 칼, 화살촉 같은 온갖 무기와 갖가지 농기구, 거기다 납작하게 만든 쇳덩

어리인 철정까지를 등짐으로 져 나르느라 인부들은 허리 펼 사이가 없어 보였다. 예부터 구야국 도읍지는 천혜의 장사터 였다. 중국으로 오가는 사신들과 왜와 왕래하는 장사꾼들이 모두 이 항구를 거쳐야 했던 때도 있었다. 그러나 이제는 철 과 교역을 독차지하던 시대는 가 버리고 갈수록 항구가 한산 해지고 있는 형편이었다.

가야, 열 몇 개가 넘는 작은 나라들이 제작기 황산강 자락 의 분지를 하나씩 차지하고 앉은 덕분에 하나의 큰 나라를 이루지 못하고, 그저 고만고만한 채로 몇 백 년을 지속해 오 고 있었다. 올망졸망한 작은 나라들마다 돌연장으로 농사를 짓고 작은 배로 고기를 잡으면서 고요히 지냈다. 가야 각국 에 철광석이 풍부하니 그것을 캐내 철을 만들어 팔면서 우 물 안 개구리마냥 안주하며 지내는 동안, 그 동서 양쪽에 자 리 잡은 백제, 신라도 제철 기술을 익혔고 쇠로 된 연장으로 농사를 짓기 시작했다. 돌연장을 사용할 때에 비해서 수확량 이 엄청나게 늘어나자 그 힘으로 군대를 불리고 갈수록 왕 의 권력을 강화하면서, 가야와는 비교할 수 없을 정도로 큰 나라가 되어 갔다. 백제와 신라는 곧 가야의 존재를 위협해 왔고, 가야 소국들은 하나같이 나라의 운명을 걱정해야 하 는 지경에 이르렀다.

가야 소국 사이에서도 시대에 따라 세력 관계가 달랐다. 내나라 구야국은 가야와 신라로 이어지는 입구라고 할 바다를 차지하고 있으니, 일찍부터 중국과 왜를 왕래하는 사람과 물자가 모여들었다. 그것을 시기한 주변 바닷가의 여덟 나라가 연합해서 구야국을 쳐들어 온 것이 삼백여 년 전의 일이었다. 사물국(*현 경남 사천 소재), 골포국(*현 경남 마산 소재), 칠포국(*현 경남 함안 소재), 보라국(*현 전남 나주 소재로 추정) 같은 가야 소국들이 연합해서 구야국을 친 사건을 포상팔국의 난이라고 불렀다.

중과부적이라 대항할 방법이 없으니 하는 수 없이 신라로 가서 애걸을 했다. 결국 신라 태자가 직접 군사를 끌고 와서 여덟 나라의 군대를 물리쳐 주었다. 그렇게 신세를 진 것을 기화로 신라에서는 간섭을 해 오기 시작하더니, 왕자를 인질로 요구하고 황산강 하류의 무역권을 대폭 가져가 버렸다. 이후 신라는 구야국에 눈독을 들이면서, 그 땅을 완전히 빼앗아 버릴 기회만 노리고 있는 형편이었다.

구야국의 국력은 갈수록 줄어드는 데 비해, 안라국은 한결 같이 가야를 지탱하는 기둥 같은 역할을 해 왔다. 비록 맹주 자리를 꿰차지는 못했지만 육백여 년 동안 쭉 큰형 같은 존재로 자리해 온 나라였다. 이 무렵 가야의 대외 관계를 주도해 가던 안라국은 백제와 신라 사이에서 살아남기 위한

자구책을 강구했다.

이전까지 가야 일원은 백제의 강력한 영향력 아래에 놓여 있는 형편이었다. 그러나 백제가 사비로 천도하면서 적극적인 대외 활동을 할 수 없게 되자, 안라국은 백제의 영향력에서 벗어나고자 하는 시도를 했다. 백제, 신라와 평화 협정을 맺어 자립을 꾀하겠다는 것이 안라국의 입장이었으니, 이를 대외에 천명하고 확약을 받을 방안이 필요했다.

안라국 왕은 이를 위해 '안라회의'를 열기로 했다. 백제와 신라에서 온 사신을 비롯해서 가야 각국의 대표, 거기다가 이미 안라국에 와서 거주하고 있던 왜인 대표까지 참석하는 엄청난 규모였다. 몇 달 동안이나 계속되는 그 회의를 위해 고당이라 불리는 웅장한 회의장도 건설했다. 나라의 위세를 과시해서 자립을 확약받겠다는 속내였지만, 가야의 다른 나라들도 안라국의 움직임에 기꺼이 동조했다. 하나같이 나라의 존립이 위태로운 시점, 한자리에 모여서 어떻게든 살아날 방도를 모색해 보자는 몸부림이었을 것이다. 나라마다 사신단의 대표로 태자나 왕자를 보냈다.

구야국의 처지로 말하자면 나라의 존망이 그야말로 벼랑 위에 서 있는 형편이었지만, 안라국에서 열리는 회의에서 실낱같은 희망이라도 찾을까 하는 기대로 태자인 큰형이 사신단을 이끌고 참석한다고 했다. 함께 가고 싶었다. 나도 일국의 왕자답게 그 회의장에 앉아서 나라의 앞날을 깊이 고민해 보고 싶었다. 부왕에게 간청도 하고 읍소도 해서 간신히 대표단에 끼이게 되었다. 그러나 지지부진한 회의만 길게 이어질 뿐, 실효가 있는 말은 거의 없어 보였다. 참석한 사람들의 표정도 갈수록 시들해졌다.

두어 달을 끌어오던 회의가 끝을 향해 달릴 즈음, 전체회의에 참석하러 고당에 올랐다. 안라국 역대 왕과 일족들이 묻힌 커다란 무덤이 모여 있는 마리산 구릉. 그 끝자락에 웅장하게 자리 잡은 고당은 여태껏 본 건물 중에서 가장 규모가 컸다. 논 한 두락은 실히 되어 보이도록 넓은 데다, 삼사십여 개나 되는 엄청난 크기의 기둥이 둘러싼 실로 어마어마한 건물이었다. 고당 앞쪽으로는 드넓은 들판이 시원하니 펼쳐져 있고 그 끝 산기슭 아래에는 웅장한 왕성이 자리 잡고 있었다. 높은 산이 겹겹이 둘러싸고 유려한 강 자락이 멀리로 돌아가는 축복받은 땅이었다.

고당 아래에서 어수선한 소리가 들리기에 내려다봤더니, 안라국 왕이 신라 사신의 앞을 가로막고 있었다.

- 신라는 고당에 오르지 마시오.

안라국 왕은 한눈에도 젊고 기백이 넘쳐흘러 보였다. 신라 사신은 기가 막힌다는 듯 바라보며 서 있더니 소매를 소리나도록 흔들며 언덕을 내려가 버렸다. 가야 여러 나라가 백제나 왜와는 오랫동안 교류를 해온 데 비해 신라와는 그렇지 않았으니, 고의적으로 신라를 따돌린 것이라고도 할 것이다.

안라국 왕 옆으로 탁순국 왕의 모습이 보였다. 가야 다른 나라의 왕보다 나이가 많기도 하지만 성품 괄괄하기로 소문난 사람이라고 했다. 안라회의에도 자신이 직접 참석해서 주도해 나가다시피 하는 것을 보면, 듣던 대로 주관도 있고 기개도 있는 왕이라는 생각이 들었다. 가야 소국 중에서 탁순국은 일찍부터 두드러진 존재였다. 서남 해안을 끼고 바닷길을 차지하고 있던 백제가 해로를 통해 가야를 공략해 올 때, 가야 초입인 황산강 하구에 자리한 탁순국은 백제와의 교류 창구 역할을 하며 나라가 커 갔다고 했다.

탁순국 왕의 뒤편으로 다라국(*현 경남 합천 소재)대표가 서 있고, 그 옆으로 비사벌국 태자가 보였다. 비사벌 태자는 나보다도 두어 살은 더 어려 보이는 데도 행동거지가 놀랍도록 진중했다. 그 며칠 전에 큰형과 나는 그와 인사를 나누었다.

– 서로의 할머니가 신라 왕실에서 자라난 형제간이라지만, 한 분은 구야국으로 또 한 분은 비사벌로 출가를 하셨으니 그 후로는 다시 만나지 못하셨다고 들었습니다. 회의에 가서 형님을 뵈면 인사를 제대로 여쭈라고 할머니가 당부를 하셨습니다.

어린 나이에 참으로 의연하게 인사를 치루는 것이 놀라웠던 기억이 아직껏 잊히지 않는다.

그 이틀 후에 큰형이 비사벌 태자를 불러 점심 대접을 하고 있을 때였다. 막사 앞이 수런거리더니 두 사람이 안으로 들어왔다. 관리 복장을 한 젊은 남자는 별반 이상할 것이 없었지만 그 뒤에 연연하게 고운 처자가 따라들어 오다니. 어린 마음에도 여러 나라가 모여 회의를 여는 곳에 웬 여자인가 싶었다.

비사벌 태자의 눈에 반가움이 넘쳐흘렀다.

- 왕비님이 많이 편찮으시다는 소식을 전해 드려야 해서…….

- 뭐라? 어마님이 미령하시다고?

젊은 관리의 말에 그제야 태자가 정신을 차리는 것 같아 보였다. 그런데도 눈은 여전히 처자에게 머물고 있었다. 관리가 소리 없이 웃더니 말을 보탰다.

- 제가 태자께 전갈하러 온다고 하니 저 아이가 하도 간청을 해서 할 수 없이 데리고 왔사옵니다.

말끝에 처자는 배시시 웃었고 태자 역시 미소를 숨기지 않았다.

- 잘했구나. 전체회의에는 참석했으니 끝까지 함께 하지는 않아도 되겠지. 내일 일찍 비사벌로 돌아갈 것이다. 그대 부

친이 대표단을 이끌고 있으니 여기 남은 일은 모두 알아서 해 주실 터.

젊은 관리가 다가와 형과 나를 향해 허리를 굽혔다.

- 귀한 분들이 계시는데 결례를 범했사옵니다.

처자도 고개 숙여 인사를 하고는 한 걸음 다가왔다. 다소곳한 자태와는 달리 시원스런 생김새가 눈에 확 들어왔다.

- 제 정혼녀와 그 오빠입니더. 경황 중에 인사를 제대로 못 드렸습니더.

태자는 그 남매를 인사시키면서 뿌듯함을 감추지 않았다.

이튿날, 형과 나는 비사벌로 돌아가는 태자를 배웅했다. 태자의 정혼녀라는 처자는 우리 형제를 향해 눈으로 살포시 웃으면서 떠나갔다. 그 뒷모습을 보고 있자니, 목소리를 들어 본 적이 없다는 생각이 문득 들었다. 인사말이라도 건네보았더라면 싶었으나 이미 늦어 버렸다. 멀어지는 일행을 보면서 큰형이 무심코 말을 꺼냈다.

- 비사벌 여인들은 미색이 출중한 모양이지.

웃으며 처다봤더니 형은 쑥스러운 듯 말을 돌렸다.

- 저기, 저 사람을 봤더나? 일행의 맨 뒤에 말을 타고 가는 사람. 어린 나이에도 기상이 활달한 네나 생각도 싶어 보이더구나. 제사장이 될 사람이라고 하니 비사벌의 인물이 되겠구나.

가야 소국들이 안라국에 모여서 살 길을 도모하는 회의를 열었다고는 하지만, 가야의 형편과 구야국의 상황은 도리어 더 나빠져 갔다. 나라는 갈수록 풍전등화의 처지가 되어 갔고, 봉황대 앞 갈대숲에서 왜구가 튀어나와 인근 마을을 쑥대밭으로 만들어도 속수무책인 지경에 이르렀다. 그 와중에 백제마저 구야국으로 세력을 넓혀올 기세를 보였고, 그것을 경계한 신라가 조만간 군사를 일으켜 쳐들어올 것이라는 소문이 왕궁을 휘감았다.

급기야 신라 법흥왕이 변방을 순시할 때, 부왕이 두 나라의 접경 지역으로 달려가서 영접을 해야 하는 어이없는 일이 벌어졌다. 그 후 부왕은 한시도 얼굴을 펴지 않았다. 궁중 사람 모두가 죽은 목숨인 듯 말도 없고 움직임도 없었다. 눈이 부실 듯한 수정 목걸이, 겹겹이 두른 색색의 구슬 팔찌에 금박 입힌 곡옥 장신구가 무색하도록 처연한 분위기만이 감돌았다. 신라에서 시집오신 어마님은 숨소리마저 죽이고는 구야국 사람들 앞에 아예 모습조차 드러내지 않았다.

구야국 최고의 기술자라고 일컬어지는 몇몇 야장들은 제철 시설을 걷고 왜로 떠났고, 다른 몇 사람은 저 북쪽의 가라국으로 옮겨 갔다. 신라에 좋은 일을 해 주기보다는 아직까지 철 제조 기술을 익히지 못한 왜로 가서 새로운 세상을 열거나, 같은 가야 나라인 가라국의 제철 기술을 향상시키

는 것이 더 의미 있는 일이라고 생각했을 것이다. 구야국의
힘의 원천인 철 제조 기술이 빠져나가기 시작한다는 것은 멸
망의 확실한 징조나 다름없었다.

머잖아 신라군이 움직이기 시작했고, 황산강 하구가 허무
하게 무너졌다. 신라군이 왕궁으로 향한다는 소식에 부왕은
미리 무릎을 꿇었다.

– 무능한 나에게 이르러 육백 년 구야국의 문이 닫히게 됐
으니 민망하고도 통탄할 일이다만, 승산 없는 싸움에 백성을
다 죽일 일이 있겠나.

– 천군을 불러서 복골을 쳐 보시지요. 그 후에 결정하시지요.

– 설마 선조들께서 구야국을 이래 허망하게 망하도록 버
려두기야 하시겠습니꺼.

죽어서 귀신이 된 선대 왕들의 영혼에 기대서라도 나라를
지키고 싶은 가녀린 희망으로 천군이 불려 왔다. 제사장으로
서 나라에서 지내는 모든 제사를 주관하는 것은 물론, 백성
들의 생활을 안전하게 보살펴 주십사 산신에도 빌고, 뱃길을
무사하게 지켜 주십사 해신과도 접신하는 전능한 존재가 바
로 천군이었다.

나라에 큰일이 있을 때 짐승의 뼈로 점을 치는 것도 그의
몫이었다. 큰 화로에 숯불을 피우고 사슴의 어깨뼈를 던져
넣었다가 태운 후 다시 탁자 위에 올려놓았다. 왕과 왕족, 관

리들이 줄줄이 늘어서서 천군의 입을 바라보고 있었건만, 그는 타다 만 뼈를 손에 들고 벌벌 떨기만 했다.

– 어서 말해 보시오.

보다 못한 부왕이 재촉을 하자 천군은 천천히 인수를 풀었다. 도장을 비단 끈에 매달아 남자의 허리에 늘어뜨리는 인수는 신분을 나타내는 표시이자 자랑스러운 장식품이었다.

– 아······!

한탄을 뒤로 하고 천군은 천천히 방을 물러났다.

오백 몇 십 년을 이어 온 수로왕의 나라, 허 황후의 후손들이 키워 온 구야국은 그날로 없어져 버렸다. 부왕은 기어이 나라의 곳간을 열어 깨끗이 항복했다. 그런데도 왕과 세 아들이 직접 신라로 와서 법흥왕 앞에 엎드리라고 했다.

신라로 잡혀가기 전날, 내 갑옷을 펼쳐 놓았다. 구야국 제일가는 야장의 손으로 지은 비늘갑옷. 넓은 철판을 앞뒤로 맞붙여 만든 판갑옷은 무겁기도 하려니와 몸을 움직이기 불편하니, 철판을 작은 조각으로 만들어 물고기 비늘처럼 가죽 끈으로 엮어서 몸통과 팔, 다리를 가리고 무릎까지 덮도록 만들었다. 챙 달린 투구 꼭대기에는 새 깃털 같은 금동 장식이 달려 있고 뒷목 가리개 앞쪽에는 꿩의 깃털을 꽂아 두었다. 웅장하고도 화려한 모습, 가야의 제철 기술과 세공 능력이 합쳐져 만든 최고의 작품이라고 해도 손색이 없을 정도였다.

그 갑옷 일습을 받아 들고 얼마나 감격했던가. 보란 듯이 갑옷을 떨쳐입고 큰 칼을 허리에 차고 긴 창을 꼬나들고서, 역시 갑옷 입힌 말 위에 앉아 적진으로 달려 나가기를 얼마나 꿈꾸었던가.

이제 전사로 나서기는 고사하고, 다시는 가야의 갑옷을 입어 보지도 못하게 되었다. 갑옷을 만지고 또 만지고 철판 하나하나를 공들여 닦으면서 구야국과의 이별을 고했다.

서라벌로 잡혀 오는 길은 멀고도 멀었다. 아버지와 두 형과 나, 그리고 수행하는 구야국 관리 십여 명에, 호송하는 신라 군사는 백 명은 실히 넘어 보였다. 황산강 자락인 용당나루에서 하룻밤을 쉬어야 하는데 진눈깨비가 날렸다. 아버지와 형들은 구야국 땅을 향해 서서 통곡을 터뜨렸다. 나는 가슬을 데리고 갈대 우거진 강변을 걸었다.

- 왕자님이 쇠 일을 배웠던 곳이 여기서 멀지 않습니더.

단 한 달 동안이기는 했지만 제철소에서 일을 한 적이 있었다. 구야국에는 왕자나 귀족의 자제에게 철 만드는 일을 체험하게 하는 전통이 내려오고 있었다. 나라를 지탱하는 힘이 철에서 나오는 것이니 직접 그 귀중함을 몸으로 체득하도록 하는 것이리라.

철광석이 나오는 산이 연이어지고, 그 가운데쯤에 있는 산기슭에 대규모 제철소 즉 야장 작업장이 늘어서 있었다. 동네 이름마저 날쇳말, 쇠가 나오는 마을이었다. 광맥을 찾아 망치로 두드려 철광석을 캐내고, 그것을 녹여 쇳물을 얻은 다음 쇠틀에 부어 연장이며 무기의 모양을 만들고, 다시 두드리고 갈아서 온전한 제품으로 내놓는 과정. 시종도 없이 혼자 들어가서 일하는 사람들과 한방에서 같이 먹고 같이 잠을 자면서, 눈으로 코로 입으로 쏟아져 들어오는 쇳가루 속에서 지내야 했다. 철광석을 직접 캐는 일은 면했지만, 그밖에 왕자라고 해서 특별히 봐주는 것은 전혀 없었다.

쇳덩이를 얇게 펴서 만드는 철정, 덩이쇠라고도 부르는 그것은 눈도 코도 없으니 그저 두드리기만 하면 될 것 같은데도 생각처럼 쉽지 않았다. 돈처럼 거래가 되는 것이니 모양과 두께를 일정하도록 만들어야 했다. 작은 화살촉을 만들 때는 일일이 쇠 집게로 집고 일하는 것이 불편해서 손가락으로 쥐고 망치질을 하니, 손가락을 내리칠까 조마조마하기 그지없었다. 거기에 비하면 도끼나 삽 같은 농기구를 만드는 것은 일도 아니었다. 하지만 단 한 가지도 혼자서는 할 줄 아는 게 없으니 그저 시키는 대로 따라 하는 수밖에 없었다.

열흘째쯤 되는 날, 풀무질을 하고 있는데 온몸이 와들와들 떨려 왔다. 몸은 땅으로 꺼져 들어가는 듯 천근만근인 데다 정신도 혼미해지는 것 같았다. 결국 귀틀집으로 기어 올라가서 큰 대자로 뻗어 누워 버렸다. 막내가 이 고생을 하는 줄, 어마님은 아시려나.

순간, 우악스런 손길이 나를 끌어 일으켰다. 초로에 접어든 야장의 눈에서 쇳물같이 뜨거운 불길이 일었다. 그 앞에서 나는 한없이 초라하게 쪼그라들었다. 제발 하루만 봐달라고 빌었지만, 왕자라는 인물의 참을성이 고작 이것밖에 안 되느냐는 불벼락이 돌아왔다. 혼비백산한 나는 야장의 발아래 납작 엎드렸다. 결국 물먹은 솜 같은 몸을 질질 끌고 나가서 갑옷 만드는 일을 도왔다.

- 직접 입고 나갈 갑옷을 만든다 생각하고 잘 배우소.

얇은 조각을 꿰매 만드는 비늘갑옷이 아니라, 넓은 철판으로 몸통을 가리는 판갑옷을 만드는 과정이었다. 끌과 망치로 철판을 자르고, 자른 철판을 다듬어서 갑옷 틀에 둘렀다. 나무로 사람 몸통처럼 둥글게 만들어 놓은 틀에 철판을 눌러서 몸을 감싸는 형태를 만들고, 앞판과 뒤판을 연결할 수 있도록 송곳으로 구멍을 뚫었다. 그리고 철판에 무늬를 새겨 넣고 옻칠을 한 뒤 가죽 끈으로 연결하고 철판 가장자리를 가죽으로 마감했다. 철판을 만질 때마다 그 가장자리에 손가락이며 손바닥을 베여 피가 흘렀다. 피를 닦을까 말까 하는 생각을 잠시 하는 사이, 송곳을 쥐고 있던 집게손가락을 망치로 내리치고 말았다.

한참 후에 정신을 차리고 보니 온몸의 뼈마디가 욱신거리고 몸이 불덩이처럼 절절 끓었다. 다시 정신이 아득해지는데, 야장의 소리가 들려왔다.

- 그대로 놔둬라. 한번 모질게 앓아 봐야 쇠 중한 줄을 알게 되겠제.

몇 달 뒤, 그 야장이 나의 비늘갑옷을 만들어 들고 왕궁으로 왔다.

- 이 갑옷에 걸맞은 왕자가 돼 주실 거라 믿습니다.

월성 자락 신라 왕궁은 입이 떡 벌어질 만큼 웅장하고 화려했다. 궁궐의 긴 복도를 돌고 돌아 법흥왕의 옥좌 앞에 아버지와 우리 삼형제가 무릎을 꿇었다. 그 양옆으로 색색의 관복을 입은 신라 관리들이 늘어서서 이 진기한 구경거리를 즐기고 있었다.

- 고맙소. 이 나라를 불국토로 만드는 것이 내 희망이오. 구야국 왕이 무고한 백성들의 목숨을 상하지 않게 평화롭게 해결해 주니 이것도 부처님 가피를 입은 일이라, 마음이 한없이 기쁘오. 구야국 왕가와는 오랫동안 혼인을 맺어 왔으니 진골 귀족으로 손상이 없을 터, 모든 것에서 상등으로 대우하도록 하리다.

- 너그럽게 생각해 주시니 황감하옵니다.

평생 남에게 공대를 바쳐본 적이 없었을 아버지가 법흥왕 앞에서 깍듯이 신하의 예를 갖추었다.

- 폐하의 성은에 기대 감히 한 가지 청을 드려도 되올지······.

이 마당에, 아바님은 대체 무슨 청을 드리려고 하시는가.

- 청이라? 무슨?

기골이 놀랍도록 장대한 왕은 금관의 구슬을 흔들면서 짧게 물었다. 나도 두근거리는 마음으로 아버지를 지켜봤다.

- 소신, 고향으로 갈 수 있도록······ 저를 고향으로 보내 주시소.

갑자기 터져 나온 절규에 법흥왕도 놀란 눈치였다.

- 이 무슨?

- 소신은 고향 땅에서 남은 세월을 보내고 싶사옵니다.

아버지는 그 말끝에 울음 같은 숨을 토해 놓았다.

- 그래요? 나는 그대에게 신라 공주를 내려 이 서라벌에서 편히 살도록 해 줄 생각이었소이다만.

아버지는 경기 들린 것처럼 머리를 쳐들다가 바로 바닥을 칠 듯 고꾸라졌다.

- 제발 그 말씀을 거둬 주시소.

- 싫소이까? 신라 공주가?

왕의 눈은 웃고 있는데, 송충이 같이 진한 두꺼운 눈썹이 금방이라도 툭 떨어질 듯 꿈틀거렸다. 훔치듯 바라보고 있던 나는 오금이 저렸다.

- 소신에게는 늙고 병든 아내가 있사옵니다.

그 말에 법흥왕은 미소를 지어 보였다. 아버지를 두고 장난을 치고 있는 듯도 보였다.

- 하기사 그대의 부인은 신라 왕족이 아니오. 그럼 그대의 아들 중 하나를 선택해 주소. 소지마립간의 따님이자 왕후의 막내 동생인 공주가 아직 미성으로 있으니.

- 제발 분부를 거둬 주시소.

아버지는 고개를 조아리면서 기어들어 가는 소리로 말했다.

- 그건 안 될 말이고, 나와 동서지간이 될 아들을 하나 지목하시오. 신라를 위해 일할 인물을 추천하시오.

머뭇거리던 아버지의 절망적인 눈빛이 우리 삼형제에게 와서 머물렀다. 지극히 짧은 순간, 아버지의 입매가 단단해지는 게 보였다.

- 무력지, 막내이옵니다.

이 무슨 날벼락 같은 소리인가.

- 어이 해서?

법흥왕은 나머지 말을 눈썹으로 대신했다.

- 그 아이는 아직 미성입니다. 오직 그 이유이옵니다.

- 하하하, 좋소. 하기야 신라 공주를 잉첩으로 삼게 할 수는 없는 일이니.

잉첩, 그때는 그 말이 무엇을 뜻하는지 알아듣지 못했다. 설사 알아들었다 하더라도 그 상황에서 무슨 이야기를 꺼낼 수 있을 것인가. 그저 넋 나간 얼굴로 멍하니 바라볼 뿐이었다.

- 원대로 옛 땅에 가서 사시오. 식읍으로 그대에게 내리겠소. 무력지가 신라에 남아 있으니 다른 두 아들은 데려가시오.

모두들 그 담대함에 놀랐다.

- 황감하옵니다, 폐하.

깊이 머리를 조아리고 일어선 아버지는 나를 바로 바라보지 못했다. 아들의 목숨을 인질로 맡겨 놓고 도망가는 늙은 아비의 눈빛은 사정없이 흔들렸다. 정신없는 와중에도 이것이 아버지와의 마지막이라는 생각이 들었다. 주섬주섬 일어나서 아버지 앞에 큰절을 드렸다. 차마 몸을 일으킬 용기가 없어서 웅크리고 있는데 아버지가 다가왔다. 손바닥으로 등을 가만히 두어 번 두드리더니 웅얼웅얼 한마디를 남겼다.

- 참아라. 살아남아야 한다.

그 말의 뜻을 잠시 생각하다가 몸을 일으켰더니, 아버지가 법흥왕에게 절을 하고 있있다. 절을 마친 아버지는 나를 다시는 보지 않겠다는 마음인지 외면을 한 채 황망히 떠나갔다. 큰형과 작은형도 허둥지둥 아버지의 뒤를 따랐다. 잡혀온 군사와 끌려온 백성들이 뿔뿔이 흩어지고 나자, 나 혼자 남았다.

구야국이 이미 항복을 했다지만 행여 어떤 불순한 꿈을 꾸거나 이상한 준동을 하지 못하도록 그 왕자를 서라벌에 볼모로 잡아둔 것이었다. 그때부터 나는 망한 구야국, 시들어 가는 가야의 상징이 됐다. '가얏것', 바닷가에서 온 '갯갓것'이라는 말이 늘 내 뒤를 따라다녔다.

볼모의 처지로는 과할 정도로 성대한 혼인잔치가 치러졌고 훌륭한 저택까지 하사받았다. 왕궁이 지척인 데다 남천 물길이 유유히 돌아가는 너른 땅에 하늘로 날아갈 듯 추녀가 들려 올린, 구야국 왕궁보다 더 웅장한 집이었다. 앞마당에 우물을 가지는 호강을 누렸고 물맛도 좋았다. 깊은 밤, 마음에 열불이 솟을 때면 우물물을 벌컥벌컥 마시면서 화증을 삭혔다. 뜨거운 피가 몸 밖으로 튀어나오려고 하는 것을 어금니를 꾹꾹 물며 누르고 또 눌렀다. 원망도 한순간이고 분노도 한순간이라고 스스로를 달랬다.

아내는 소리 없이 나를 품어 주는 존재였다. 만나고 사랑하고 그러다 다른 사람에게로 옮겨 가는 것이 다반사인 서라벌 천지에서는 보기 드물게 지순한 여인이었다. 그 아버지가 왕이었고 언니가 지금의 법흥왕 비로 있는, 서라벌 일등 왕족답지 않게 수더분한 사람이었다.

법흥왕은 종종 나를 왕궁으로 불러들여 이런저런 말을 건네곤 했으나 나는 그저 말조심, 몸조심하기에 바쁠 뿐이었다.

– 언제까지 그렇게 움츠리고만 있을 것이냐. 사나이답게 기개를 펴 봐야 할 게 아니냐.

왕은 이사부를 불러들이더니 나를 그 곁에 세웠다.

– 이사부, 내 어린 동서를 잘 키워 주기를 부탁하오. 무력지, 과분한 스승을 모신 것을 감사해야 할 것이다.

법흥왕은 호기롭게 웃었고 이사부는 공손히 허리를 굽혔다. 이사부는 동해안 하슬라(*현 강원도 강릉)의 군주로 있으면서 동해의 우산국(*현 울릉도 소재)을 정벌하는 공로를 세웠다. 해안을 지키고 선 우산국 백성들을 향해, 창과 칼 대신 나무로 만든 무서운 동물의 형상을 뱃전에 내세웠다고 했다. 항복하지 않으면 동물을 풀어 밟아 죽이겠다고 위협을 했다. 그렇게 칼 한 번 휘두르지 않고도 항복을 받았고 이후 우산국은 해마다 토산물을 공물로 바치고 있다. 신라 사람들 사이에서 전설처럼 회자되는 주인공인 이사부를 스승으로 모시는 것은 크나큰 영광이었다.

나는 읽고 쓰면서 생각을 해야 하는 글보다는 칼의 명료함이 좋았다. 가슴에 들끓는 억만 심사가 칼을 쥐고 있으면 티 없는 명경처럼 맑아졌다. 깊은 밤에도 칼을 휘두르면서 바람결을 가르는 싸늘한 쇠 냄새를 좇았다. 말 타는 재주는 신기에 가깝다는 소리를 들었다. 말과 내가 한 몸이 되는 것을 느끼는 순간에는 희열이 벅차올랐다.

그렇게 나는 신라의 무사가 되어 갔다. 머리는 없고 팔다리만 있는 것처럼 창칼을 휘둘렀다. 싸움이 있을 때는 앞장서 달려 나가 목숨을 걸고 싸웠다. 왜구의 노략질이 횡행하는 동해 바닷가, 서남쪽 가야와의 접경 지역, 한수 유역 백제나 고구려와의 국경에 걸쳐 있는 전장까지, 전투가 벌어지는 곳이라면 빠지지 않고 불려 나갔다. 내 곁에는 언제나 가슬이 그림자처럼 붙어 다녔다. 그와 나는 서로의 혈육보다 더 가까운 존재가 되어 갔다.

적과 마주 보고 있는 진영에서는 밤마다 군사들 목이 소리 없이 잘려 나갔다. 밤낮으로 머리카락이 곤두서는 긴장 속에 살아가는 사람답게, 생각마저 단순하기 이를 데 없는 인간으로 변해 가고 있었다. 이렇게 평생 갑옷 속에 갇혀 살게 되리라, 죽는 날에야 이 신라 장군의 갑옷을 벗어 놓게 되리라.

고구려, 백제군과 맞서 싸우면서 새삼 느끼는 것은 갑옷 만드는 기술로는 가야를 능가할 나라가 없다는 것이었다. 판갑옷이든 비늘갑옷이든, 가야에서 만든 것은 한눈에 알아볼 수 있을 만큼 철판의 선이나 그 위에 새긴 모양이 정교했다. 그 옛날 내 비늘갑옷은 누구의 손에 부서져서 어느 흙구덩이에 처박혀 있는지.

이리저리 전장을 떠돌다가 일 년에 한두 달, 다음 싸움터에 불려 나가기 전까지 서라벌에 머무는 생활이 이어졌다. 이기기도 하고 지기도 하는 전투, 지친 몸을 말 위에 얹어 돌아오면 아내는 그저 미소만 지어 보였다. 그 미소가 말할 수 없이 편안하면서도 미안했다.

볼모에게 시집온 탓에 서라벌 땅에서 섬처럼 살아가는 아내에게 자식이라도 있으면 좋으련만, 아이는 쉽게 생기지 않았다. 아버지에게 버림받고 자식은 없는 처지. 그러나 그 또한 참아야 하는 일이었다. 구야국으로 도망치듯 떠나던 아버지가 남긴 말이 종종 떠올랐다. 자식을 볼모로 넘긴 아버지 마음은 어떠할까. 그 속을 내가 헤아릴 날이 과연 오기나 할 것인가 하는 막막한 생각이 간혹 들었다. 그러나 무참히 버림받았다는 자괴감과 억울함과 분노는 끝내 지워지지 않았다. 어쩌면 내 의식 한 부분은 그날 이후로 자라지 못하고 멈춰 버렸는지 모를 일이다.

그 사이에 법흥왕이 양위를 하고, 현왕인 진흥왕이 일곱 살의 나이에 왕위에 올랐다. 성골 왕족끼리 혼인하는 풍습에 따라 법흥왕의 동생과 딸 즉 숙질간에 혼인을 했으니, 그 소생인 현왕은 선왕에게는 조카이자 외손자가 되는 것이다. 굳이 따지자면 현왕의 어머니인 지소태후는 내 아내의 질녀였지만, 왕족들끼리만 혼인이 오고 가는 상황에서 그런 인연은 별 의미가 없었다.

사실 스승인 이사부야말로 현왕과 각별한 관계였다. 남편을 잃은 태후의 총신이 되어 밤낮으로 모셨고, 태후의 몸에서 딸과 아들을 하나씩 낳았다. 그러나 태후나 왕을 대할 때 항상 눈을 내리뜨는 예의를 잃지 않았다.

태후의 십 년 섭정이 끝나자, 열일곱 살 젊은 왕은 명실상부한 왕 노릇을 시작했다. 진흥왕은 매같이 날카로운 눈으로 고구려와 백제를 지켜보면서 안으로는 독수리 발톱을 갈고 있었다. 왕은 절절히 한수(한강)를 가지고 싶어 했다. 이 땅의 허리인 한수 유역은 북으로 진출할 수 있는 길을 열어 주는 요지 중의 요지였다. 백제와 고구려가 남쪽의 도살성(*현 충북 증평으로 추정)과 금현성(*현 충북 진천으로 추정)에서 서로 치고받는 틈을 타서, 이사부는 그 두 성을 공격해 신라 땅으로 만들어 버렸다. 나도 이사부 휘하의 장수로 출전을 해서 한수 하류 유역에 신라의 전초기지를 마련하는 혁혁한 전공을 세웠다.

그 후 백제가 고구려의 영토인 평양성까지 치고 올라가서 전력을 소진하는 사이, 거칠부가 지휘하는 신라 군사는 고구려가

155

차지하고 있던 남한수(남한강) 유역의 열 개 성을 공격했다. 남쪽으로 깊숙이 내려와 있던 고구려군은 백제와의 전선으로 군사를 돌려야 했으니, 신라군의 공격에 열 개나 되는 성을 쉽게 내주고 물러나 버렸다. 백제가 고구려와 지지부진한 영토 분쟁을 계속하며 힘을 소모하는 사이에, 신라는 고구려가 차지하고 있던 남한수 유역을 독식해 버린 것이었다. 고구려 장수왕의 남진 정책에 대응해서 맺었던 나제동맹, 신라와 백제가 백년 넘게 지속해 온 동맹의 힘은 현실의 이익 앞에서는 헌신짝보다 못했다.

왕은 새로 얻은 한수 유역의 땅을 신주라고 부르도록 했다. 그곳에 성을 쌓고 지키는 것이 내 임무가 되었다. 신라 땅제일 변방으로 나를 보낸 데에는 그만한 이유가 있었다. 신라는 가야 소국의 왕족들을 제 땅에서 되도록 먼 곳으로 흩어 버리는 정책을 쓰고 있었다.

왕과 조정이 승리의 기쁨에 도취되어 있을 때, 백성들의 삶은 도탄에 빠져들고 있었다. 젊은 남자들은 군역에 뽑혀 가고 나이든 남자들은 노역에 시달렸다. 병사들은 싸우다가 죽어 가고, 백성들은 싸움에 치여 죽고 아니면 병들어 죽거나 굶어 죽었다. 연화세계를 만든다는 미명하에 고구려와 백제의 백성들을 죽이고 쫓아내고, 제 백성들을 끊임없이 싸움 바라지에 끌어내야 하는 모순이 되풀이되고 있었다.

하물며 수시로 싸움이 벌어지고 있는 접경 지역에 사는 사람들의 삶은 말해 무엇하랴. 산목숨이라고 하기에는 너무나 미안할 정도로 모질었다. 가마니를 옷처럼 두르고서 뼈밖에 안 남은 육신을 들끓는 이에게 뜯기고 있는 노인, 워낙 굶어서 쇠꼬챙이같이 가는 다리에 배만 올챙이같이 튀어나온 올망졸망한 아이들, 그 식구들을 거느리고 유리걸식하는 가련한 가장을 보면서 나는 종종 삭풍 속에서 울었다.

그렇지만 나 또한 그들을 동원하지 않을 수 없는 형편이었다. 과거 고구려의 영토였으니 언제 또 반격을 해 올지 모르는 상황이었다. 그러니 강변에 성을 쌓고 산세에 기대 산성을 쌓아야 했다. 성 쌓는 데 끌려 나온 백성들은 돌에 깔려 죽고 낭떠러지에서 떨어져 죽었다. 싸움이 벌어지면 어디든 달려가고, 싸움이 잦아들면 백성들을 여끌고 성을 쌓는 일상이 내가 살아가는 유일한 방법이었다.

한수 하류 유역 점령은 백제와 고구려의 소모전을 이용해서 백제의 뒤통수를 친 격이었다. 무슨 말을 갖다 붙이더라도 배신행위 이상도 이하도 아니었다. 그런데 백제에서는 엉뚱하게도 왕녀를 보내왔다. 미색에 취해 있는 사이에 치겠다는 속셈이 아닌가, 당장 쳐들어오기에는 백제도 힘이 부치니 시간을 벌려는 생각일 것이라고 관리들은 떠들어댔지만, 왕은 서슴없이 소비로 삼았다.

정비가 잉첩을 두는 신라 왕실의 풍습과는 달리 바로 소비로 삼은 것은 백제 왕녀에 대한 대접이라 할 것이다. 그 옛날 법흥왕이 운운했던 잉첩이라는 참으로 이상한 풍습이 신라에는 있었다. 남편이 직접 첩을 두는 것이 아니라, 본부인의 잉첩이라는 이름으로 여인을 들여서는 부인의 지휘 아래 남편을 모시는 해괴한 일이 벌어지고 있었다. 백제 왕녀에게만은 그 이상한 풍습을 면하게 해 주었지만, 그녀 역시 볼모나 다름없는 신세가 아니겠는가.

관리들의 추측과는 달리 백제는 곧 신라의 관산성(*현 충북 옥천 소재)을 침략해 왔다. 관산성은 서라벌에서 추풍령을 넘어 한수 유역으로 이어지는 지점에 위치한 만큼, 이곳을 잃으면 한수 하류 지역의 신라군이 고립될 가능성이 있는 요지 중의 요지였다.

백제는 그 이전에 수도를 옮겼으니, 엄청난 토목공사와 계속된 전쟁으로 민생은 피폐할 대로 피폐할 수밖에 없었을 것이었다. 백성들을 생각해서라도 더 이상의 전쟁은 하지 말자는 신하들을 백제 태자 창은 사정없이 힐책했다. 그러면서 왜를 끌어오고 가야를 옭죄어 연합군을 만들어 관산성을 공격했다. 당시 가라국을 비롯한 가야 소국들은 백제의 강력한 영향 아래에 있었고, 왜국에는 철 제조 기술과 도기 등의

158

문화를 전해 주는 대가로 군사적 원조를 요청할 수 있는 상황이었다.

왜군이 주축이 된 선발대가 하늘로 불을 쏘아 올리는 화공작전을 시작으로 성을 공격하고 뒤이어 창이 군사를 몰아 성을 탈취했다. 관산성을 지키고 있던 각간 우덕과 이찬 탐지가 나가 싸웠으나 패했다고 했다.

남한수 유역에 할미산성을 쌓고 있던 와중에, 한시 바삐 구원하러 오라는 급보를 받았다. 백제와 마주한 최전방인 삼년산성(*현 충북 보은 소재)을 향해 바람처럼 말을 몰아, 그 지역의 책임자인 도도의 군사와 합해서 관산성으로 내달렸다.

시체 썩어 가는 냄새가 온 들판에 가득하고 부상자들의 신음과 울음소리가 뒤섞여 지옥이 따로 없었다. 나는 패전의 현장을 무연히 바라보고 있었다. 싸우고 죽고 죽이는 일, 그 모두가 아득히 먼 세상의 일인 것같이 느껴졌다.

그때 간자의 첩보가 날아들었다. 백제 왕(성왕)이, 몇 달 째 전장에 나와 있는 아들을 격려하기 위해 직접 수십 명의 기병만을 거느리고 관산성으로 오고 있다고 했다. 이 무슨 만용인가, 어찌 이런 경솔한 짓을 하는 것인가. 한 나라 지존이 전쟁터에 나간 아들을 만나러 단기 오십을 거느리고 격전지를 향해 오다니. 분명, 주체할 수 없는 분노와 어리석은 아비의 정이 더해져 화를 자초하고 있는 것이리라. 이런 잘못된 판단을 내린 성왕의 심중을 헤아릴 길이 없었다.

- 길목에 매복하라. 맹호를 잡으려면 그물을 칠밖에. 도도 촌주가 매복을 지휘해 주시오.

더할 수 없이 충직하게 생긴 삼년산성 촌주 도도는 나는 듯이 뛰어나갔다. 간자는 도도보다 더 빠르게 말을 몰고 내달렸다. 그 밤, 이백여 명의 일급 용장들이 좁은 길목을 지키고 있다가 일순에 벼락같이 덮치니, 성왕은 그만 말에 앉아 오도 가도 못하고 사로잡히고 말았다.

성왕을 끌고 진중으로 들어온 도도는 하늘의 별을 딴 듯 의기양양했다. 세 나라의 접경 지역에서 살면서, 전세에 따라 고구려 사람에서 백제 사람으로, 다시 백제 사람에서 신라 사람으로 변신하지 않으면 목숨을 담보할 수 없는 처지인 사람. 그런데 그 손으로 백제 왕을 잡는 전과를 올렸으니 그럴 만도 했을 것이다.

- 도도 촌주가 직접 목을 베도록 하라.

옆에서 가슬이 눈을 홉뜨며 나를 돌려세웠다. 전에 없던 참람한 일이었다.

- 장군, 어째서?

나는 숨을 크게 들이켰다.

- 이곳 사람들에게 공을 돌려야 한다. 그래야 이 사람들이

신라의 백성이 되지 않겠나.

가슬이 무어라 다른 말을 하기 전에 명을 내렸다.

- 베어라.

- 오냐, 베어라. 목숨을 구걸할 생각은 추호도 없다.

성왕은 이미 각오한 듯 목을 길게 늘였다. 얼핏 그의 눈가에 번지는 눈물을 본 듯도 했다. 싸움의 진행은 드뎠으나 끝은 짧고 단호했다. 백제를 다시 일으켜 세울 것이라는 기대를 한몸에 받았던 걸출한 왕이었던 그는 결국 한 촌사람의 손에 목이 잘렸다. 칼날을 따라 날리는 핏방울이 선연했다. 백제 좌평 네 사람과 삼만여 명의 병사들이 관산성 앞 들판에서 거름이 되었다. 살아서 돌아간 말 한 필도 없었다는 이야기도 있었으니, 백제로서는 돌이킬 수 없는 통한을 안게 되었다.

아비가 죽고 나서, 포위당한 태자 창은 탈출을 위해 필사의 노력을 했다. 호위 군사들이 태자를 둘러싸고 화살을 빗발처럼 날리면서 간신히 신라 기병을 물리치고 허겁지겁 탈출했다. 창은 피울음을 토하며 말을 달리고 있으리라. 아비가 촌주의 칼 아래 뜨거운 피를 뿌리는 것을 멀리서 지켜봤을 아들을 생각하니 가슴이 따가웠다. 적에게 품어야 할 적의는 간 데 없고 고군분투하던 용장과 안타까운 부자간의 정리만 마음에 남으니, 이 무슨 나약한 생각인가 싶은 자괴감이 끝없었다. 내 아버지는 나를, 아들을 볼모로 내버려두

161

고 황황히 가 버리지 않았는가.

관산성 패전 이후에 가야는 완전히 힘을 잃어버렸다. 그러나 백제와의 싸움은 이것으로 끝이 아니라는 것은 명약관화한 일이었다. 백제 태자 창은 절치부심할 것이고, 젊은 진흥왕의 욕심은 하늘을 찌를 것이 아닌가.

승전 보고를 하기 위해 서라벌로 향했다. 가슬은 입도 떼지 않고 내처 말만 달릴 뿐이었다. 내가 먼저 입을 떼서 그의 마음을 달랠 수밖에 없었다.

- 자네는 여기까지 백제 왕의 목을 끌어안고 왔는가.

그제야 가슬이 무겁게 입을 열었다.

- 제 소견으로는 가늠이 안 되옵니다. 역사에 길이 남을 전공을 촌사람한테 넘겨 버리시다니.

- 그대도 알지 않는가. 바다는 메워도 사람의 욕심은 못 채운다는 것을.

- 장군의 수중에 들어온 적장의 목을 베는 게 욕심입니꺼?

- 영광은 모두 왕의 것이다. 넘치면, 우리는 목숨 부지를 못 할 수도 있다. 세상 무엇보다 목숨 도모가 먼저 아니겠는가.

- ……

말문을 닫아 버린 가슬의 얼굴을 바라보았다. 그동안 신라 군인으로 함께 달린 전장이 그 얼마인가, 함께 벤 적의 목은 또 얼마나 될 것인가. 적지나 다름없는 신라 땅에서 같이 살아가는 피붙이 같은 존재이자 동지가 바로 가슬이었다.

 - 후회하지 않는가? 나를 따라 신라로 온 것을.

 - 제 인생에 다른 길이 있겠습니꺼. 장군을 따라 그날까지 말 위에서 지내야 하겠지요.

 - 그날까지……, 그게 우리의 운명이란 말인가.

 - …….

 - 서라벌에 있을 때는 수리를 나한테 보내라. 무술을 가르쳐 주고 싶다.

 - 아, 수리가 정말로 좋아하겠습니다. 장군은 그 아이의 표상이시지요.

자식 이야기에, 가슬의 낯빛에서 구름이 걷히고 해가 빛났다.

먼빛으로 비사벌 땅을 바라보며 스쳐 지났다. 채 끊어지지 않은 명줄을 간신히 이어 가고 있는 가련한 나라, 비사벌. 그 옛날 안라회의 때 만났던 태자는 명색 왕 자리에 있기는 하지만, 오늘내일 나라를 신라에 들어 바칠 것이라고 알려져 있다. 태자의 정혼녀는 신녀가 되었다고 했다. 신라 왕족에게 정혼자를 빼앗기고 신전에서 쓸쓸히 늙어 가고 있는 여인. 안라국에서 마주쳤을 때, 다소곳이 눈으로 인사를 건네던 모습이 떠올랐다. 서로가 젊었던, 그래서 좋았던 시절이었다.

생각으로 무거운 몸을 실은 말은 비사벌 변방에 있는 우포늪을 뚜벅뚜벅 지나가고 있었다. 억만년을 이어 온 드넓은 늪 기슭, 마른 억새 위로 싸락눈이 흩날리는 을씨년스러운 날이었다. 둑 아래 옹기종기 모여 있는 작은 귀틀집을 지나면서, 문득 그 안에 사는 사람들의 소박한 행복을 빌어 주고 싶었다. 이름 없는 남정네와 아낙네가 만나, 그저 욕심 없이 농사짓고 고물고물 커 가는 아들자식 딸자식 바라보면서 소리 없이 살아가기를 살뜰히 비는 마음이 들었던 것은 무슨 까닭인가.

  - 무력지, 과연 신라 최고의 용장이오. 신라 군대가 생긴 이래 최고의 전과를 올렸구려.
  관산성 전투의 승전을 자축하는 연회에서 왕은 내 어깨를 여러 번 쳐 주었다.
  - 두고 보시오, 앞으로 고구려든 백제든 이 신라를 얕보는 나라는 결코 용납하지 않을 것이오. 내 두려울 것이 무엇이오. 이사부의 경륜과 거칠부의 지략과 무력지의 용맹이 내 곁에 있는데. 또 화랑도, 저 젊은 화랑도들이 이 신라를 떠받치고 있지 않소.
  - 모두가 폐하의 홍복이옵니다.
  - 감축드리옵니다, 폐하.
  왕의 말이 떨어질 때마다 신하들은 허리를 구부리고 칭송

164

의 말을 되뇌기에 바빴다. 왕이 다른 자리로 옮겨 가자 이사부는 술을 단숨에 들이켜고 잔을 내밀었다.

– 이런 세월이 오는구나. 그 강파른 구야국 왕자 무력지가 이래 무르익은 신라 장수가 됐구나.

연회가 무르익을 무렵에 왕후인 사도부인이 자리에 나왔다. 걸음을 옮길 때마다 왕관의 나비 장식이 파르르 떨리고 정교하기 이를 데 없는 황금귀고리가 달랑거렸다. 화사한 꽃송이처럼 피어나고 있는 그 얼굴 뒤편에 백제 왕녀, 소비가 표정 없는 얼굴로 서 있었다. 제 나라를 쳐부순 사람들이 승전을 축하하며 기쁨을 나누는 자리, 제 아비를 죽인 원수들의 공을 치하하는 자리에 불려 나온 여인. 우연히 나와 눈길이 마주치자 완강히 피해 버리는 모습. 오로지 미안하고 가련할 따름이었다.

다음 날 아침 대청에 나서는데 이상한 일이 있었다. 왕궁 자락 언덕, 내 집과 마주 보이는 늙은 팽나무에 큰 물체가 매달려 있었다. 아랫사람이 달려갔다 와서 전하는 말이, 백제에서 온 소비가 목을 매 자진을 한 것이라고 했다. 목맬 때 도와줬다는 궁녀가 자백하기를 일부러 내 집과 마주 보이는 곳을 골랐다고 했더란다. 백제 왕을 벤 내 눈에 자신의 주검이 제일 먼저 뜨이도록 하다니. 죽기를 작정하기까지, 그 가슴에 회오리쳤을 증오와 회한이 어떠했을까. 어쩌면 나를 향해 마음껏 조소를 보냈을지도 모를 일이다.

'니놈도 나와 같은 신세가 될 수 있다는 것을 알아라. 패망한 왕족의 기개는 이래야 한다는 것을 똑똑히 봐 둬라. 그것을 알려 주고, 보여 주려고 내가 여기서 목을 매는 것이다, 알겠느냐.'

왕은 자신의 업적을 널리 자랑하고 싶어 했다. 백관을 거느리고 흥륜사로 행차했다. 길가에 백성들을 늘여 세우고 그들이 환호하는 것을 바라보면서 만면에 웃음이 번졌다.

십여 년에 걸쳐 지었다는 흥륜사는 나라의 번영과 왕실의 안녕을 기원하고 불법을 융성하게 일으키겠다는 염원을 담은 신라 땅 첫 절이었다. 부처의 가피를 입었음인가, 절을 완성하고 나서 백제로부터 한수 하류의 항구인 당항성을 빼앗았다. 중국과 마주 보는 서해안에 항구를 가진다는 것은 젊은 왕의 어깨에 날개를 달아 주는 일이었다. 그 이전까지는 육로로 백제나 고구려 땅을 거치거나 두 나라의 연안을 통과해야만 했으니 중국과 교류다운 교류를 제대로 할 수가 없는 형편이었다.

― 왜구 들끓는 가파른 동해바다만 가지고 있다가, 드디어 중국으로 가는 길목에 항구를 가지게 되었도다.

진흥왕은 신천지를 얻은 듯 기쁨에 들떴다.

- 당항성으로 행차할 것이다. 군사와 백성들을 당항성으로 모아라.

수천수만의 깃발이 나부끼니 거대한 꽃밭처럼 보였다. 인산인해, 사람과 말과 수레로 뒤덮인 항구에 단상을 쌓고 패기 넘치는 젊은 왕이 올라섰다.

- 고구려 백성이든 백제 백성이든 신라 백성이든, 삼한 백성들이 서로 죽고 죽이지 않고 서로 살고 살리는 세상을 만들 것이다. 부처님의 세상, 불국토를 만들 것이다.

우레 같은 만세 소리가 이어졌다. 연화세계를 펼치겠다는 왕의 염원에 화답이라도 하듯, 수백 명의 승려들이 쏟아내는 장엄한 독송 소리가 천지를 메웠다. 독송이 끝나고 나자 왕은 다시 일성을 발했다.

- 내 오늘 이곳에서 대중공양을 할 것이다. 삼한 백성이 함께 한솥밥을 먹는 공양을.

깃발이 뒷줄로 물러나자 수십 개의 솥이 끝없이 이어진 진풍경이 벌어졌다. 쌀밥에 나물을 비빈 공양을 수천 명이 함께 하는 거대한 행사였다. 왕은 삼한의 백성 모두 신라의 밥을 먹으면서 살자는 말을 하고 싶었을 것이다.

이후 왕은 자주 국경을 따라 순행을 나섰다. 새로 차지한 땅에는 하급 귀족과 재산이 많은 백성들을 이주시켜 그곳이 신라 땅임을 확실히 했다. 자신의 치적을 확인한 왕은 오가는 행차 주변의 군현에 일 년간 세금을 면제해 주고 죄수들을 방면했다. 북쪽의 낭성을 지나면서, 가라국에서 망명해 온 우륵을 불러 가야금을 연주하게 했다.

 - 낭성은 한수 유역이니 이곳에서 듣는 가야금 소리는 더욱 곱구나. 훗날 서라벌 왕궁에 청할 테니 부지런히 제자를 키우고 음률을 연구하도록 하라.

 왕은 현세에 자신의 치적을 더욱 빛낼 새 궁궐을 짓고자 했다. 궁궐인 월성 동쪽에 땅을 파기 시작하자 황룡이 나타났다. 왕은 궁궐 대신에 용을 다스릴 거룩한 부처님을 모시기로 하고 거대한 공사를 시작했다. 절 이름도 미리 황룡사로 명명했다. 바야흐로 서라벌 천지는 부처의 땅이 되어 가고 있었다. 불교는 왕실을 부처와 동격으로 우러러보도록 만들어서 신라 사람들을 하나로 묶는 묘한 힘을 가진 종교라고 들었다.

 - 나는 믿소. 부처님의 가피력으로 이 삼한 땅이 마침내 신라의 것이 되는 날이 곧 오리라는 것을.

 부처가 현신한 것 같은 부드러운 옥음에 신하들은 깊이 고개를 숙였다. 불법으로 삼한을 일통하려는 왕의 의지를 화백회의에서 밀어주고, 나라를 위한 일이라면 목숨도 기꺼이 버리겠다는 화랑도들의 패기가 충만한 나라였다.

등에서 식은땀이 흘러내렸다. 젊은 왕의 기대를 과연 언제까지 채워 줄 수 있을 것인가. 남은 날을 생각하면 불안하기 그지없었다. 사나이로 태어나 일생을 걸 만한 일을 해 보기는커녕 목숨 하나 부지하기 위해 평생 쫓기다시피 살아온 몸. 이제 무엇을 향해 나아가야 하며 무엇을 할 수 있을 것인가. 나날이 스스로에게 물어보는 심정이 되었다.

아들을 볼모로 남겨 놓고 떠난 아버지. 이승을 떠나 산속 돌무덤에 누웠다는 소식이 왔다. 구야국 왕으로서는 유일하게 그 무덤에 백골만 누워 있으리라. 금 장신구도, 철 갑옷도, 따라 묻힌 사람들도 없이. 아바님, 그렇게 가시려고 그 치욕스런 삶을 사셨던가요.

살아남아야 한다. 아버지 같은 꼴을 당하지 않으려면 살아남아야 한다. 범처럼 포효하면서 검을 휘둘렀다. 칼과 하나가 되는 순간, 누구의 신하인지 어디를 향해 칼끝을 겨누는지에 대한 번민도 사라지고 나라는 존재조차도 잊어버리는 때가 많았다.

그렇게 삼십여 년 세월을 고군분투하며 살아왔다. 그러다가 비사벌에 척경비를 제막하는 날 왕에게 그 모욕을 당한 끝에 한 생명을 만나고, 그 어설픈 보호자가 되는 일을 겪게 된 것이다.

서라벌 하늘 아래

송이

불 켜지 않은 방 한구석에서 무릎을 끌어안고
곰곰이 생각했다. 언제까지 서라벌에서 살아야 하는가.
슬퍼도 슬프지 않은 것처럼 그리워도 그립지 않은
것처럼, 언제까지 몇 살이 되도록 이곳에서 살아야
하나. 나는 왜 이렇게 외롭고 슬프게 살아야 하는가.
엄마 아버지는 왜 나만 이렇게 살도록 내버려두고
이 세상을 떠나갔는가.

무력지 잡간의 저택은 드넓었다. 신라 왕궁이 바라보이는 자리에 널찍이 자리 잡은 웅장한 집, 과분하게도 안채 건넌 방에서 살게 되었다.

밤이면 마당에 나가 서서 하늘을 올려다보았다. 나는 어쩌다가 이렇게 되었나. 소벌 기슭에서 살다가 비사벌 신전으로 들어가고 왕궁으로 가서 궁녀 노릇을 하다가 서라벌로까지 잡혀 오다니.

그나마 다행인 것은 서라벌 하늘에도 별이 뜬다는 사실이었다. 쏟아질 듯 반짝이는 별들이 소벌 기슭에서부터 나를 따라오더니 서라벌까지 와 주었다. 그 수많은 별 하나하나가 친구가 되어 내 마음을 알아주고 달래 주었다. 별을 바라보며 다짐을 했다. 다행히 좋은 분들의 그늘에서 안전하게 살아가니, 아저씨와 아주머니께 밝은 낯빛도 지어 보이고 입도 자주 열어서 걱정을 끼치지 않도록 하자고. 그래야 나중에 이모와 할머니, 또 임금님을 다시 만날 때, 비사벌 궁녀답게 의젓하게 잘 지내고 왔다고 자랑삼아 이야기할 수 있을 게 아닌가.

마음이 답답할 때는 마당의 삽살개를 친구 삼아 하루를 보내기도 했다. 긴 털이 온 얼굴을 뒤덮다 못해 눈까지 가린 것같이 우습게 생긴 모양을 바라보고 있으면 가라앉았던 마음이 그래도 좀 밝아지곤 했다.

이곳에서는 물을 길어 나를 일이 없는데도 발길이 자꾸 부엌으로 향했다. 아궁이 앞에 앉아 있으면 마음이 따뜻해지고 널름널름 번지는 불꽃이 이야기를 들려주는 것만 같았다. 부엌일 하는 사람들의 어깨너머로 음식 만드는 것을 지켜보았다. 비사벌에 있을 때는 거의 먹어 보지 못한 바닷고기를 굽고 조리는 경우가 많았다. 서라벌은 동해가 가까워서 바닷고기가 많이 난다고 했다. 임금님께도 저런 생선 반찬을 해 드렸으면 좋았을 것을, 하는 생각이 수시로 들었다.

아저씨는 전장에서 돌아오실 때면 아주머니를 향해 해처럼 환하게 웃으셨다. 비사벌 임금님과 왕비처럼 허망한 부부가 아닌, 정말 서로 마음으로 깊이 아끼는 것처럼 보이는 두 분이었다.

아저씨가 서라벌에 계실 때는 집에 활기가 흐르고 나도 생기가 나는 것 같았다. 주름이 물결같이 퍼지는 얼굴에 굽슬굽슬한 수염, 큰 몸피에 관복을 차려입은 모습이 좋아 보였다. 조회에 나가시고 들어오실 때마다 인사를 드리니 그 시간이 기다려졌다. 퇴청하실 때 인사를 드리면 늘 솜처럼 따뜻한 미소를 보내 주셨다.

- 오냐, 오늘도 잘 지냈나?

그 말씀에, 갑자기 눈물이 나올 뻔해서 얼른 뒤돌아선 적

도 있었다. 아저씨를 볼 때마다 아버지 생각이 났다. 아버지
는 꿈같이 사라져 버렸다. 어디로 가 버렸는지, 그곳에서는
비가 오더라도 걱정할 거리가 없는지, 엄마와 마루를 다시
만났는지, 나만 빼놓고 모두 모여서 다시 행복하게 지내는지.

마음이 하루에도 열두 번은 더 슬퍼졌다. 뾰족뾰족 돋아나
는 새싹이 예뻐서 슬프고, 하늘하늘 떨리는 어린 꽃잎이 고
와서 슬프고, 봄비가 추적추적 내리면 마음이 한없이 가라
앉아서 더 슬펐다. 해가 서산에 질 때까지 먼 산을 바라보며
죽은 듯이 앉아 있는 때도 있었다. 밤이 되면 뒤숭숭한 마음
으로 일찍 잠을 청해 보지만, 이리저리 뒹굴며 넓은 방안을
헤매기 일쑤였다. 한없이 막막하고 슬픈 마음을 어찌지 못해
이불을 머리끝까지 뒤집어쓰고 끙끙 앓았다. 그때, 가만히
입 밖으로 흘러나온 말이 있었다.

- 그루, 그루.

나무 둥치를 꽉 껴안는 것 같은 느낌이 들면서, 신기하게도
마음에 단단한 힘이 생기는 것 같기도 하고 슬그머니 용기가
솟아나는 것 같기도 했다. 그리운 마음으로 간절하게 부르면
그 이름이 힘이 되어 준다는 것을 깨달은 것이 신통하기도
했다. 그리운 주문이라고, 나 혼자서 이름 붙였다. 어쨌든 살
아가 보자, 어찌어찌 견뎌내면 되겠지 뭐. 그루, 그루…….

걷잡을 수 없이 어지러운 마음을 곧 다시 다잡게 해 주는

말. 서라벌에서 사는 것을 덜 슬프게 만들어 주는 참으로 고
마운 주문. 그것을 내 힘으로 생각해 낸 것이 못내 기특했다.

아주머니는 내 마음을 아는 듯 그저 고요하게 지켜봐 주
었다. 신라 공주라는 분인데, 생김새도 그렇지만 마음씨도
푸근하기 그지없는 것 같았다.

 - 송이야, 어째야 니 마음이 편해지겠노.

 - ······.

 - 일을 하면 시간이 잘 안 가겠나 싶다만. 해 보고 싶은 일
이 있나?

어쩌면 하는 일 없이 앉아 있자니 못 견디도록 생각만 많
아지는 것인지도 몰랐다.

 - 쓸고 닦는 일을 했으면······.

기다리고 있었던 것처럼 바로 대답이 튀어나왔다.

 - 해 보고 싶은 게 걸레질이라고?

아주머니는 애써 웃음을 참는 것 같았다.

 - 청소만 하다 보면 안 지루하겠나, 잔심부름도 해 볼래?
아저씨가 와 계실 때는 사랑채로 가서 내 말을 전해 드리고
아저씨가 하시는 말씀이 있으면 나한테 와서 전해 주고, 또
손님 오가시는 것도 알려 주고. 그런 일은 할 수 있겠지?

 - 예. 그럼예.

- 아저씨 말씀이 비사벌은 다 안녕하시다고 하더라. 임금님도 그런대로 잘 계시고 이모도 할머니도 별일 없이 잘 지내신단다. 그러니 마음 편하게 먹어라, 응?

- ……

사랑채를 청소하고 있을 때면, 간혹 아저씨가 말을 붙여 주셨다.

- 견딜 만하냐? 그래그래 지내보자. 그러다 보면 좋은 날이 안 오겠나.

아, 고마운 분. 그런데 이상한 것이, 아저씨를 보면 어떤 때는 정말 아저씨같이 푸근하게 생각되고 또 어떤 때는 아버지같이 다정하게 느껴지고 또 때로는 내 또래 소년을 대하는 것 같이 가슴이 뛰었다. 아저씨의 모습이 보이면 부끄러워서 얼굴을 들기가 힘들고, 목소리가 들리면 가슴이 두근두근 방망이질을 하곤 했다. 어떻게든 아저씨에게 내 마음을 들키지 말아야겠다 싶어서 말도 행동도 저절로 조심스러워졌다.

- 송이야, 이리 나와 봐라.

사랑마당으로 나갔더니 어떤 청년이 아저씨 옆에 서 있었다. 그 청년보다 아저씨를 보기가 더 부끄러워서 고개를 외로 꼬았다.

- 아저씨 부장인 가슬 장군의 아들이다, 수리라고. 내 하

나밖에 없는 제자구나.

가슬 장군, 아저씨가 서라벌에 계실 때면 간혹 집으로 찾아오시니 몇 번 뵌 적이 있었다. 나를 볼 때마다 늘 따뜻하게 웃어 주곤 하셨다. 마치 친척이나 오래 알아 오던 사람인 것 같은 느낌이 들곤 했다. 더군다나 아저씨를 따라 구야국에서 건너오셨다는 말을 듣고는 더욱 친근한 생각이 들었다.

처음 인사를 드리던 날, 가슬 장군은 나를 애처롭게 바라보다가 문득 말씀하셨다.

- 아가씨, 어떻게든 잘 견디시소.

마치 어른을 대하듯 아니면 귀한 사람을 만난 듯 정중하게 말씀하셔서 깜짝 놀랐던 게 기억났다. 그렇지만 가슬 장군을 볼 때마다 무서운 기억이 생생하게 떠올랐다.

- 신라 내직 삼등급인 잡간에게 이래 허접스러운 일을 명할 수야 없지. 그 부장이 일을 맡도록 하라.

신라 왕의 그 말 뒤에, 가슬 장군의 손에서 안라국 왕자와 왜인의 생명이 없어졌다. 도무지 믿고 싶지 않은 일이었다. 그렇지만 아저씨나 가슬 장군이 왕의 말을 어떻게 거역할 것인가. 가얏것들, 꼴도 보기 싫으니 모두 도륙을 내 버리겠다고 하던 그 무시무시한 왕을.

수리라는 청년은 아버지를 닮아 키도 크고 서글서글하게 웃는 상이었다. 나이는 나와 비슷하게 열네댓 살쯤 되어 보였다.

- 수리야, 송이한테 서라벌 구경을 시켜 주자니 마땅한 사람이 너밖에 없구나.

수리는 싱글벙글 웃었지만 나는 내키지 않았다. 처음 본 청년과 대낮에 말을 타고 돌아다녀야 하다니. 그렇지만 아저씨 말씀이니 싫다고만 할 수도 없었다. 수리는 뒤에 앉아 말을 몰고 나는 그 앞에 앉아서 나들이에 나섰다.

- 서라벌까지 오게 돼서 많이 놀랐지요?

- ……

- 그래도 장군님 댁으로 오게 됐으니 다행입니다. 장군님이나 마님이나 참 어진 분들이시지요.

그 말에 마음이 뭉클하면서 눈물이 배 나왔다. 수리에게 들키지 않도록, 땀을 닦는 척 소매로 얼굴을 훔치며 눈길을 멀리로 돌렸다.

서라벌 산천도 비사벌 만큼이나 어여뻤다. 산기슭을 따라 분홍빛 진달래가 점점이 피어나고 멀리 신라 왕릉 위에는 파르스름하니 풀빛이 번져 가고 있었다. 솔고개에도 꽃이 피고 비사벌 왕릉 위에도 저렇게 풀빛이 푸르러 가겠지. 볕 좋은 봄날에 왕궁 뜰에 앉아서 이런저런 이야기를 들려주시던 임금님. 어떻게 지내시나, 몸은 좀 나아지셨는지. 가슴속에 걱

177

정이 뭉게뭉게 피어올랐다.

— 저기 보이는 산이 서라벌 서쪽인 선도산입니다. 선도산 신모를 모시는 사당이 있거던요. 서라벌을 지켜 주는 어머니 같은 분이랍니더.

화왕산 신모를 모시는 신전, 그곳에 사는 할머니와 이모는 어떻게 지내는지.

— 비사벌도 경치가 좋겠지요?

수리가 생각지도 못한 말을 내놓았다.

— 어째 알아예? 가 본 적도 없을 건데예.

— 거기서 온 사람을 보면 경치도 짐작할 수 있지요.

— 호호호.

모처럼 소리 내 웃었더니 기분이 좋아졌다.

— 구야국은 어떤 곳이라예?

— 저는 구야국에 가 본 적이 없으니 모릅니더. 아버지 말 씀으로는 산도 예쁘고 들도 넓다고 했지요. 장군님을 따라 서라벌로 오신 다음에는 다시는 구야국 땅에 못 가보셨다고 했습니더.

좀 가벼워졌던 마음이 다시 무거워졌다. 아저씨와 가슬 장 군은 삼십 년이 가깝도록 고향 땅에 다녀오지 못했다는 말 이 아닌가. 그럼 나는 어떻게 되는 건가. 내가 그만 말문을 닫아 버리자, 수리가 그제야 내 마음을 알아차린 듯 말이 빨

178

라졌다.

- 저기, 저 냇물이 남천냅니다. 여름밤에는 저기서 어른 아이 할 것 없이 모여서 목욕을 하지요. 부자나 권세 있는 사람들은 더위를 피해서 경치 좋은 산이나 바다로 간다고 들었습니다.

- 바다라고예?

비사벌에서는 개울이나 강만 보았지, 바다라는 것은 본 적이 없었다.

- 강이 흘러 흘러가서 물이 모이겠지요. 새파란 물이 끝없이 가득하게 모여 있는 게 바다라고 하겠지요.

새파란 물이 끝없이 모인 곳, 바다를 보면 마음이 좀 시원해질 수 있을까.

- 저는 아버지를 따라서 동해바다에 가 봤지요. 바라보기만 해도 속이 탁 트이는 것 같았습니다. 나중에 아가씨에게도 구경시켜 드릴게요. 아, 경치 좋은 곳을 찾아다니는 청년들도 있지요, 화랑도라고요.

화랑도라니, 처음 듣는 이야기에 궁금증이 솟아났다.

- 청년들이 모여서 글과 무술을 배우지요. 산으로 들로 다니면서 춤과 노래도 익히고요. 화랑도로 활약하는 것을 지켜보다가 관리나 무장으로 조정에 추천을 한다고 합니다. 그러니 신라 청년이라면 누구든 화랑도가 되는 게 꿈이지요.

저도 화랑도가 되려고 합니더.

- 예, 그렇게 되면 좋겠네예.

- 구야국 출신이라서 잘 될까 모르겠지만 그렇다고 못 될 법은 없겠지요.

- 가야 출신에게는 차별을 하는가 보네예. 그래도 꼭 될 수 있을 것 같은데예.

아는 것도 많고 성품도 좋은 수리가 그 희망을 이루기를 속으로 가만히 빌어 주었다.

- 고맙습니더, 아가씨.

수리가 말 옆구리를 힘차게 차자 말도 기세 좋게 달리기 시작했다. 그 뒤로 둘이서 나들이도 다니고 아주머니의 심부름으로 모량녀의 집에도 다녀오곤 했다. 모량녀는 용하기로 유명한 무당이라는데 종종 아저씨 댁에 다녀갔다. 서라벌 육부의 하나인 모량부라는 마을에 산다고 그렇게 부른다고 했다. 모량녀가 올 때마다 아주머니가 하는 말은 늘 똑 같았다.

- 이번에는 들어설 것 같은가? 아니면 얼마나 더 기다리면 되겠는가? 내 나이가 얼만데 또 더 기다리라고 하는가.

그때마다 아주머니 얼굴에 먹구름장이 덮이고 몸에서 바람이 빠져나가는 것같이 보였다.

- 부처님도 신령님도 참 야속도 하시지. 아들 하나를 점지 안 해 주시고 이래 속을 태우도록 하시다니.

아주머니가 번번이 낙망을 하면서 막막한 눈빛을 짓는 것이 못내 안타까웠다. 아주머니가 모량녀에게 건네줄 게 있는 것 같은 눈치여서 방을 나왔다. 모량녀가 하는 말이 나직하게 들려왔다.

- 그런데 저 아가씨는 상이 참 별나 보이옵니다. 볼 때마다 그런 생각이 드옵니다.

- 별나다니? 상이 어떤데 그러는가?

- 글쎄요, 액은 참 많은데도 남의 찬탄을 오래 받을 상이라고나 하올지.

- 좋다는 말인지 나쁘다는 말인지 모르겠구만.

하루는 수리와 모량녀의 집에 가서 꾸러미를 받아 오는 길에 시장을 지났다. 웬 먹을거리며 옷감이 그렇게도 많이 나와 있는지 눈이 휘둥그레질 지경이었다. 말에서 내려 걸으며 구경을 하는데, 사람은 또 어쩌면 그리도 많은지 사람 반 물건 반으로 보였다. 동쪽에 있다고 동시라고 하는데, 나라에서 관리를 한다고 수리가 알려 주었다. 그 뒤를 따라가면서 미안하게도 다른 사람을 생각하고 있었다. 그루는 지금쯤 대장장이 일이 손에 많이 익었을런가. 그 아이를 따라 불밋골을 구경할 수 있는 날이 과연 오기나 할까.

사람들이 모여 있는 곳을 들여다보다가 소스라칠 듯이 놀

181

랐다. 난생처음 보는, 우리와 정말 다르게 생긴 사람이 물건을 팔고 있었다. 타다 만 누룽지같이 거무스름한 얼굴빛에 눈이 등잔같이 커다란 남자가, 긴 저고리 통바지에 머리에는 똬리를 겹쳐 놓은 것처럼 수건을 둘둘 말아 쓰고 있었다. 저 멀리 파사국(페르시아)이라는 나라에서 왔다는데, 거기까지 가려면 배를 타고 엄청 가서 또 수없이 산을 넘고 모래밭을 건너야 된다고, 귀고리며 목걸이나 팔찌 같은 온갖 치장거리에 유리잔도 팔고 비단도 판다고, 희귀한 물건이라고 해서 사람들이 좋아한다니 갈수록 파사국 사람들이 들어오고 있다고 수리가 열심히 설명을 했다.

- 어머니도 곱게 치장을 하시겠지예? 예쁜 분이시겠네예?

수리는 문득 말문을 닫더니 한참만에야 입을 열었다.

- 돌아가셨습니더. 몇 년 전에 병으로.

- ……

- 어머니가 오래 아팠는데도 아버지는 싸움터에 안 나갈 수가 없고. 어머니가 세상을 떠나고 한 달이 지나고 나서야 아버지가 돌아오셨지요. 장례도 장군님 댁 마님이 다 돌봐 주셨지요.

- 몇 살 때……?

- 열 살…….

아, 열 살. 좀 잠잠해졌던 눈물이 다시 솟아나려고 했다.

- 아버지가 구야국에서 왔다고, 나이 찰 때까지 혼인하겠다는 처자가 나타나지 않았다고 했지요. 장군님이 사시는 마을인 사택부를 오가면서 그 마을 처자를 오래 사모하다가 어렵게 혼인을 했다는데 그만 십이삼 년밖에 못 살고…….

서라벌에도 나처럼 가련한 아이가 살고 있었다. 그래도 수리는 아버지가 있고 더군다나 아저씨를 스승으로 모시고 글과 검술을 배우고 있으니, 나와는 비할 수도 없이 행복한 편이 아닌가.

수리가 오는 날이면, 아주머니가 챙겨 주시는 먹을거리를 들고 사랑채로 나가서 검술 수업을 지켜보곤 했다. 목검이기는 하지만 휘두르는 품새가 매섭고, 때로는 아저씨의 몸 쪽으로 파고드는 동작도 용맹해 보였다.

- 잘했다. 칼 쓰는 실력이 날로 느는구나.

아저씨는 빙그레 웃고 수리는 얼굴을 붉게 물들였다. 나한테도 저런 스승이 있었으면.

- 무슨 생각을 하고 있노? 너도 검술을 배워 보고 싶나?

아저씨가 놀리듯이 묻기에 얼른 대답을 했다.

- 저는 글을 배우고 싶은데예.

- 응? 어째서?

아저씨가 놀란 표정을 지었다.

- 그냥, 글을 읽고 쓸 줄 알면 좋겠다는 생각이 저절로 드는

데예.

─ 하하하, 글을 아는 총명한 딸이라, 그 좋겠구나. 한자를 아는 여인은 서라벌에도 거의 없단다. 그래, 서라벌에서 제일 똑똑한 딸로 키워 보고 싶구나. 다음에 서라벌에 올 때는 생각해 보마, 하하하.

딸이라고 하시다니, 그 말씀을 하면서 저렇게 기뻐하시다니. 미안하고 당황스러우면서도 즐거웠다. 그동안 나 혼자서 엉뚱한 생각을 하면서 아저씨를 부끄럽게 대한 것이 못내 죄송스러웠다. 그 뒤부터는 아저씨를 대하기가 편안해졌다. 정말 아저씨인 듯 아니면 아버지인 듯 느껴지면서, 서라벌 하늘 아래서 살아가는 것도 참을 만하다는 생각도 얼핏 들었다.

초여름 어느 날, 아주머니의 심부름으로 수리와 함께 모량부에 다녀오는데, 길가 논바닥이 형편없이 갈라 터져 있었다.

─ 날이 워낙 가물거든요. 먹을 게 하도 없으니 곡식 부스러기나 쌀겨로 멀건 죽을 쑤어 먹는 사람들도 많지요. 흉년에는 아예 풀뿌리를 캐고 나무줄기를 벗겨 먹으면서 살지 별 수가 있습니꺼.

─ 비사벌 사람들도 그랬지예. 참말 근일이네예.

─ 너무 오래 가물었으니 마을에서도 제를 올리고 임금님도 기우제를 지냈다고 하지요. 그래도 가뭄이 안 풀리면 나

라의 죄수를 풀어 주고 성벽 쌓는 공사도 중지해서 농사에만 전념하도록 해 준다고 합디다.

마을 안길을 지나는데, 사람들이 우르르 몰려가더니 어느 집의 사립문을 열어젖히고 여인을 끌어내는 것이 눈에 띄었다. 열 살, 일곱 살 정도쯤 되어 보이는 아들딸 남매도 같이 끌어냈다. 햇볕 쨍쨍 쏟아지는 논바닥에 그 세 사람을 세워 놓고 사람들이 빙 둘러서서 소리를 지르고 때리기 시작했다. 여인은 아이들을 감싸 안은 채 흐느끼고, 겁에 질린 아이들의 얼굴은 눈물콧물로 범벅이 됐다.

- 폭무를 하고 있네요. 일부러 무당을 괴롭히는 척 하는 거랍니다. 비를 내려 주지 않으면 무당과 아이들을 해코지하 겠다고 신령님을 협박하는 거지요. 신령님이 무당을 가엾게 여겨서 비를 내려 주시라고요. 무당은 땅에 사는 사람들의 소원을 모아서 하늘에 전하는 사람이라고 합디다.

무엇이든 많이 보여 주고 하나라도 더 알려 주려고 애쓰는 수리를 보면서, 비사벌 임금님 생각이 났다. 지금은 누구와 말벗을 하시는지.

해가 바뀌어서 열다섯 살이 되었다. 불 켜지 않은 방 한구 석에서 무릎을 끌어안고 곰곰이 생각했다. 언제까지 서라벌 에서 살아야 하는가. 슬퍼도 슬프지 않은 것처럼 그리워도 그렇지 않은 것처럼, 언제까지 몇 살이 되도록 이곳에서 살아야 하나. 나는 왜 이렇게 외롭고 슬프게 살아야 하는가. 엄마 아버지는 왜 나만 이렇게 살도록 내버려 두고 이 세상을 떠나갔는가.

사월 초파일 부처님 오신 날에 흥륜사 앞뜰에서 탑돌이를 한다고 했다. 부엌일 하는 아주머니들 말이 그날은 서라벌 처자 총각들이 모두 다 흥륜사로 몰려들 거라고 했다. 탑을 돌면 소원이 이루어진다고 하니 은근히 기대도 됐다. 초파일 아침에 아주머니가 치마저고리에 겉옷까지 새 옷으로 챙겨 주시고 작은 금귀고리도 새것으로 내주셨다. 수리도 여느 때보다 잘 차려입고 나를 데리러 왔다.

흥륜사로 향하는 길은 오색찬란한 연등으로 뒤덮여 있고 법당 앞 드넓은 뜰은 발 디딜 틈이라곤 없었다. 탑돌이는 고사하고 사람 구경만 할 수밖에 없는 형편이었다. 밤새워 탑을 돌면서 젊은 남녀들이 어울리기도 하는 날이라더니 과연 소문대로구나 싶었다. 그 사람들 속에서 나와 수리만 겉도는 것처럼 보였다. 꽃처럼 차린 처자들과 세상에 거리낄 것 없다는 듯 호기롭게 웃어 젖히는 청년들 사이에서 나는 한없이 작게만 느껴졌다.

저 서라벌 처자 총각들도 걱정거리가 있을까. 서라벌에서 태어나고 엄마 아버지 다 있는 사람들은 무슨 걱정거리가 있을까. 수리도 나와 같은 생각을 하고 있을까? 서라벌에서 내가 아는 유일한 청년이고 더군다나 같은 가야 출신인 수리가 화랑도가 되고, 아무 걱정 없이 저들처럼 살아간다면 내 마음도 좋을 것 같았다.

그렇지만 밤에는 묘한 생각이 들었다. 내가 수리와 서라벌을 돌아다니는 사이, 그루는 친구할 사람이라고는 없는 대장간에서 망치질을 하고 있겠지. 요즘도 손등이 터 갈라지고 손톱에는 멍을 달고 사는지. 여전히 철정을 싼 보퉁이를 안고 신전에 다녀가는지. 이모나 할머니를 만나 내 이야기도 하는지. 왕궁에도 심부름을 가서 임금님을 만나 뵙는지. 밤은 깊어 가는데 생각은 끝없이 이어졌다.

이모가 갈라 터진 논에 혼자 서서 울고 있었다. 아무도 도와주지 않는 벌판에서 짐승처럼 울고 있는 여인. 신녀도 무당인가? 이모도 폭무 비슷한 일을 당했나? 아니, 신라와 비사벌은 다르니까 그런 일은 없겠지, 없었겠지. 마음을 놓으려는 찰나, 갑자기 집채만 한 구렁이가 스르르 다가가더니 이모를 칭칭 동여매기 시작했다. 이모는 죽어라고 팔을 허우적거리는데, 구렁이는 꿈틀꿈틀 움직이며 더욱 조여들어 갔다. 아, 저 일을 어쩌나. 애가 타들어 가는데도 어쩔 방법이 없어서 발을 동동 굴렀다. 그런데 갑자기 구렁이가 대가리를 획

돌리더니, 두 쪽으로 갈라진 긴 혀를 내 눈앞으로 쓰윽 들이밀었다.

– 아악!

결국 잠자던 아주머니가 달려오고 일하는 사람들도 모두 몰려나온 것 같았다. 아주머니는 땀을 닦아 주고 등을 쓸어 주었다. 옛날에 소벌에서 살 때, 어쩌다 나쁜 꿈을 꿀 때면 엄마가 이렇게 도닥여 주던 기억이 되살아났다.

다음날 아침에 아주머니가 나를 불러 앉혔다.

– 송이야. 그리도 비사벌에 가고 싶나? 이모가 꿈에 보이도록.

언제 들어도 참 따스한 목소리였다.

– ……

– 정 참기 힘들면 내가 길을 한번 찾아보마.

– 예? 어떻게예?

– 내 절 나들이에 따라가면 안 되겠나 싶다. 비사벌 땅에 가까운 데를 택해서 가면 거기서 할머니와 이모를 만나볼 수 있지 않겠나 싶다만. 아무도 모르게 소문 안 나게 해야 안 되겠나.

– 비사벌로 영 돌아가는 거는 아니고예?

– 알다시피 너를 서라벌 땅에 두라는 왕의 말씀이 계시니. 그러면 그렇지, 무슨 수로 그 무서운 왕의 명령을 바꿔 놓

는단 말인가.

　- 아저씨도 이 일을 아시는가예?

　- 아저씨가 먼저 하신 이야기다. 그리 해 보면 니가 지내기
가 좀 나아질까 하시더라.

　아주머니 말씀을 듣고 나니, 신기하게도 어지럽던 마음이
바로 정리가 되었다. 나를 절 나들이를 시킨 소문이 나면 아
저씨가 곤란을 당할 것은 뻔한 일, 그런 위험한 일을 당하시
게 하고 싶지 않았다. 언젠가, 그 언젠가 비사벌로 돌아가게
되면 그때 할머니도 이모도 그루도 만나지 않겠는가.

　- 안 갈랍니더. 참아 볼게예.

　아주머니도 홀가분하게 생각하는 것 같은 눈치였다. 그리
운 마음도 차차 잊어지겠지, 그렇게 편하게 생각하며 살아가자
고 마음을 먹었다. 그랬더니 정말로 지내기가 한결 좋아졌다.

제
3
장

죽어도 죽지 않는 목숨

미안하다, 송이야

나는 너 하나도 보호해 주지 못하는 사람이구나.

천군만마를 호령한다는 장수가 이 조정에서는 눈도

귀도 입도 없는 사람처럼 지내야 하는구나.

이 기막힌 경우를 당하고서도 무어라 말 한 마디 하지

못하고 그저 넋을 놓고 서 있어야만 하는구나.

미안하다, 송이야……

어느 날 퇴청 길에 안마당에 들어서는데, 뜰 안 키 큰 목련 나무 아래에 아내와 송이가 나란히 서 있는 모습이 눈에 들어왔다. 무어라 재잘거리는 송이의 소리가 새소리처럼 울리고, 아내는 송이와 목련꽃 송이를 번갈아 보며 미소를 짓고 있었다. 막 소녀티를 벗어날 즈음의 예쁜 딸을 거느리고 꽃놀이 삼아 뜰에 나온 다정한 모녀라고 해도 좋을 것 같은 광경이었다.

중년의 고개를 넘어가는 듯 설핏 시들어 가던 아내의 얼굴이 송이 덕에 종종 활짝 펴지니 느껍고도 반가운 일이었다. 모든 것이 다행스러웠다. 생각 밖으로 송이는 아내와 쉽게 정을 붙이는 것 같았다. 웃음도 자주 지어 보이고 곧잘 조잘거리기도 했다. 눈 간 데 없이 고운 모습이나 다소곳한 몸가짐으로 제 사랑을 제가 받게 했다.

집안에 아이를 두는 것은 처음 있는 일이었다. 더군다나 소녀라고 하기도 여인이라고 하기도 어중간한 나이의 처자를 거두게 되다니. 민망하고 어색한 중에도 나이 찬 딸을 키우면서 누리는 기쁨이랄까, 과년한 누이를 보살피면서 얻는 은근한 보람 비슷한 느낌도 종종 들었다. 조용하고 깊은 눈빛, 나직이 노래하는 듯한 목소리를 대하고 있노라면 잔잔한 물결 같은 기쁨이 소리 없이 번지기도 했다. 황량한 내 뜰에 깃든 여린 나무, 그 나무가 제대로 뿌리를 내려 튼실한 꽃을 피우도록 지켜 주리라, 그런 다짐을 수시로 했다.

하지만 그 가슴에 회오리칠 어지러운 생각들, 눈에 어른거리는 고향 땅과 그리운 얼굴들. 큰물이 앗아간 부모와 동생, 이모의 눈물과 할머니의 한숨, 비사벌 왕의 병세도 한걱정거리겠지. 예전에, 처음 서라벌에 남겨졌을 때 나도 그랬으니. 그러나 그런들 어찌하겠는가. 마음이 다치지 않도록 간혹 말을 들려줄 뿐이었다.

– 이제 이곳이 너가 살아갈 땅이다. 서라벌에 정을 붙여 가야 한다는 것을 알고 있을 거라고 믿는다.

송이가 알아들었노라고, 눈으로 대답을 했다. 왜 모르겠는가, 알면서도 마음이 따로 노니 너는 또 얼마나 답답하겠느냐.

– 이 일이 전화위복, 차라리 잘된 일인지도 모르겠다만.

무심코 나온 말에, 송이가 나를 쳐다보았다. 내 말이 무슨 뜻인지를 알게 되는 그런 일은 결코 없을 테니, 또 차마 들려줄 수 없는 이야기니 그쯤에서 그쳤다. 비사벌에는 아직까지 순장을 하는 풍습이 남아 있는 것은 이미 아는 일이었다. 순장이란 게 왕의 생전에 가까이서 모시던 사람을 함께 묻는 것이 아닌가. 근래에 비사벌 왕의 병이 더 깊어졌다는 소식을 들었다. 창졸간에 끌려오기는 했지만 이렇게나마 송이가 멀리 피해 있다는 것이 다행스러웠다. 순장 풍습 운운하는 말은 차마 사위스러워서 아내에게도 말을 꺼내기 싫었다.

송이를 볼 때마다 생각이 많아졌다. 신라 땅에서 구야국의 대를 이어 가기 위해 기어이 낳아야 한다는 자식은 언제쯤 찾아들 것인가. 이 나이에도 아직 자식에 대한 미련을 버리지 못하는 어리석음이라니. 아버지에게 나는 어떤 자식이었을까? 아버지는 자식을 배신했다. 배신이라고 할 밖에. 평생을 볼모로 신라 땅에 잡혀 살도록 하지 않았는가. 아버지와의 끈이 끊어져 버린 지 수십 년, 죽기 전에 아버지와, 구야국 옛 땅과 화해를 할 수 있을지.

전장이 잠시 조용해지는 틈을 타 훔치듯 잠깐씩 머물다 가는 서라벌이었다. 물에 기름 돌듯 이 서라벌을 떠도는 존재가 또 있었다. 비사벌에 척경비를 건립하던 날, 진흥왕이 말을 내리고 탈 때 시중을 들어 주던 사람, 가라국 월광태자.

내 나라 구야국이 일찍 피었다 시든 꽃이라면 가라국은 뒤늦게 만개한 꽃이라고 할 수 있을 것이다. 가라국은 황산강을 끼고 있으니 땅이 넓고 비옥한 데다, 철을 만들고 금 장식품을 다듬고 도자기를 빚는 기술이 뛰어났다. 갈수록 나라가 강성해지면서 가야 소국을 대표하는 존재로 떠올랐다. 그러나 백제와 신라 사이에서 힘겹게 버텨야 하는 사정은 가라국도 마찬가지여서, 삼십여 년 전부터 소용돌이를 치고 있었다. 가라국 이뇌왕은 나라를 지탱하기 위한 고육지책으로 신라 왕실에서 배필을 맞아들였다. 혼인동맹이라고 불리는 그 혼인을 통해서 월광태자를 얻었다. 외가인 신라 왕실에서, 부처님의 태자 시절 이름을 따라 월광태자라는 이름을 지어 주었다고 했다.

그러나 그 혼인동맹은 십 년을 가지 않아 깨져 버렸다. 그 원인이 신라의 계략 때문인 것이라는 것은 불 보듯 뻔한 일이었다. 왕비를 따라 신라에서 간 많은 시종들을 가야 여러 나라에 선물처럼 나누어 보냈는데, 하나같이 가야를 낮춰 보는 행동에다 경멸하는 말을 자주 퍼붓는다고 소문이 났다고 했다. 그런데 무슨 영문인지 이들이 모두 한날한시에, 가야에서 얻어 입은 옷을 벗어 버리고는 신라에서 올 때 입고 온 옷으로 갈아입고 나타났다고 했다. 가라국뿐만 아니라 주변 여러 나라에 골고루 퍼져 있던 이들이 일시에 신라 옷으로 갈아입는다는 것이 가당키나 한 일인가.

그런데도 심약한 가라국 왕은 그 일을 꾸짖을 생각도 못하고 있는데, 탁순국 왕이 이를 격렬하게 비난하고 나섰다. 탁순국은 내심 가라국과 신라의 혼인동맹이 깨지기를 바라고 있었을 것이다. 신라가 가라국과 연결해서 세력을 키우면 곧 탁순국을 위협해 올 것이 분명하니 그 동맹이 논독하기를 바라겠는가.

탁순국 왕의 행동에 법흥왕은 대노했다. 일찍부터 백제와 가까웠던 탁순국이었으니 법흥왕의 눈에 곱게 보일 리가 없었을 것이다.

– 뭐라? 탁순국 왕이 감히? 당장 가서 그 왕과 태자를 서라벌로 끌고 오라. 다른 왕족과 귀족은 전부 노예로 만들어 우리에게 우호적인 가야 소국들에 하사하도록 하라. 신라에 맞서면 어떤 꼴을 당하는지를 명백히 보여 주도록 하라.

명령대로 신라 군대는 탁순국을 단숨에 휩쓸어 버렸다. 가야 여러 나라 중에서도 뚜렷한 존재로 몇 백 년을 지속해 온 나라였건만, 그 왕의 강직한 성품이 나라의 멸망을 자초한 셈이 되고 말았다. 탁순국의 멸망으로 수많은 사람들의 인생이 처참하게 무너져 내렸으리라. 바로 내 곁에도 가련한 탁순국의 후예, 아프고도 아픈 목숨이 있지 않는가.

생각이 잠시 옆길로 빠졌지만, 백제의 요지인 한수 하류 지역을 신라가 차지해 버리자 관산성 싸움이 벌어졌고, 그때 백제에게 기대고 있던 가라국은 어쩔 수 없이 이 전쟁에 군사를 보내지 않을 수 없었다. 그러나 관산성의 결과는 참혹했다. 백제 성왕은 목을 내놓았고 가라국은 그야말로 초토화가 되었다. 가라국이 겨우 명맥만 이어 가는 어지러운 때, 월광태자는 외가인 신라로 건너와서 신라 관리로 살아가고 있다. 겉으로는 망명이지만 속으로는 볼모인 상태, 신라에 대한 배신행위를 하지 않겠다는 증표로 끌려와 있는 것이다.

월광태자 어머니가 내 외사촌이니, 나는 월광태자에게 아저씨가 되는 셈이다. 월광태자의 어머니와 비조부, 그리고 비사벌 왕비의 아버지가 모두 내 어머니의 친정 조카들이다. 신라는 가야 여러 나라 왕실을 이리저리 피로 엮어서 함부로 날뛰지 못하도록 그물을 쳐 놓았다.

월광태자는 답답한 마음을 털어놓기 위해 간혹 내 집을 찾았다. 그에게는 내가 이 서라벌 땅에서 가장 가깝고 미더운 존재이리라. 내가 관산성에서 가라국 군대를 박살냈으니 깊은 유감을 품을 만도 하건만, 서라벌에서 목숨을 부지해 나가기 위해서는 그런 감정 따위는 서로가 잊은 지 오래였다.

월광태자를 볼 때마다 이상하게 불안한 생각이 가시지 않더니, 비사벌에 다녀온 뒤로는 더욱 그랬다. 뭔가 할 말이 있는 것 같은 눈치인데도 종내 그 속내를 내보이지 않고 있었다. 불안한 마음을 애써 누르며 무릎을 당겨 앉았다.

- 정세가 어떻게 돌아가든 태자께서는 일절 관여를 하지 않겠지요?

명색이 일국의 태자였으니 공대를 바쳤다.

- 태자라니, 그런 말씀 마시소.

월광태자의 흔들리는 눈빛이 못내 미덥지 않아서 말을 보탰다.

- 하여튼, 가라국에 어떤 준동이 있다고 해도 절대 아는 척 해서는 안 될 일, 아셨는가요? 설사 가라국 조정이 백제든 신라든 어느 쪽으로 기운다고 해도 태자는 그저 지켜만 봐야 하겠지요. 부디 자중자애, 몸을 천금같이 움직여야 한다는 것을 명심하시기를.

- 예. 과히 걱정 마시소.

월광태자는 땅이 꺼질 것 같은 한숨을 내쉬며 마당으로 나섰다. 그 말고삐를 잡아 주는 사람이 있었다. 그 사람과 말없이 눈으로 인사를 나누었다.

가야 소국들이 하나씩 멸망해 갈 때, 그렇잖아도 끼니도 때우기 힘들었던 백성들의 생활은 더욱 비참해질 수밖에 없었을 것이다. 그런데 왕이나 그 일족이 겪어야 했던 수모도 백성들이 겪어야 하는 고통만큼이나 컸다. 나처럼 순순히 나라를 내주고 볼모가 된 경우는 그래도 평온한 삶을 누린 데 비해, 신라에 끝까지 저항한 나라는 철저하게 파괴되었고 그 왕족의 삶은 처절하게 전락했다.

어제의 태자에서 오늘의 노예로, 한순간에 너무도 비참하게 곤두박질친 사람. 탁순국에서 온 그 사람이야말로 일신이 어디까지 영락할 수 있는가를 보여 주는 표본 같은 존재이리라. 월광태자의 소매를 이끌어 뒤란으로 갔다. 비사벌을 떠나기 전날 신녀에게서 들은 송이에 대한 이야기를 대충 전해 주었다. 뜻밖의 이야기에 월광태자는 참담한 표정으로 내 얼굴을 바라보고 있었다.

– 저 사람, 제 시종으로 있는 탁순국 사람에게도 알려야 하지 않을지…….

– 알아서 할 일이지요.

월광태자의 한숨이 한없이 길었다.

– 어쩌다가 가야가 이 지경에 처하게 됐는지 자다가 생각해도 통탄할 일입니다.

– 허허, 신라가 백제나 고구려하고 겨룰 수 있게 된 게, 다 가야를 병합해서 국력을 키운 덕분이 아니오.

그런 말을 서로 주고받는 것이 얼마나 허망하고도 허망한 짓인 줄, 그나 나나 익히 알고 있는 일이었다.

월광태자를 보내고 나서 스승 이사부의 댁으로 향했다. 스승이 감환으로 며칠째 조정에 나오지 못하니 당연히 문병을 해야 할 것이지만, 그보다는 어지러운 심사를 토로해 보고 싶었다. 이사부는 진흥왕이 즉위한 이듬해부터 병부령으로 재임하면서 나라의 모든 군사적 업무를 수행하고 있었다. 뿐만 아니라 화백회의의 대표인 상대등도 맡고 있는, 그야말로 일인지하 만인지상의 영광을 누리는 재상이었다. 그런데도 조촐한 거처에서 검박한 생활을 하는 것으로 소문난 분이기도 했다.

 - 몸이 예전 같지 않구나. 한 해 한 해가 다르니.

 - 강령하신데 어인 말씀을 하시는지요?

 - 내 몸보다 자네 심사가 더 미령한 것 같다만.

스승은 고요한 눈길로 나를 한참이나 바라봤다.

 - 무력지야.

스승이 내 이름을 부르는 것을 참으로 오랜만에 들었다.

 - 신라 최고 용장을 이렇게 불러서 미안타만, 내 뜻대로
되는 일이 어디 있으며 마음 편할 날이 언제 있겠느냐. 자네
도 알다시피 내 삶도 그랬다. 사람들은 날더러 서라벌 영화
를 다 누리며 살았다고 하겠지만 나는 한평생 살얼음판을
걸어왔다.

 - ……

 - 지난번 비사벌에서 당했던 일이 잊히지 않을 줄 안다만.

스승의 눈길 앞에서 나는 스무 살 제자로 돌아가는 것같
이 무참했다.

 - 마음에 오래 두지는 말아라. 젊은 왕의 경고라고 생각하
거라.

 - 경고……

 - 오래 전에 내가 폐께 주청을 했지. 국사란 모름지기 나
라의 신성한 일들을 보이도록 하는 것인데 국사를 편찬하지

않으면 후세에 무엇을 보일 것인가 하고. 그러자 폐하께서 거칠부에게 명해서 국사를 편찬케 하셨다. 그런데 그전에 이미 비사벌국은 그 역사를 죽간에 기록해 뒀더구나. 그 일로 나도 한동안 왕한테 얼굴을 들지 못했다. 비사벌 태자보다도 생각이 짧아서 뒤늦게 국사 편찬 이야기를 꺼냈다고 말이다.

- 그 사람하고는 어릴 때 만난 적이 있지요.

- 안라국에서 열린 회의 때 말이냐?

놀라웠다.

- 그런 것도 알고 계셨는지요?

- 알려고 하지 않아도 알고 있어야 하는 일이었다.

하기는 왕 다음 가는 위치에 있는 분이니, 스승은 내가 짐작하는 것보다 훨씬 더 많은 것을 알고 있을 것이었다.

- 비사유록인가 하는 죽간의 전말을 들은 왕이 불같이 화를 냈다. 당신도 생각만 하고 실행하지 못한 것을 비사벌에서 먼저 했으니 자존심에 엄청난 상처를 입으신 게지. 왕은 국사 편찬을 염두에 두고 한문에 능통한 문사를 구한다는 공고를 내기도 했더니라. 신라의 존재를 만천하에 드러내고 왕과 신하의 구별을 확실히 해서 골품사회의 질서를 유지하겠다는 왕의 포부에 비사벌이 재를 뿌린 형국이 아니었겠나. 게다가 신라로서는 도저히 용납할 수 없는 이야기도 적어서 따로 숨겼다고 들었다.

- 용납할 수 없는 이야기란 게 뭐지요?

- 무엇일 것 같으냐? 신라가 후대에 전하고 싶지 않은 이야기가. 나도 나중에 알았다만, 죽간에 관련된 사람들 몇몇은 변방으로 쫓았다가 몇 해 전 큰물 때에 목숨을 거두었다고 들었다.

큰물이 들 때를 기다려 목숨을 거두어 버렸다니. 소벌 어딘가에 숨긴 죽간을 찾아, 아니면 영원히 없애 버리기 위해.

- 자네 집에 데리고 있는 아이 일은 참 공교롭게 됐다마는…….

송이가, 신녀가, 또 비사벌 왕이 이런 내막을 알게 되는 일은 부디 없기를. 송이, 그 아이를 죽간으로 인해 벌어진 그 야비하고도 처절한 내막만은 모르는 채로 지내게 하리라.

비사벌의 유약한 태자는 스러져 가는 나라를 위해 자신이 할 수 있는 일을 찾았던 것이다. 기록을 통해 나라의 존재를 남기는 것이 자신이 할 수 있는 유일한 일이라고 여겼던 것이리라. 그는 그런 일이라도 했건마는 나는 내 나라를 위해 무엇을 했던가, 앞으로 무엇을 할 수 있을 것인가.

하루는 아내가 조심스럽게 말을 건넸다.

- 내일 태상태후를 뵈러 영흥사에 다녀올까 싶은데, 같이 가실런지요?

- 그래야지요.

- 송이도 데려가려고요. 집에만 있기가 얼마나 갑갑할까 싶어서요.

고마운 사람. 서라벌 귀족 사회를 겉도는 존재인 나를 마다하지 않고 마음까지 살뜰히 살펴 주는 감사한 존재였다.

아내의 맏언니이자 선왕인 법흥왕의 비인 보도부인은 남편 사후에 머리를 깎고 절로 들어갔다. 영흥사에서 기거하면서 선왕의 극락왕생을 빌고, 귀족이나 돈 있는 사람들이 올리는 공양물로 가난한 백성들의 밥을 거둬 먹이고 있었다.

나는 말을 타고 아내와 송이는 마차를 타고서 월성 서쪽에 있는 거대한 고분군을 지났다. 가야와 비슷한 시기에 사로국이라는 작은 나라에서 시작했건만 일찍부터 주위의 고만고만한 나라들을 병합해서 국력을 키운 신라였다. 주변 나라의 사람과 자원을 동원해서 엄청난 무덤들을 만들고 그 안에 금과 은, 금동, 청동, 유리, 토기를 넣고 불쌍한 사람들까지 같이 묻었다.

가야에서는 왕이나 귀족의 무덤에 쇠붙이를 많이 넣었다면 신라는 금으로 된 장식품을 주로 넣는다. 쇠로 된 무기를 통해 왕의 권위를 나타내는 가야의 수준을 훌쩍 뛰어넘었다고나 할까. 철 갑옷 대신에 금관을 비롯해 금으로 만든 허리띠, 금귀고리 같은 장신구를 넣는다고 하니 그야말로 빛나는

지하 왕국이라 하겠다.

큰길에서 다른 관리들의 행차를 만나 인사를 나누는 번잡한 일이 끝나고, 영흥사로 향하는 길에 접어들었다. 초입부터 진을 치고 있는 처참한 백성들의 몰골. 오래 굶어 기진한 채로 길섶에 드러누운 노인들, 봉두난발에 광인의 행색으로 이리저리 돌아다니는 남정네, 병색이 완연한 어미의 빈 젖에 매달려 목이 쉬도록 울어대는 젖먹이…… 빈 들판을 헤매거나 초근목피로 연명하다가 후덕한 태상태후의 그늘을 찾아든 백성들이었다. 그 사이로 말을 타고 수레를 거느리고 지나가는 것은 고역이었다. 신라 백성들의 사는 꼴도 이럴진대 삼십여 년 전에 망한 땅, 구야국 백성들의 삶은 말해 무엇하랴.

비참한 것이 어디 그 뿐인가. 두어 달 전, 성 쌓는 데 끌려나온 남편을 찾아온 아내가 있었다. 피골이 상접한 것은 말할 것도 없고, 얼마나 굶었는지 눈이 십 리는 들어가 보이고 입을 달싹거릴 힘도 없어 보였다.

— 나라의 부름으로 나와 있는 남편을 어쩌자고 찾아 나서나. 역을 다 마치면 어련히 집으로 보내 주겠나. 이래 찾아올 게 아니라 부녀가 집에서 자식을 건사해야 할 게 아닌가.

나는 역정에 찬 소리로 힐난했다. 자식은 굶어 죽고, 부모는 병으로 돌아가셨다고 했다. 이래 죽으나 저래 죽으나 마찬가지니 남편이 살아 있기라도 한지 봐야겠다 싶어서 물어물어 왔다고 했다. 말소리를 들은 것이 아니라 입술이 달싹거리는 모양으로 봐서 그렇게 알아들었다.

- 이 여인의 남편을 당장 불러오너라.

하급 관리가 한참이나 있다가 쩔쩔매면서 들어왔다. 여인은 관리의 입을 뚫어져라 쳐다보고 있었다. 돌을 들다가 굴렀는데 하필 바위에 떨어져 즉사하고 말았다는 이야기를 전하는 사이에, 여인은 흡사 재로 만들어 놓은 사람처럼 스르르 무너져 내리더니 바닥에 납작하게 깔려 버렸다. 바르르 어깨 한 번 뜬 것을 끝으로 미동조차 하지 않았다. 관리가 서둘러 여인의 코에 손가락을 대 보더니 머리를 저었다. 명이 끊어진 시신을 성글게 짠 가마니에 말아서 들고 나가는데, 거북이 등처럼 갈라져 피가 엉겨 붙은 손발과 삭정이같이 가는 팔다리가 사정없이 덜렁거렸다.

생각에 빠져 있다가 고개를 드니, 여태껏 힐끗거리며 따르던 인물이 법당 뒤로 돌아가는 모습이 언뜻 보였다. 다반사로 당해 온 일이었다. 싸움터에서조차 미행이 붙어 다니기 일쑤였다. 평생을 신라를 위해 전장을 떠돌았건만 아직도 가 얏것이라는 낙인을 거두어 주지 않는다는 말인가. 그렇지만 그 생각은 곧 그쳤다. 지금껏 늘 그래 왔듯이, 죽은 후에나 미행에서 놓여날 수 있으리라. 그것이 가야 출신인 내 운명이거니 싶었다.

태상태후는 따뜻한 미소로 맞아 주었다. 그 모습에서 구야 국을 떠나올 때 마지막으로 뵌, 이제는 이승과 저승으로 영원히 갈려 버린 어마님이 언뜻 보였다. 신라로 항복하러 가는 길이 영영 이별이 될 줄은 꿈에도 몰랐으니 헤어지는 인사도 변변찮았다. 절을 드리고 일어서는데 어마님이 내 손을 잡았다.

- 부왕은 니를 믿고 또 믿으신다는 거, 말 안 해도 알고 있지런?

아버지가 나를 믿었다니, 나의 무엇을 믿었다는 것인가. 지금껏 잠이 오지 않는 밤이면 문득문득 어마님의 말씀이 떠오르곤 했다.

부처님 거처에서 살면서도 태상태후는 촌 노파처럼 아들 타령부터 꺼내 놓았다.

- 나를 보시오. 나는 선왕과 오래 살았지만 아들이 없어서 참 많은 고통을 겪었지요.

- 하늘을 봐야 별을 따지요. 변방으로, 싸움터로만 떠도니.

말은 그렇게 하면서도 아내는 환하게 웃었다.

- 그런가요, 장군? 참말 그런가요?

태상태후도 웃었다. 이 소박한 노부인에게 마음에 있는 말을 내놓고 싶어졌다.

- 정 아들이 없은들 어떻겠사옵니꺼? 인생이 어차피 고해,

고통의 바다인데, 거기다가 또 한 생명을 낳아 놓을 게 있겠나 싶은 생각도 드옵니다만.

– 정말이시오? 진심이시오?

태상태후는 놀라는 시늉을 지어 보였지만 다행히 비난하는 말은 하지 않았다.

– 선왕께서 종종 그러셨지요. 구야국을 병합해서 얻은 것이 무력지 하나라고. 구야국 항구를 다 얻은 것보다도 무력지를 얻은 게 더 큰 수확이라고.

이 무슨 객스러운 말씀인가. 법흥왕이 진심으로 나를 믿어 준 적이 있었던가. 가야 여러 나라 중에서 제일 먼저 병합한 나라의 왕자이니 볼모로 잡아 둔 것일 뿐. 다른 가야 소국에게 보여 줄 전시물 같은 존재. 무력지를 보라, 말을 잘 듣는 나라는 이처럼 후하게 대접해 줄 것이다. 그게 내 존재 이유가 아니었던가.

– 저는 그만한 인물이 못 되옵니다. 그저 해 보신 말씀이겠지요.

– 하하하. 고까우신 게지요, 장군? 선왕이 그런 말씀을 하실 때는 진심이었다는 것을 나는 알지요. 아들이 없어 괴로웠던 선왕은 늘 장군의 부친을 부러워하셨지요. 나라의 동량이 될 재목을 신라에 주셨다고 고마워도 하셨고요.

이 노부인이 하는 말을 있는 그대로 믿고 싶은 마음이 들었다.

- 그러시다면 참말 감사한 말씀이시지요.

- 장군이 이렇게 흔쾌하니 내가 좋아하지요. 그런데 아무려나, 아들을 낳도록 하소. 빌고 또 비소, 조상님께도 빌고 하늘에도 빌고 산천에도 빌고.

- 먼저 부처님께 빌어야지요.

아내가 웃으면서 말하자 태상태후도 환하게 웃었다.

- 아, 비사벌에서 데려온 아이가 참 곱고 총기도 있어 보이더만요. 총명한 딸을 두셨더만요.

송이를 좋게 이야기해 주니 내 마음도 좋았다.

송이를 데려온 지도 일 년 하고 몇 달이 지나, 가을빛이 완연해지고 있었다. 그즈음도 여전히 전장과 서라벌을 오가는 상황이기는 했지만, 아내가 송이를 잘 건사해 주고 송이도 아내를 잘 따르고 있어서 그런대로 별 걱정 없이 지내고 있었다. 송이에게 글을 가르쳐 줄 만한 여유는 없었지만 그런들 어떠랴, 이렇게 살아가다가 좋은 데 시집보내 주면 되려니, 수리에게 보내도 좋으려니 생각하면 마음이 편하기도 했다.

서라벌을 떠나갈 때는 서운함이 더하고 돌아오는 걸음에는 충만함이 더했다. 아내 혼자서 떠나보내고 맞아들이던 때보다 마음이 한결 풍성했다. 이것 또한 왕의 은혜라면 은혜인가. 내가 겪었고 또 송이가 겪고 있는 설움이 나라를 잃어서 당하는 것이 아닌가. 나나 송아가 다시 이런 꼴을 당하지 않으려면 새로 얻은 나라, 신라가 튼실해져야만 할 것이라는 생각도 들었다. 그렇게, 이게 웬일인가 싶도록 모든 게 원만하고 화평한 시간이 잠시 이어졌다. 그러나 지나온 세월이 늘 그랬듯이 조용한 시간은 결코 오래가지 않았다.

월광태자를 도설지왕으로 만들어서 가라국으로 돌려보낸다고 했다. 왕위가 비게 되었는데도 그 태자를 서라벌에 잡아 놓고 있는 형국이니, 이제 제 나라로 보낸다고 했다. 월광태자는 작별 인사를 고하러 집으로 찾아왔다.

– 이제야 가라국이 제 주인을 찾았네요. 새 기운을 받아 나라가 날로 새로워지겠지요.

그렇게 빈말로라도 위로를 해 줄 수밖에 없었다.

– 그런 헛된 희망은 버린 지 오랩니다. 가야는 물론이고 백제나 고구려까지, 궁극에 한 나라만 남을 때까지 치고 죽이는 일이 계속되겠지요. 가라국이 어떤 길로 가는가 하는 것은 이미 정해져 있습니다.

도설지는 뭐라 말을 더 할 듯 말 듯 주저하는 표정을 짓더니 마침내 일어섰다.

– 다시 뵐 날이 있을지 모르겠습니다. 부디 세월을 잘 견디시오.

그 서글픈 기원이 이상하게 가슴에 울렸다. 그를 배웅하러 마당으로 나서는데 중문 사이에서 송이가 나타났다.

- 아주머니께서, 손님 진지 잡숫고 가시라고…….

- 오냐, 그런데 그만 가신다고 말씀드려라.

- 예.

언제 봐도 엽렵하고 어여쁜 심부름꾼이었다.

- 그때, 비사벌 그 아이이지요?

도설지가 아는 체를 했다.

- 예.

도설지의 말고삐를 잡고 있던 사람이 황급히 눈을 들었다. 그렇지만 송이는 손님에게 늘 하듯 멀리서 절하고는 재빨리 중문 안으로 사라져 갔다. 탁순국에서 온 사람은 말고삐도 놓아 버리고 망연히 서 있었다. 아재비를 알아보지 못하는 조카딸, 질녀를 질녀라고 아는 체를 할 수 없는 아재비라니.

인생이 어떻게 전개되어 갈는지, 내 앞날에는 과연 어떤 복병이 기다리고 있을지 막막한 심정이 되었다. 서라벌에서 살았던 삼십여 년 세월이 하룬들 편했을까마는 그 어느 때보다 마음이 불안했다. 밤에 집을 나서서, 월성 왕궁 아래에 있는 계림 숲을 걷고 또 걸었다. 마음에는 겹겹 구름장이 뒤덮였건만 무심한 달빛은 휘영청 밝았다.

전에 없이 서라벌에 머무는 시간이 길었다. 조회에 나가서 정세를 두루 얻어듣게 됐지만, 전장만 떠돌던 나로서는 처음 듣는 이야기가 더 많았다. 그런 중에 관리들의 입에서 이상한 말이 흘러나왔다. 그것은 송이에게는 가장 나쁜 수였다. 비사벌 왕비가 그 삼촌 비조부를 통해서 송이를 다시 비사벌로 데려가게 해 달라고 여러 번 청을 넣었다고 했다. 비사벌 왕의 병세가 나날이 나빠지고 있는 시점, 가까이 두고 부리던 사람들을 순장하는 풍습이 남아 있는 것을 뻔히 아는 마당인데 기어이 송이를 돌려보내 달라고 하는 것은 무슨 까닭인가.

설마 비사벌 왕비가 술수를 부리는 것은 아니려니 싶었지만 확인할 길 없는 일이었다. 연적이라고 할 수 있는 신녀의 질녀이니 그 존재 자체가 밉기야 하겠지만, 그렇다고 순장과 연결시킬 만큼 악랄하지는 않으리라, 그러리라. 그렇게 스스로를 위로해 보아도 불안은 도무지 가시지 않았다. 어쨌든 나의 혈족이기도 하고 아내의 지친이기도 한 비조부와 비사벌 왕비가 송이를 노리고 있는데도 그들을 저지할 방도가 도무지 없으니, 이렇게 무참하고 미안한 경우가 또 있을까.

- 당신과의 혈연으로 보나 나와의 촌수로 보나, 우리가 거두고 있는 아이인 줄 번연히 알면서 그렇게 졸라 대다니.

- 태상태후께 빌어 보는 수밖에요.

아내가 말했다.

- 조정의 일에 대해서는 일절 관여를 않는 분이라고 하지 않았소.

- 그래도 그분밖에는 기댈 데가 없는 걸요.

- 조금만 더 지켜봅시다. 그래도 안 되면 그때는 애걸을 해야지요. 당신 말대로 그 수밖에는 없는 게 아니겠소.

그 와중에 즐거운 소식이 들려왔다. 수리가 화랑도에 선발되었다는 소식을 전하는 가슬의 얼굴에 느꺼움이 넘쳐흘렀다. 어미 잃은 아이를 청년이 되도록 혼자 손으로 키워서, 그 고대하던 화랑도에 뽑히는 기쁨을 누리는 아비의 마음이 얼마나 좋을 것인가. 수리도 세상을 얻은 것처럼 기뻐했다. 제자가 즐거워하는 모습을 바라보는 것은 이 어설픈 스승에게도 크나큰 기쁨이었다.

신라 땅 변경이며 비사벌로 이어지는 산길 주변의 깊숙한 곳에 오갑사라고 해서, 절이 다섯 곳이나 들어서고 있었다. 절이라고는 하지만 주로 화랑도의 수련처로 쓰이는 곳이었다. 다섯 절 가운데 가장 먼저 세워진 대작갑사에서 화랑도로서의 첫 수련을 한다면서, 수리는 서라벌을 떠나갔다.

나는 화랑도들을 대할 때마다 생각이 많았다. 불교와 왕과 나라를 위해서 한목숨 기꺼이 버리겠다는 청년들을 기르는 국가라니, 경이롭고도 무서웠다. 화랑도의 우두머리인 화랑은 열다섯에서 열여덟 살 사이의 진골 귀족 자제 중에서 뽑았다. 화랑은 우선 그 용모부터가 눈이 번쩍 뜨이도록 수려했다. 무술과 글과 음악과 춤에 두루 밝은 귀공자들이 늘어서 있는 모습을 보면 가슴이 아파 왔다. 나는 도저히 가질 수 없는 것, 도무지 나와는 무관한 보옥들 같은 그들을 보면서 번번이 무심코 지나치지 못하는 나 자신이 애처롭고 안타까웠다.

놀라운 소식이 조정에 날아왔다. 지난날 월광태자라는 이름으로 신라에 몸을 의탁하고 있다가 고국인 가라국으로 돌아간 도설지왕, 그가 가라국에 와 있던 신라 군사를 몰아내는 반란을 일으켰다고 했다.

- 뭐라? 제 무덤을 제가 파고 있는 형국이구나. 이사부공, 가서 배신의 대가가 어떤 건지 보여 주도록 하시오.

진흥왕은 말 한 마디에도 갈수록 위엄을 더해 갔다. 이사부는 화랑도들을 거느리고 기마병과 함께 바람처럼 가라국으로 달려갔다. 전체 화랑도의 수장인 풍월주로 있는 사다함은 가라국 함락의 선봉에 설 것을 청하였으나, 이사부는 어리다는 이유로 허락하지 않았다고 했다. 그러나 나라를 위해 목숨을 버릴 기회를 찾고 있던 낭도들은 기어이 가라국의 성벽으로 몰려갔다. 마침내 가운데 성문인 전단문이 무너지고 화랑도의 힘으로 성을 함락시키는 공을 이루었다. 그 일은 어쩌면 저 노회한 이사부의 머리에서 나왔을지도 모른다는 생각이 들었다. 가라국을 하루라도 빨리 정리할 수 있는 방법, 그러면서도 화랑도의 충성심을 더욱 고양시키는 절묘한 계략이 아니었을까.

가라국으로 간 도설지는 친백제계와 손을 잡고, 신라에 반복속 상태로 되어 있는 상황을 어떻게든 벗어나 보려고 마지막 몸부림을 쳤을 수도 있었을 것이다. 그러나 그가 과연 그토록 무모하게 반란을 획책했을까. 점령군이다시피 한 신라 군대가 몇 되지도 않는 가라국 군사들에게 그렇게 호락호락 밀렸단 말인가.

실체도 없는 반란을 평정하는 계략을 완성하기 위해 수리는 제물이 되었다. 가라국 정벌은 화랑도가 된 그 아이가 첫 번째로 나선 출정이었다. 하늘을 찌를 듯 의기양양해 하던 모습. 제 세상을 만난 듯 환호하면서 전장으로 향했다. 가야 사람이 신라의 화랑도가 되어 역시 가야를 치는 일에 뛰어나 갔다, 젊은 날 나처럼.

수리의 주검은 무너진 성벽 아래에서 발견되었다. 누구보다 앞장서서 달려 나가다가 온몸이 고슴도치가 되도록 화살을 맞았으리라. 아, 무모하도록 뜨거운 열정. 필시 구야국 출신이라는 사실을 불식시키기 위한 몸부림이었으리라. 게다가 그 아버지와 나, 또 송이에게 자랑해 보이고 싶은 욕심까지 보태졌으리라. 가슴이 쓰리고 따가웠다.

수리의 아비 가슬은 세상에 없이 가련한 존재가 되어 버렸다. 단 하나 있는 아들, 인생의 희망을 잃어버린 아비라니. 생기라고는 찾아볼 수 없는 얼굴을 차마 마주할 수가 없어서, 한자리에 있을 때마다 눈길 줄 곳을 찾느라 황망할 뿐이었다. 뜯다 만 듯, 훑어 내린 듯한 가슬의 모습을 보면서 살아 있다는 사실이 너무도 무참했다. 그 부자의 일을 내 일생 두고두고 업보로 짊어진다고 해도 무엇으로 어떻게 갚아갈 것인가.

송이는 수리 소식을 듣더니 한동안 입을 닫아 버렸다. 수리가 화랑도가 되었다는 소식에 제 일처럼 기뻐하지 않았던가. 서라벌 땅에서 유일하게 비슷한 처지의 가야 사람으로서 일 년 넘게 서로 동무로 지내오던 존재가 아닌가. 그런데 그 죽음을 전해 듣는 마음이 어떨 것인가.

게다가 엎친 데 덮친 격이라고나 할지, 비사벌에서는 연일 송이를 보내 달라는 청을 넣고 있다고 했다. 몇날 며칠 잠이 찾아올 기미가 보이지 않았다. 칠흑 같은 밤길을 등불도 없이 휘적휘적 걷고 있는 내 모습이 환영처럼 보였다.

가라국 정벌의 영웅 사다함은 좋은 밭과 많은 포로를 상으로 받았으나, 밭은 부하들에게 나눠 주고 포로는 풀어 주어서 칭송을 받았다. 그런데 한날한시에 죽자는 맹세를 맺은 친구인 무관랑이 병으로 죽자, 그 맹세를 지키고자 죽어 가고 있다는 소문도 있었다.

　가라국의 하늘을 연 정견모주가 천신 이비가지와 결합해 낳았다는 시조 이진아시왕으로부터 시작해 마지막 도설지왕에 이르기까지 오백 몇 십 년을 지속해 온 나라, 가라국은 사라졌다. 그날로 가야도 깨끗이 죽었다. 신라나 백제와 국경을 맞대고 있으면서도, 그저 왕과 제사장과 촌주와 백성이 오순도순 소박하고 가난하게 살아가던 작은 나라들. 열 몇 개가 넘던 가야 소국들이 모두 사라지고 말았다.
　－ 시원하고도 시원하도다. 이제 더 이상 백제가 가야와 왜와 힘을 합쳐서 알찐거리는 꼴을 보지 않아도 되게 되었도다.
　가야라는 존재를 모두 쓸어버린 것을 기념하는 연회는 은성하기 그지없었다. 궁궐 큰 마당에서 무희는 춤추고 광대는 재주넘고 화랑도들은 검술을 뽐냈다. 매화를 넣어 내린 향기로운 청주를 푸른 유리병에 담아 흰 유리잔에 넘치게 붓고 또 부었다.
　이사부의 딸과 아들이며 태후의 소생인 숙명공주와 세종전군도 나왔다. 세종전군의 뒤에서 눈웃음을 웃는 여인은 그 아내인 미실이었다. 한동안 태후의 미움을 사서 궁궐 밖으로 쫓겨나가 있는 동안 풍월주인 사다함과 깊이 은애했고 사다함이 출정할 때는 요상한 노래를 부르며 위로했다고 하더니, 사다함이 돌아오자 다시 궁중에 불려 들어왔다고 했다.

– 폐하, 폐하의 치세에 부디 삼한일통의 대업을 이루소서.

이사부는 있는 대로 몸을 숙였다.

– 감사하오. 미더운 말은 아름답지 않고 아름다운 말은 미덥지 않은 법인데, 그대 말은 진실로 미덥고도 아름답소.

왕은 이사부의 손을 잡고서 동복이부 아우인 세종을 불렀다.

– 절하여 뵈어라.

세종전군은 엎드려 절을 했으나 이사부는 몸을 피해 절을 받지 않았다.

– 신하 몸으로 어찌 전군의 절을 받겠사옵니까.

– 자식이 아비를 뵙는데 마땅히 절을 해야지요.

– 아니옵니다. 태후는 태후 자체로서 이미 신성하신 분입니다. 전군은 전군이실 뿐이옵니다.

왕은 더욱 미더운 눈으로, 태후는 더할 나위 없이 뿌듯한 눈길로 이사부를 바라보고 있었다. 문득 몇 해 전에 내 집을 향해 목을 매단 소비가 생각났다. 그 사람도 지금 나와 같은 심성이었을까. 제 아비가 죽은 것을 기념하는 잔치에 끌려 나왔던 백제 여인과 가야가 멸망한 것을 축하하는 연회에 나와 있는 내가 다를 것이 무엇인가. 마음에 들끓는 수만

가지 생각이 드러나지 않도록 애써 무심한 낯빛을 짓고 있자니, 연회 내내 침이 말라 입이 타들어 가는 듯하고 식은땀이 쉴 새 없이 흘러내려서 관복이 다 젖을 지경이었다.

– 우륵을 들어오도록 하라.

우륵이 가야금을 들고 세 명의 제자들과 함께 들어와 절을 했다.

– 가라국 가실왕이 만든 가야금을 내 특별히 사랑함을 그대도 알고 있으리라. 가야 망국의 음악을 반대하는 사람들이 많았으나, 가야 왕이 혼미하여 나라가 망한 것이지 음악에 그 죄가 있을 턱이 있겠는가. 성인이 악을 제정할 때 사람들의 감정에 따라 조절하도록 하였으니, 나라가 어지러운 것은 음조에 관계없다고 하여 내 이를 대악으로 삼았느니라.

왕은 장중, 장황하게 옥음을 내렸고 이윽고 가야금 음률이 퍼져 갔다. 가라국이 잠시 중흥의 기미를 보일 때, 도설지의 조부인 가실왕은 우륵을 불러 가야금 열두 곡을 짓도록 했다고 들었다. 가야의 열두 나라를 상징하는 곡 중 일곡 하가라도는 구야국을, 이곡 상가라도는 가라국을 나타낸다고 했다. 그것이 오늘 신라 궁중 연회의 놀잇거리가 되고 있었다.

도설지가 서라벌로 압송되어 왔다. 감옥으로 그를 찾아갔다.

– 생각하면 제 인생도 참 가련합니다. 어떻게든 나라의 명

을 이어 가려고 평생 신라 눈치만 보며 살았던 아바님. 신라 간섭을 벗어나고자 백제를 도왔던 관산성 전투, 신라 관리 몸으로 왕의 시종처럼 따라다녔던 굴욕, 게다가 신라에 대한 반감을 무마하기 위한 억지 왕 자리까지. 사실 신라에 반하는 일을 두어 번 시도해 봤지만 모두 무위에 끝났지요. 안라국 왕자를 그렇게 만든 일에도 동조를 했지요. 장군께 발설을 해 봐야 걱정만 하실 것 같아 말씀도 못 드렸습니다.

– …….

– 마지막에 좀 더 기다려 달라는 말을 전하려고 나간 순간이었지요. 안라국 왕자가 잘못 판단하고 뛰어드는 통에 일이 어긋나고 말았습니다. 진흥왕은 낌새를 챈 것 같았는데도 통 그 이야기를 하지 않으니 더욱 두려웠지요. 어쨌거나 여태껏 살면서 단 한 번도 제 뜻대로 해 본 일이 없었지요. 저는 정말은 세상 아무도 만나지 않아도 되는 깊고 깊은 산중으로 들어가 살고 싶었습니다.

그의 한은 깊었고 한탄은 길었다. 그 앞에서 무슨 말을 할 것인가.

– 탁순국 태자였던 저 사람은 제 때문에 목숨을 잃게 됐습니다. 장군 댁에 데리고 있는 아이, 그 아이를 보살펴 주시소. 그래야만 저 사람에게 진 빚을 백분의 일이라도 갚을 수 있을 것 같습니다.

- 그러지요. 예, 그래야지요.

도설지에게 하는 말이라기보다는 나 자신에게 다짐을 하듯이 되뇌었다.

도설지 옆 칸에 갇힌 탁순국 태자의 처참한 몰골을 대하고는 차마 입을 뗄 수가 없었다. 얼굴은 군데군데 터져 피딱지가 앉았고, 피투성이가 된 육신은 바로 앉아 있는 것도 힘들어 보였다. 그런 그가 엉금엉금 기어 와서 내 손을 그러잡았다.

- 제 질녀, 부디 서라벌에서 명을 이어 가도록 해 주시소. 탁순국 왕가의 핏줄이 그 아이 하나뿐입니다.

- ⋯⋯.

- 그 아이가 장군께 의탁하게 된 것이 만분다행입니다. 부디 아이를 지켜 주시소.

감옥 문을 밀고 나오면서 기둥에 머리를 처박았다. 울음이 폭포처럼 치받쳐 올라왔다.

이틀 후, 저자 거리에 목 두 개가 내걸렸다. 장대 끝에 매달린 도설지의 목, 너덜너덜하니 잘린 살덩이와 구멍처럼 벌린 입에 파리가 엉겨 붙고 피떡이 진 머리카락은 형체를 알 수 없는 얼굴을 뒤덮고 있었다. 옆에 같이 내걸린 목은 일찍이 탁순국 태자였다가 신라로 끌려와 노예로 살다가 도설지의 시종 노릇을 하던 사람이라고, 보는 사람마다 삼삼오오 떠들

221

어댔다.

가슴 속에 삭풍이 불었다. 부처님도 신령님도 가야의 가련
한 생명들은 끝내 돌봐 주지 않는단 말인가. 울분과 탄식에
젖어 있는 나를 아내는 묵묵히 지켜봐 주었다.

문득 정신을 차리고 보니 해야 할 일이 있었다. 송이를 비
사벌로 보내지 않는 것. 그 아이까지 기막힌 경우를 당하는
일은 없어야 했다. 더군다나 도설지와 탁순국 태자가 죽음을
앞두고 그렇게 애타게 부탁하던 목숨이 아니던가.

아내는 태상태후를 찾아가겠다고 했다. 실낱같은 희망이
되살아났다. 설마 왕이, 부처의 법을 수호하는 왕이 그런 잔
인한 일을 허락하지는 않으리라. 아니면 효심 깊은 왕이, 외
할머니이자 큰어머니인 태상태후의 간곡한 청을 물리치지는
못하리라.

그러나 모든 것은 다음날 왕의 몇 마디 말로 정리되어 버
렸다.

— 비사벌 왕 상태가 그 지경이라고? 지난번 순행 때 보니
오래 갈 것 같지 않더니만 그래도 길게 끄는구나. 순장을 하
겠다고 하면 하게 하라. 어쨌든 가야의 법을 지키려고 하는
왕비 뜻이 갸륵하구나.

— 황감하옵니다, 폐하.

비조부가 고개를 숙이고 물러가려는데 왕은 마지막 쐐기를 박았다.

- 우스운 일이 있었구나. 비사벌 신녀 오래비라는 자가 그 어린 궁녀를 두고 건방진 소리를 해댔으니. 작년에는 비사벌로 되보내 달라고 빌더니 이제 와서는 제발 보내지 말아 달라고 사람을 넣어서 애걸을 해대다니. 가소롭구나, 언제부터 비사벌 출신 나부랭이가 왜 땅에 앉아서 이 신라 내정에 간섭을 한다는 건지. 무력지 잡간, 안 그렇소?

'나는 너 하나도 보호해 주지 못하는 사람이구나. 천군만마를 호령한다는 장수가 이 조정에서는 눈도 귀도 입도 없는 사람처럼 지내야 하는구나. 이 기막힌 경우를 당하고서도 무어라 말 한 마디 하지 못하고 그저 넋을 놓고 서 있어야만 하는구나. 미안하다, 송이야.'

체념 ^{송이}

숨이 끊어지고 나면 넋도 바람결처럼 풀려 허공으로
사라지는 것인가. 넋이 산산이 흩어지기 전에 엄마를
만났으면. 엄마의 손을 잡고, 그리운 소벌 둑을 한 바퀴
돌아봤으면. '아, 엄마. 내 넋을 받아서 안아 주세요.
울면서 허공을 떠돌지 않도록, 엄마 곁으로 바로 갈 수
있도록 이끌어 주세요.'

서라벌에서는 비사벌이 그리웠고 비사벌에서는 서라벌 소식이 궁금했다. 아저씨는 잘 계시는지. 내가 서라벌을 다녀왔다는 것이 꿈인 듯, 꿈속에서 일어났던 일인 것도 같다. 그런데 내 왼쪽 귓불에 못 보던 귀고리가 달려 있으니 꿈이 아닌 사실이라는 게 분명했다. 서라벌을 떠나던 날 아주머니가 울면서 전해 주신 금귀고리였다.

- 니가 이 귀고리의 주인이니……. 탁순국에서 온 사람이 나한테 주고 갔구나. 이제 제 주인을 찾아가기는 한다마는…….

그러고서는 돌아서서 울기만 하시니 무슨 말씀인지 여쭤볼 경황도 없이 받아 왔다. 이제는 세상에 없는 내 보물이 됐다. 궁녀가 하고 다니기에는 너무 화려해서, 밤에 혼자 있거나 조용한 때에만 살며시 귀에 매달고서 차랑차랑 울리는 소리를 가만히 들어 보곤 한다.

서라벌을 떠나오기 전날, 꿈에도 그리던 비사벌로 돌아가게 됐다는 말에 펄쩍 뛸 듯 반가우면서도 한편으로는 허전하고 슬펐다. 아저씨는 나를 마주 앉혀 놓고 무겁게 입을 열었다.

- 미안하다……. 미안하다, 송이야.

그때, 희미하게 알았다. 비사벌에서 나를 기다리는 상황이 별로 좋지 않다는 것을. 비사벌 언저리에 있는 절에라도 데려다 주겠다던 아저씨가 아니었던가. 그런데 지금 와서는 비사벌로 보내는 것을 미안하다고 하시다니. 아저씨의 굳어 버린 얼굴, 굵은 주름, 처음 뵈었던 때보다 한참 더 늙어 버리신 것 같은 모습이 어쩌면 나 때문인지도 모르겠다는 생각이 들었다. 말로 듣지 않아도 저절로 그렇게 짐작이 됐다. 아저씨의 눈물 그득한 눈을 바라보면서 마음속으로 위로의 인사를 건넸다.

'비사벌에서 어떤 일이 기다리고 있다고 하더라도 기꺼이 갈게요. 잡아오고 보내는 것 모두 아저씨의 왕이 정한 일인데 어찌하겠어요. 저는 처음의 자리로 되돌아가는 것뿐인데, 그것 때문에 아저씨가 흔들리고 괴로워하시면 안 되지요.'

마차는 비사벌 왕궁 앞에 나를 부려 놓고 돌아갔다. 가는 길 내내 마부는 왕녀라도 모신 듯 조심조심 몰았다. 그 또한 아저씨 말씀 덕분일 것이라고 짐작했다. '감사합니다, 아저씨.'

임금님은 울 것 같은 얼굴로 나를 맞았다. 내미는 손을 잡아 보니 열 손가락이 뼈만 남아 있었다.

- 그동안 훌쩍 컸구나. 많이 예뻐졌구나.

나를 앉혀 놓고 한참 동안이나 바라보고 있는 임금님이야 말로 많이도 변해 버렸다. 눈가는 물론이고 온 얼굴에 검은 그림자가 앉은 듯하고 볼이 움푹 꺼지고 목에 힘줄이 앙상하

226

게 도드라졌다. 나도 모르게 눈물이 나오는 것을 참느라 연거푸 눈을 깜박여야 했다.

– 송이야, 미안하다…….

미안하다, 임금님도 미안하다고 하시는 것을 보니 참말 미안한 일이 생기기는 생길 모양이었다.

다시 임금님 방의 궁녀가 되었다. 금방 일이 손에 붙으면서, 아기 궁녀 송이로 되돌아갔다. 예전처럼 으뜸 궁녀의 옆에서 자면서, 임금님이 어떻게든 잘 버텨 주시기를 밤마다 빌고 빌었다. 비사벌로 돌아오면 바로 만날 수 있을 것 같던 할머니나 이모를 만나러 가겠다는 이야기는 꺼낼 수도 없었다.

상수위는 여전히 날마다 들어와서 임금님의 얼굴빛을 유심히 살피고 나갔다. 나와 눈이 마주치는 것을 피하는 모습이 훤히 보였다. 신라 왕 앞에서 머리를 땅에 처박고 소곤소곤 고해바치던 모습. 묻지도 않는 말을 일러 주어서 결국 서라벌로 끌려가도록 만들었던 사람. 그래도 이렇게 돌아왔으니 그만 잊어버리자고, 나를 달랬다.

추위가 물러가고 꽃이 피어나기 시작하는데도 임금님의 병세는 하루가 다르게 나빠졌다. 무얼 드셔도 구역질을 하는데 토하다 못해 피까지 게워 냈다. 얼굴빛은 새까맣고 눈은 누렇게 변한 데다, 배가 자꾸 불러 와서 곧 아기를 낳게 된 여자 같은 모양이 되었다.

왕궁이 술렁이는 것이 눈에 보였다. 왕의 친척이라는 사람들이 분주하게 오가고 관리들이 몰려들어서 길고 긴 회의를 했다. 엎드려 걸레질을 하고 있는 회랑에까지 의논 소리가 들려왔다.

－비사벌 왕답게 제대로 부장품을 묻고 순장을 해야지요. 다만 사람 수는 줄이도록 해야겠지요.

－이제는 묻힐 사람을 결정해야지. 이전에 보면 순장당하기로 결정되면 도망을 가는 사람도 있었으니, 비밀을 제대로 유지하도록 유념해야제.

－비밀을 유지하라고 한다고 유지되겠습니꺼. 누군들 무덤에 묻히고 싶겠습니꺼.

회의는 결정되는 것도 없이 길게 이어지고 있는데, 왕비가 회의하는 방으로 들어갔다.

－신라는 순장 풍습이 없어진 지 언젠데. 사람 대신 흙으로 만든 토용을 넣는다는 것을 모르는가요? 사람 모양을 한 뼘 크기로 빚어서 무덤에 넣는 거지요. 그런데 가야에서는 아직도 미개한 풍속인 순장을 하고 있다니. 그렇게라도 해서 억지로 위세를 해야 하는 모양이지요?

그렇게 떠들던 관리들이 쥐 죽은 듯 조용해졌다. 왕비가 말을 이어 갔다.

- 하지만 그게 법이라면 그리 해야지요. 내 말대로 따르시오. 왕의 지척에서 지내던, 제일 가까이서 모시던 사람 네댓을 묻도록 하시오.

그 말을 하고 방을 나오던 왕비의 눈길이 내 얼굴에 오래 머물렀다. 회의를 마치고 나오던 관리들도 이상한 눈길로 나를 바라보고, 상수위는 드러내 놓고 한참 동안이나 훑어봤다. 그 눈빛에 갇힌 것처럼 어쩔 줄 모르고 허둥대다가, 문득 몸서리가 쳐졌다. 나를 기어이 비사벌로 돌아오게 만든 것이 이 때문이었는가. 임금님의 무덤에 산 채로 넣기 위해서 나를 불러온 것인가. 그만 그 자리에서 죽어 버리고 싶었다. 그러면 그 무서운 일을 당하지 않아도 될 것이 아닌가.

으뜸 궁녀의 옆에 누워 있는데, 밤새도록 가슴이 산처럼 부풀어 올랐다가 강처럼 가라앉기를 되풀이했다. 숨 쉬기가 힘들 만큼, 그저 죽도록 무섭고도 무서웠다.

- 그루, 그루, 그루……

그리운 주문을 소리 내어 중얼거려 봐도 아무 효과가 없었다. 대신 다른 주문이 생각났다.

- 아저씨, 아저씨……

그러나 그루 주문도, 아저씨 주문도 모두 허망했다. 살아 있는 사람이 죽음을 앞둔 사람에게 어떤 위로와 희망을 줄 수 있단 말인가.

정신은 어지럽고 다리는 휘청거리는 속에서도 궁리에 궁리를 거듭했다. 아무도 찾지 못할 깊고 깊은 곳에 숨어 버리는 것, 그게 방법이 될 것 같았다.

임금님의 잠자리를 봐 드리고 나서 그릇 광으로 향했다. 부엌일 하는 언니 궁녀들이 아직 저녁 설거지를 끝내지 않은 듯, 문에 빗장이 걸려 있지 않았다. 보름이 가까운지 창살 사이로 달빛이 희미하게 비쳐 들고 있었다. 사람 키보다 더 큰 독 사이에 무릎을 안고 쪼그려 앉았다.

그저 한없이 억울했다. 이대로 앉아서 그만 죽어 버리자고 마음을 먹었다. 그렇지만 얼마 되지도 않아서 온몸이 덜덜 떨려왔다. 초봄에 맨 치마저고리 바람으로 한밤에 광에 들어와 앉아 있다니. 소벌 기슭에도 다시 못 가 보고, 할머니도 이모도 만나지 못하고 이대로 얼어 죽을 것 같았다. 다른 수가 없으니 눈을 질끈 감고 몸을 있는 대로 웅크릴 수밖에 없었다.

– 사각사각 사각사각…….

이상한 소리가 계속 들려서 눈을 떴다. 엄청나게 큰 쥐 한 마리가 내 치맛자락을 갉아 먹고 있는 모습이 희미하게 보였다. 터진 둑에서 물이 뿜어져 나오듯 울음이 터졌다. 무덤에 들어가는 것보다 광에 갇혀 얼어 죽는 것보다 쥐가 더 무서웠다. 얼마나 울었을까, 문득 눈을 떴더니 으뜸 궁녀가 이불로 나를 감싸고 내 얼굴을 두 손으로 비비며 울고 있었다.

– 아이고, 이 불쌍한 것아…….

따뜻하고 넓은 마부의 등에 업혀 나오면서 생각했다. 숨는 것도 도망치는 것도 내 마음대로 할 수가 없다. 아, 엄마, 아 버지, 마루가 있는 곳으로 나도 가야 하는 것인가.

먼저 저세상에 가서 나를 기다리고 있는 가족들이 있다고 생각을 하니 그나마 두려움이 덜해지는 것 같았다. 한없이 그리운 그 이름을 가만히 불러 보면 이 무서운 시간도 어떻 게 견뎌 나갈 수 있을 것 같기도 했다. 그래도 끝없이 무섭고 서러울 때마다, 엄마가 나타나서 끌어안고 달래 주었다.

– 송이야, 불쌍한 우리 딸 송이야…….

그 예쁘던 엄마 얼굴이 한없는 슬픔으로 일그러지고 볼에 는 눈물이 강을 이루었다. 그런 엄마가 너무나 가여워서 더 욱 흐느껴 울었다.

수리 생각도 났다. 그 아이도 이렇게 두려워하면서 죽어간 것인가. 화살에 맞아 죽도록 아픈 가운데, 머잖아 목숨이 서 서히 꺼져 갈 것이라는 것을 고스란히 느껴야 했을까. 수리 가 죽었다는 소식을 들으면서 그저 불쌍하다는 생각만 했지, 얼마나 고통스러웠을까 하는 생각은 꿈에도 해 보지 않았다. 그런데 이제 나는, 살아서 죽어 가는 고통을 당해야 한다.

끝없이 이어지는 생각 끝에, 문득 한줄기 빛처럼 희미한 느낌이 솟아났다. 그러더니 내 마음 깊은 곳에 천천히 자리를 잡아 가는 것이 느껴졌다.

억울하고 또 억울한 일이지만 그래도, 그래도 하는 수 없다면, 무덤으로 들어갈 사람이 나밖에 없다면, 내가 임금님을 가장 가까이서 모시고 그 사랑을 제일 많이 받은 사람이라면 어쩔 수 없이 들어가야 하지 않을까. 비사벌 왕을 왕답게 만들기 위해서, 임금님의 사후 세계를 편안히 모시기 위해서 정말 내가 없어서는 안 되는 존재라면 그렇게 해야 할 수밖에 없겠다는 생각이 들었다.

깊은 밤에 이모가 왕궁으로 왔다. 이모는 그동안 얼굴이 완전히 바뀐 것 같았다. 주름이 깊게 팬 데다 얼굴색마저 검게 변해 버렸다. 이 년 남짓한 사이에 사람이 이렇게 바뀌다니 놀라웠다. 이모는 나를 끌어안으며 울음을 목구멍으로 삼켰다.

임금님은 자는 듯이 눈을 감고 누워 있고, 이모는 임금님 옆에 앉아서 가만히 내려다보고 있었다. 두 사람이 말없는 가운데 말을 나누는 것처럼 보였다. 자리를 비켜 드려야 할 것 같은 생각이 저절로 들었다. 방 밖으로 나와 문 앞에 지켜 섰다.

임금님이 마침내 말문을 열었고, 두 사람의 말을 따라 등

잔불이 고요히 흔들렸다.

- 그대에게 잘못한 일만 남는구나. 그대는 나 때문에 모든 것을 잃었는데, 이제 송이마저⋯⋯. 이 죄를 어떻게 다 갚을 것인가.

- 임금님이 잘못 하신 일은 아무것도 없습니다. 그저 무정한 세월 탓이라고 생각하시소.

이모의 목소리가 잠겼다. 저분들은 저렇게 이별을 하는구나. 수십 년 이어 왔던 인연을 몇 마디 말로 정리를 해야 하는 것이 죽음인가 보다. 아니, 말 한 마디 해 볼 겨를도 없이 평생 이별을 하거나 목숨을 잃는 사람들도 있지 않는가. 저분들은 차라리 행복하다고 할 수 있겠구나.

- 제사장이 한 번 올 만도 한데. 내가 이리 됐다는 소리를 들으면⋯⋯.

임금님은 제사장이 죽었다는 것을 전혀 모르고 있는 모양이었다. 얼마 전에 제사장이 죽었다는 소문이 들려왔었다. 놀랍게도 자기 손으로 독을 먹었다고 했다. 임금님이 돌아가시고 나면 신전도 제사장 자리도 없어질 테니 그 수모를 당하지 않겠다고, 독을 밥에 타서 한 숟가락도 남기지 않고 다 먹었다고 했다.

할머니와 이모가 그렇게도 미워한 사람이었지만, 그래도 아무도 모르게 제사장의 명복을 빌어 주고 싶었다. 죽은 사람에게 음식을 바쳐야 한다는데, 한겨울이라 과일이 아무 것도 없었다. 으뜸 궁녀를 따라 광에 가서 곶감 세 개를 얻었다. 밤에 시렁에 얹어 놓고서, 가만히 절을 두 번 했다.

- 좋은 곳 가시소. 저도 곧 저승으로 가게 될 지도 모르겠어예.

다시 방에서 임금님 말소리가 들려왔다.

- 그 마음에 오로지 미움만 심게 한 내 죄가 크니…… 그 옛날 안라에서 고당에 올라 있는 나를 올려다보던 눈길, 그 선망과 질시가 뒤섞인 눈빛을 잊을 수가 없구나. 가련한 존재이니 부디 용서해 주거라.

한참 동안 말소리가 들리지 않더니 이윽고 이모의 소리가 들려왔다.

- 이미 이 세상 사람이 아니옵니다. 도저히 용서할 수 없는 죄인이니……

- 아!

임금님의 탄식에 이어서 이모의 흐느끼는 소리가 오래 들렸다. 용서할 수 없는 죄인이라니, 도대체 어떤 죄를 저질렀다는 것인가.

왕비의 모습이 저만치 회랑 끝에 보였다. 놀라서 어쩔 줄몰라 하는 사이에, 왕비는 빠른 걸음으로 걸어오더니 손수

방문을 밀고 들어갔다. 나도 얼떨결에 따라 들어갔다. 이모
는 꿈쩍도 않고 그대로 앉아서 왕비의 얼굴을 올려다보며 나
직이 말을 뱉었다.

　- 다 가져가더니, 그러더니, 사람 하나 간수를 못해서 이
지경을 만들어 놓았는가요?

　- 그대야말로 내 인생을 이 지경으로 만들어 놨다는 것을
정녕 모른단 말이오?

　왕비는 이모의 얼굴을 쏘는 듯이 노려보면서 가라앉은 음
성으로 되받았다. 이모를 그대라고 부르고 말을 높이는 것을
보면, 그래도 신녀라고 해서 대접을 해 주는 모양이라고 생각
했다. 그러나 왕비의 말투는 바로 바뀌어 버렸다.

　- 곁다리 왕족이라고 해서, 이 망해 가는 나라에 왔지. 마
음은 딴 데 가 있는 허깨비 같은 인물한테로. 그래, 너와 나
는 일생 왕의 반반을 나눠 가지고 살았구나. 너는 마음을,
나는 껍데기뿐인 육신을.

　왕비의 눈에 깊은 원한, 말로 다하지 못할 증오가 타오르
고 있는 것 같았다.

　- 그것도 모자라서 저 아이를 내 눈앞에 알찐거리도록 하
다니. 왕에게 니 젊은 날을 보듯이 날마다 바라보고 있도록
할 생각이었더냐? 니가 감히 나를 그렇게 욕을 보여?

　아, 왕비가 나를 그렇게 싫어했던 까닭을 그때서야 알았다.

- 나는 니를, 또 니 일족을 용납할 마음이 꿈에도 없다.

얼음 같은 눈초리로 이모를 쏘아보는 왕비의 얼굴을 흠칫 쳐다보다가, 그만 그 시선과 마주쳤다. 가슴이 얼어붙는 것 같았다. 이모가 황급히 왕비의 치맛자락을 움켜잡으며 방바닥에 엎드렸다.

- 제 생각이 짧았습니다. 모든 죄는 다 저한테 있습니다. 그러니 저 아이는 제발 살려 주시소. 그 잔인한 결정이 저 때문이라면 차라리 저를 죽여 주시소.

이모의 말에 울음이 섞여 들었다.

- 왕이 돌아가시게 돼서 법대로 행하려고 하는데, 신녀가 가로 막으며 행패를 부리는 수가 어디 있다는 말이냐?

- 제발, 제발, 부처님의 자비를 베풀어 주시소.

- 몰랐더냐? 부처님의 자비는 이미 다 베풀었다. 신전을 찾아온 안라국 왕자를 숨겨준 죄, 또 그를 만나러 서라벌에서 달려온 도설지를 고변하지 않은 죄, 더더구나 그들이 신라 왕을 헤치려는 모의를 한 것을 내가 모른 척 해 줬다는 것을 모르느냐?

눈을 감고 있는 임금님의 얼굴이 흔들리는 것이 눈에 띄었다. 입을 벌린 채로 말을 잇지 못하는 이모를 내려다보는 왕비의 입술이 뒤틀렸다.

- 어찌 신라에 고하지 않았느냐고 묻고 싶겠지. 그 일이 비

사벌 왕, 니가 그리도 사모하는 사람의 목숨과도 이어진 일이 라는 것을 정녕 몰랐단 말이더냐.

왕비는 이모에게 잡힌 치맛자락을 거칠게 거두며 방을 나 가 버렸다. 눈을 감고 있는 임금님의 옆얼굴로 눈물이 번졌 다. 이모는 옷소매로 눈물을 닦아 주며 임금님의 어깨를 양 팔로 감싸 안았다.

– 머잖아 다시 만나겠지요.

– 안 된다, 안 된다. 그대는 목숨을 경솔히 여기지 마라.

이모가 임금님을 싸안은 손을 풀고 천천히 일어섰다. 임금 님의 목소리가 나직이 울렸다.

– 못다 한 말이 있으나 말하지 않으련다. 우리가 한 일이 전혀 허망한 일은 아니었으니…….

– 어인 말씀이온지요?

이모의 눈빛이 흔들리는 것이 보였다.

– 나중에 들을 날이 있을 것이니…….

그러면서 벽 쪽으로 돌아눕는 임금님 눈꼬리를 따라 눈물 이 주르륵 흘러내렸다. 이모는 연방 임금님을 돌아보면서 그 림자처럼 천천히 방문 쪽으로 몸을 돌렸다.

– 잘 있거라, 아라야!

돌아누워서 하는 말이어서 그런지, 목소리가 방바닥을 타 고 울려 퍼졌다. 이모가 울음을 삼키면서 방문을 밀었다.

237

나를 데리고 으뜸 궁녀의 방으로 들어온 이모는 무너지듯이 주저앉아서 한없이 흐느꼈다. 울음을 멈추고도 입을 앙다물고 한참 동안 그대로 앉아 있더니 무겁게 입을 열었다.

－송이야, 살아도 산 것 같지 않은 목숨이 있고 죽어도 죽지 않는 목숨이 있다. 그렇게 죽어서 살아나는 목숨이 되자. 새의 깃털같이 이 세상을 날아가서……

돌아가신 임금님의 시중을 들기 위해 산목숨이 죽어야 한다니. 그것이 어떻게 새의 깃털이 날아가는 것처럼 가벼울 수 있는 일인가. 고작 껴묻거리로 묻기 위해 끊어 버려도 되는 게 내 목숨인가. 아니면 무슨 다른 방법이 있는가. 도망을 갈 수도, 숨어 버릴 수도 없다는 것은 안다. 게다가 나는 임금님을 미워하지 못하니 원망을 할 수도 없다. 그렇다면, 죽어서라도 임금님을 모시는 것을 영광이라고 생각해야 하는가. 이야기를 꺼낸 이모가 더 아파하지 않도록 도리어 내가 이모를 위로해 줘야 하는가. 생각이 다시 실타래처럼 뒤엉켜 버렸다. 그러다가 어느 순간, 마음에 단단한 매듭 같은 것이 생기는 것 같았다. 언제까지 이 어지러운 생각에 사로잡혀 있을 수는 없지 않는가. 고통스러운 순간은 짧을수록 좋을 게 아닌가. 이제는 내 마음을 정리해야 할 때라는 생각이 들었다. 그러고 나니 생각보다 담담한 말이 나왔다.

－그래야 한다면 그래야지요.

그 말끝에 또 쓰러져 우는 이모의 모습을 보면서, 차라리 마음이 평온해지는 것 같은 느낌이 들었다. 하는 수 없다면 따라야지 어쩔 것인가. 그게 비사벌 법이라고 하니. 임금님이 외롭지 않도록, 내세에서라도 누구와 말을 나누도록. 으뜸 궁녀가 들어오자, 이모와 서로 할 말이 있는 것 같아 보여서 방을 나왔다.

이제 관리들이 드러내 놓고 장례 준비를 하기 시작했다. 이미 돌로 사방을 쌓아 석실을 만들어 놓았으니, 임금님의 관을 석실 중심에 모신 다음에 그 앞에 순장자들의 시신을 놓고 제사를 드릴 거라고 했다. 임금님은 남향으로 묻고 순장자들은 동향으로 눕힌 뒤, 큰 돌로 석실을 덮고 봉토를 쌓아 올린다고 했다.

언니 궁녀들이 광에서 큰 솥과 목 긴 그릇과 함께 집, 수레바퀴, 새, 배 모양으로 생긴 제사용 그릇들을 챙겨내 왔다. 으뜸 궁녀는 하나씩 쓰다듬으면서 울었다.

- 지하에서라도 영생을 누리시소. 말같이 달리고 배같이 흘러가고 새같이 훨훨 날아서 부디 좋은 곳 가시소.

- 금관하고 환두대도도 닦아 놓을까예?

나는 그저 무심하게, 생각이 나서 그렇게 물었다. 그게 내 일이었으니까. 으뜸 궁녀는 나를 와락 끌어당겨 안고 한없이 울었다.

- 송이야, 니도 그렇지만 우리도 이 길로 끝이다. 임금님이 안 계신 비사벌 왕궁이 남아 있기나 하겠나. 뿔뿔이 흩어져야 할 몸, 어디 가서 목숨을 이어 가겠노.

얼마 남지 않은 시간, 조금이라도 더 돌봐 드리자 싶어 임금님 방으로 들어갔더니, 상수위가 임금님 앞에 버티고 서 있었다.

- 저 방 안에 나 죽으면 같이 묻으려고 쌓아둔 황금 부스러기가 수없이 있지 않느냐. 그것만 묻으면 되지 기어이 사람까지……. 망한 나라에 어찌 사람 묻는 법만 살아 있단 말이더냐.

자리에 누운 임금님은 힘겹게 말을 이어 갔다. 상수위는 얼굴을 한껏 찌푸리고서 위협하듯이 내려다보고 있더니, 관복 자락으로 바람을 일으키며 나가 버렸다.

적막, 한동안 임금님도 나도 숨 쉬는 소리조차 낼 수 없었다. 이윽고 임금님이 힘들게 팔을 들어 올렸다. 그 말 없는 말을 알아듣고 가슴께로 몸을 기울였다. 신녀 이모가 하던 것처럼 임금님을 가만히 안았다. 옷 아래로 어깨뼈가 그대로 만져졌다.

- 송이야, 송이야…….

임금님 눈에서 쉴 새 없이 눈물이 흘러내렸다. 오래 흐느끼던 임금님은 그만 기진을 한 듯 눈을 뜨지 못했다. 꼬챙이처럼 말라서 뼈와 가죽이 맞붙어 있는 것 같은 모습. 신전에서 처음 뵈었던 그 점잖고 잘생긴 모습은 어디로 갔는가. 죽는다는 게 별일이 아니구나 싶었다. 힘이 다하는 것, 혹은 살아야 할 이유가 없어지는 것, 그것이 죽음이구나 싶었다.

비사벌 옛날 법대로 왕의 장례를 행하고, 그것으로써 비사벌의 영원한 마지막을 고하게 될 것이라는 것을 알겠다. 이제 임금님은 돌아가실 날을 눈앞에 두고 있고, 나는 임금님 앞에 드리는 제사상 아래에 놓일 준비를 해야 한다. 살아서 그렇게 인자하던 임금님은 돌아가시고 나서는 나의 목숨까지 거둬 가게 되었다.

무덤이란 어떤 곳일까. 아무것도 보이지 않는 희미한 안개 같은 것에 둘러싸인 막막한 공간인가. 그 속에 누워서 바람에 부대끼고 비에 젖으면서 천천히 삭아 가겠지. 내가 살았던 흔적은 이 세상 어디에도 남아 있지 않겠지.

숨이 끊어지고 나면 넋도 바람결처럼 풀려 허공으로 사라지는 것인가. 넋이 산산이 흩어지기 전에 엄마를 만났으면. 엄마 손을 잡고, 그리운 소벌 둑을 한 바퀴 돌아봤으면.

'아, 엄마. 내 넋을 받아서 안아 주세요. 울면서 허공을 떠돌지 않도록, 엄마 곁으로 바로 갈 수 있도록 이끌어 주세요.'

토
설

나도 모르게 눈물이 쏟아져 내렸다. 단 한 번도
마음을 내준 적도, 진심으로 믿어 준 적도 없는
나에게 자신의 마지막을 맡기다니. 다음날, 제사장이
먹을 밥에 약을 섞으면서 울었다. 굵은 눈물방울이
약과 함께 밥에 섞여 들었다. 그렇게 일생의 원한과
일말의 연민이 밥 한 그릇으로 끝이 났다.

나날이 바늘방석에 앉은 것처럼 불안하고 마음이 한시도 갈피를 잡지 못하도록 산란했다. 왕이 오늘까지 버틸는지 내일까지 지탱할는지, 왕이 살아 있어야 송이의 목숨도 이어질 수 있을 터였다.

　오 년 전 그때, 송이를 왕에게 보내고 나자마자 제사장이 나를 사당으로 불렀다. 틀림없이 노여움에 떨고 있을 그 얼굴을 마주할 생각에 마음을 단단히 먹었다. 그런데 예상과는 달리 제사장의 얼굴빛은 침울하기 그지없었다.
　- 왕궁이 어디라고 거기에 아이를 밀어 넣는단 말인가. 신라의 하수인인 상수위의 손아귀에서 노는 곳, 거기다 신라에서 온 왕비가 버티고 서 있는 곳이 왕궁이 아니던가. 설마 그 아이 부모가 목숨을 잃은 게 큰물 때문이라고 믿고 있지는 않을 터.
　도대체 이게 무슨 날벼락 같은 말인가, 송이 부모의 일이 큰물 때문이 아니라니.
　- 신라가 남은 죽간의 행방을 찾기 위해 소벌 쪽을 죽 지켜보고 있다가 더는 기다리지 못하고 손을 썼다고 들었다. 그나마 다행인 것은 신라 사람들도 죽간을 찾지는 못한 거로 보이는구나. 모르지, 그 왕에게는 큰물에 휩쓸려 갔다고 보고를 했는지도. 나에게도 사람을 보내 알아봐 달라고 해서,

물에 떠내려간 게 확실하다는 서신을 보내기는 했다만.

아, 그때 신라 관리가 들고 가던 목간에 그 내용이 담겨 있었단 말이던가. 제사장의 눈에 원망과 분노가 번져 갔다.

- 단 한 번이라도 나를 믿어 주고 의논을 해 줬더라면 일이 이래 꼬이지는 않았을 게 아닌가. 끝끝내 어리석은 생각을 하다니. 설마 내가 그 아이를 이용하려는 마음을 먹겠느냐? 내가 뭐라고 해도 믿지 않겠지만, 그 적포나루 일을 적은 죽간 조각이 내 손에 일찍 들어왔더라면 그 아이 부모가 그렇게 죽어 나가지 않아도 됐다. 차라리 그 조각을 찾아 신라에 내줘 버리고 그 사람들의 목숨을 부지해 주려고 했던 것을.

- 제가 어찌 그 깊은 생각을 헤아릴 수가 있겠습니껴. 그 무슨 말씀을 하셔도 밀고자라는 낙인은 못 면한다는 것은 이미 아시지요?

애써 정신을 가다듬으며 말을 되받았지만, 머릿속에서는 번개며 천둥이 어지럽게 울렸다.

- 나나 상수위가 안 일러바친다고 신라가 태자의 동태를 모를 줄 알았나? 상수위가 어찌할까 상의를 해왔을 때, 오래 고민하다가 신라에 알리라고 했다. 내 나라 역사를 적은 죽간이 난들 어찌 자랑스럽지 않겠나. 적포나루에서 있었던 일을 적은 기록을 난들 어찌 보전하고 싶지 않겠나. 설마한들 내가 탁순국에서 온 청년들보다 생각이 짧은 인간이었겠나.

제사장으로서는 수십 년 묻어 두고 있던 제 심중을 열어 보인다고 생각하는 모양이었다. 그러나 말을 되받을 기력도 없으니 그저 듣고만 있었다.

- 그대를 두고 일생 태자와 겨루는 관계이기는 했지만 명색이 제사장인데, 태자와 그 정혼녀의 목숨이 위태로운 것을 보고만 있을 수는 없었다.

이제 지나간 과거의 진실 따위는 귓전에 들리지도 않았다. 다급한 것은 송이의 안전이었다.

- 그 아이 부모가 이미 목숨을 잃었는데, 설마 또 무슨 일이 더 있을라고요.

가슴을 졸이며 제사장을 쳐다봤지만, 그는 내 눈길을 피하며 몸을 일으켰다.

- 명민한 아이더구만. 그 아이 일생이 평탄하도록 나도 빌어 주고 싶구나.

마음은 순간 나락으로 굴러 떨어졌다. 수십 길 낭떠러지 아래로 떨어져서 솟아날 구멍을 찾을 수도, 찾아도 빠져나갈 방도도 없는 형편에 이르러 버렸다. 도대체 나라는 인간은 얼마나 아둔한가. 한없이 어리석은 내가, 앞날이 구만 리 같은 아이의 인생을 망치는 일을 저질러 버린 게 아닌가. 왕에게 이 이야기를 전해야 하나 하는 생각을 했지만, 그는 모르는 채로 두는 것이 옳다는 생각이 들었다. 세상 누구에게도 입 밖에 내지 못할 불안한 이야기이니, 그저 사당에 엎드려 송이가 안전하기를 간절히 빌었다.

그 후로 나날이 살얼음 위를 걷는 듯한 심정으로 그저 송이가 무사하기만을 빌면서 살아온 세월이 어언 오 년이었다. 신라 왕의 행차 뒤에 서라벌로 끌려간다는 소식에 소스라치게 놀랐다가, 아픈 왕을 생각하면 차라리 다행이다 싶어 안도의 한숨을 내쉬었다. 그런데 천만뜻밖에도 왕의 병세가 다급해지는 때를 맞춰 다시 비사벌로 불려 오게 된 것이다. 그렇다 하더라도 제발 기막힌 일만은 일어나지 않기를.

왕비가, 부처를 믿는 나라 신라에서 온 왕비가, 그 애처로운 목숨에게 연민이나 동정심을 일으켜 제발 마음을 돌려 주기를 자나 깨나 빌고 또 빌었다.

왕의 목숨이 그야말로 경각에 달렸다고 알려진 때, 신전에 나가서 사흘간 쉬다 오라는 명을 받았다며 송이가 왔다. 제사장의 그 저주스러운 우려가 현실이 되어 버린 것이다. 아이의 모습을 보는 순간, 나는 모든 것을 포기했다. 이제 할 수 있는 것은 운명을 받아들이는 것뿐, 묻힐 사람들은 결국 묻혀야 한다.

송이 할머니는 근 이 년 만에 만난 손녀의 얼굴을 쓰다듬고 또 쓰다듬었고, 아이도 제 할머니의 목을 부여안고 얼굴이 닳도록 비벼댔다. 그러다가는 조손간이 한꺼번에 울음을 터뜨렸다. 아, 그렇게 울어서 해결될 일이라면 얼마나 좋을까.

아이의 왼쪽 귓불에 못 보던 귀고리가 반짝였다. 한눈에 보아도 유달리 굵은 고리에 장식이 화려했다.

– 아주머니가, 서라벌 아주머니가 떠나오던 날 주셨는데 예. 이모하고 할매한테 보여 드릴라고예.

울음을 채 삭이지 못한 아이가 내 마음을 아는 듯 말을 보태고는 귀고리를 빼 보였다. 고리 겉면에는 파도 모양인 듯 뻗어 가는 넝쿨 모양인 듯 구불구불한 무늬가 새겨졌고, 고리 아래에는 작은 산치자 모양의 장식이 조롱조롱 달려 있었다.

– 어째 이래 귀한 것을 니한테 줬을꼬?

곁에서 보던 송이 할머니가 팔을 뻗쳐 귀고리를 가져가더니, 황급히 눈앞에 바짝 갖다 대고 안팎을 뒤집어 가면서 이리저리 살펴보았다. 그러더니 넋을 잃은 듯한 표정이 됐다.

– 이게 어째 니 손에 들어왔노? 생각해 봐라. 탁순국 사람 누구를 안 만났나? 아니다, 니 아재비가 주더나, 응?

– 탁순국이라고예? 신라에 와 있던 탁순국 태자였다는 사람은 할매하고 어째 되는데예?

송이가 눈을 동그랗게 떴다. 송이 할머니의 눈이 왕방울처럼 커졌다.

– 내 조카제, 니 오촌 아재비고. 그 사람을 봤나?

송이의 얼굴이 일그러졌다. 도설지왕이 반란을 일으켰다가 처참하게 처형당했다는 이야기가 으뜸 궁녀를 통해 내 귀에까지 들려왔다. 그러니 그때 서라벌에 있던 송이도 당연히 들었을 것이다. 도설지왕과 함께 했던 탁순국 태자의 이야기도 알고 있었을 것이다. 처형장에 목이 내걸린 탁순국 태자가 자신의 친척이라니, 얼마나 놀랐을까. 다행히 송이 할머니는 그 소문을 모르고 있는 모양이었다.

- 나라가 없어지던 날, 신라 군사들한테 내몰려서 정신없이 헤어지는데, 그 와중에 내 귀고리를 태자의 손에 쥐어 줬제. 신세가 이래 됐지만 훗날 신라 땅에서라도 장가를 들게 되면, 탁순국 태자였다는 증표로 그 댁에게 주라고. 옥은 깨지지만 금은 깨지지 않으니 지니기가 안 낫겠나 싶어서.

- 할매가, 이래 고운 귀고리를 하고 다니던 분이라는 말이지예?

믿을 수 없다는 듯 입을 닫지 못하는 아이에게 제 출신에 대해 들려주었다. 할아버지가 탁순국 왕의 동생이었다는 말, 아버지가 노예로 끌려온 이야기를.

- 그때 니 할매와 아버지가 비사벌로 왔단다. 차마 미안해서 왕궁에 두지는 못하니, 할매는 우리 집에 니 아버지는 우리 작은집인 니 외가에 보낸 거란다. 물론 탁순국 왕족이라는 것은 아무도 모르도록 하고 말이다. 니 친구 구슬이가 살

던 동네, 달뫼에 있던 큰 집 중의 하나가 바로 니 외가였단다.

아이의 눈에서 눈물방울이 뚝뚝 떨어졌다. 아주머니의 통곡이 길게 이어지고, 줄지어 흐르는 눈물이 굵은 고랑처럼 깊은 주름을 타고 흘렀다.

한바탕 울음이 지나가고 적막이 밀려오는 자리, 송이 할머니를 다독여 옆방에서 쉬도록 해 놓고 둘이서 마주 앉았다.

– 이때까지 제 때문에 이모 마음고생이 많았지예? 그런데 제가 모르는 이야기가 더 있지예? 이제는 다 들려 주이소.

듣는 사람의 마음을 헤아려 가며 말을 할 줄도 알 만큼 생각 깊은 아이. 저 아까운 목숨을 기어이 무덤에 밀어 넣어야 한다니. 그렇지만 결국 그 길밖에는 길이 없는 지경에 나는 이르러 있다.

아이의 눈을 들여다보면서 긴 이야기, 죽간에 얽힌 전말을 들려주었다. 그렇지만 신라가 큰물이 날 때를 기다려 송이 부모의 목숨을 앗아 갔다는 말은 차마 전할 수가 없어서 말을 맺었다.

– 임금님이 니한테 해 주신 많은 이야기가 죽간에 적었던 내용이겠지.

말간 눈빛으로 바라보던 아이가 입매를 다잡았다.

– 엄마 아부지는 그냥 큰물에 떠내려간 게 아닙니더. 비가

많이 오자 일부러 소벌 둑을 우리 집 쪽으로 터뜨린 거지예. 엄마 아부지와 아저씨까지 죽간을 지키려고 뛰어나갔고예.

아이답잖게 단호한 확신에 찬 얼굴. 차마 마주 바라보기가 두려웠다.

– 그걸 어째 알았노?

– 비가 오자마자 내내 걱정을 했지예. 동네에 낯선 사람들이 어른거린다는 이야기를 들은 기억이 납니더. 그루 아버지도 그 걱정을 하더니, 나중에 동네 사람들도 그 이야기를 했지예. 뭐가 어째 된 일인지 이제 알겠네예.

– 니 엄마 아버지는 비사벌의 자랑스러운 역사를 지키려고 하다가 목숨을 잃었다.

아이의 눈에 눈물이 서서히 고이더니 볼을 타고 흘러내렸다.

– 엄마⋯⋯, 아부지⋯⋯.

뒤이어 폭포 같은 울음을 터뜨렸다. 울어라, 울어라, 울어서라도 네 마음이 달래진다면 언제까지든 울어라.

후회는 끝없었다. 그 물난리 끝에 겨우 살아남은 아이를 기어이 왕궁으로 보낸 나야말로 얼마나 한심한 인간인가. 어른들의 미움과 모략을 열여섯 살 아이가 목숨으로 떠안아야 하는 상황을 내 손으로 만들다니.

울음을 거둔 송이가 입을 열었다.

- 제가 신라로 끌려갈 때, 그때 상수위도 신라 막사에 같이 갔지예.

그 전말을 듣고 있자니 피가 거꾸로 솟는 것 같았다. 상수위야말로 하늘을 같이 할 수 없는 인간이 아닌가.

- 저, 제사장 어른이 죽간을 고자질한 사람이라는데, 와 저한테는 엄마 아부지가 용감한 일을 한 사람이라고 했을까예?

- 그게 무슨 말이냐?

송이는 미처 털어놓지 않은 말이 있었던 게 미안했던지 고개를 폭 숙이고는, 오 년 전 제사장을 만났던 날에 오갔던 말까지를 자세하게 들려주었다. 송이를 예뻐해 주고 그 부모에 대해 좋은 말을 해 주었다니. 어쩌면 그것은 제사장의 또 다른 진심이었을지도 모르겠다. 누구에게나 여러 가지 마음이 있는 법이니.

- 고마운 분들 곁에서 참 잘 지낸 것 같아예.

송이의 목소리가 차분하게 울렸다.

- 임금님 덕분에 세상 누구보다도 많은 것을 봤지예.

- ······.

- 아저씨도 고맙고예.

- 무력지 장군은 너를 지켜 주지 못했는데도?

- 아저씨가 신라 왕을 어째 이기겠어예. 그날, 제가 끌려가던 날 신라 막사에 다녀가셨지예?

- …….

- 제 때문에 목숨을 걸 사람이 세상에 이모말고 누가 있겠어예.

담담한 얼굴빛에 침착하게 가라앉은 눈빛. 더 이상 어리고 가련하기만 한 존재가 아니라 인생의 한 구비를 의연하게 넘긴 것 같은 성숙한 인품마저 느껴졌다. 그렇지만 그 모습을 바라봐야 하는 마음은 끌로 긁는 것처럼 아팠다.

이 년 전 그날, 송이가 신라로 잡혀가게 됐다는 청천벽력 같은 소식에 왕궁으로 달려갔다. 수십 년 만에 가보는 곳이었다. 왕은 혼이 나가 버린 것 같은 얼굴이었다. 그날 오전 비 제막식에서 신라 왕에게 그 수모를 당하고, 또 오후에는 벌판에서 그 난리가 벌어진 끝에 송이가 잡혀갔다는 소식을 들었을 터이니 그럴 수밖에 없었을 것이다.

왕은 사색이 된 얼굴로 목간에 글을 적고 떨리는 손으로 봉니를 해 주었다. 다른 사람이 뜯어보지 못하도록, 나무 도장을 흙에 눌러 찍어서 그 모양을 목간에 눌러 봉했다. 돌아서는 뒤통수에 왕비의 눈길이 꽂히는 것도 같았으나 마음 쓸 겨를이 없었다.

왕의 글을 쥐고 무력지에게 달려갔다. 삼십여 년 전 안라에서 만났던 준수한 미소년이 풍상에 절은 장년이 되어 있었다. 머나먼 나라 인도에서 왔다는 허황후, 그 후손인 구야국 사람들은 다른 가야 여러 나라 사람들보다 선이 굵고 뚜렷하게 생긴 편이라고 하던, 그 옛날 태자가 들려주던 말이 문득 떠올라서 속이 아렸다. 세월은 그 굵고 뚜렷한 선을 두루뭉술하니 바꿔 놓았다.

무력지 장군의 침울한 얼굴을 바라보면서 아이 일신에 관한 일을 간추려 전하고 간곡한 부탁을 드렸다. 그렇지만 신라 왕 앞에서는 무력지도 역부족일 수밖에 없을 테니, 끝내 아이를 지켜 주지 못하고 말았다. 그래도 고마운 것은 송이를 서라벌로 데려간 후에 비밀 인편을 통해서 아이의 안부를 들려주고, 큰오빠가 멀리 왜 땅에서 송이를 위해 애쓰고 있다는 사실을 전해 준 것이었다.

송이에게 차마 전할 수 없는 말이 따로 있었다. 작년 초겨울이었다. 송이가 기어이 비사벌로 돌아왔다는 소식, 그것도 왕의 무덤에 순장당하기 위해 불려 왔다는 소문이 들려왔다. 이제 내 인생을 정리해야 할 때가 가까워지고 있었다.

이 모든 불행이 어디서 비롯되었는지 되짚어 보았다. 망해 가는 나라에서 태어난 것이 가장 본질적인 이유이겠지만, 제사장과 상수위가 내 불행을 부추긴 셈이기도 했다. 태자와 내 목숨을 부지토록 하기 위해 신라에 고할 수밖에 없었다는 제사장 말은 한갓 변명에 불과한 것이 아닌가. 배신자들에 대한 응징을 내 손으로 하리라. 왕의 목숨이 사위어 가고, 마침내 나라의 흔적이 깨끗이 없어져 가는 작금에 그들도 함께 사라져야 하는 것이 타당하지 않겠는가. 내 사사로운 원한 때문이 아니라, 비사벌을 위해서 결행을 해야 할 때라는 생각을 다졌다.

우선 제사장, 일평생 증오와 갈급에 쫓기며 살아온 그 인생의 사슬을 내가 풀어 주리라. 그렇게 해 주는 것이 그나마 그를 연민으로 대하는 것이고, 어린 날의 동무에 대해 배려를 베푸는 일일 것이다.

대대로 왕의 장례에 앞서 순장자들을 위해 쓰는 독을 제사장이 관리하고 있었다. 어떻게 그것을 빼낼 것인가 고심을 하고 있는 어느 날, 제사장이 사당으로 나를 불렀다. 그 앞에 외면한 채로 앉자, 주먹만 한 크기의 비단 주머니를 내밀었다.

― 이게 그대가 원하는 것이겠제? 또한 내 뜻이기도 하다. 왕이 있기에 내가 있었을 수 있었던 것이니, 내가 왕 앞에 먼저 죽는 것이 순리가 아니겠나.

평소보다 더 차분한 목소리에 평온한 얼굴이었다. 마음 정리를 이미 한 사람 같아 보였다.

― 비사벌 목숨들의 서글픈 사연들이라, 나도 왕도 그대도…… 또 나 때문에 죽어 간 목숨들도.

그의 입가에 처연한 웃음이 번지는 것을 망연히 바라봤다.

- 어느 날이든 밥에 넣어 주면 고맙게 잘 먹고 갈 것이다. 마지막 밥은 그대의 손으로 얻어먹고 싶구나.

나도 모르게 눈물이 쏟아져 내렸다. 단 한 번도 마음을 내준 적도, 진심으로 믿어 준 적도 없는 나에게 자신의 마지막을 맡기다니.

다음날, 제사장이 먹을 밥에 약을 섞으면서 울었다. 굵은 눈물방울이 약과 함께 밥에 섞여 들었다. 그렇게 일생의 원한과 일말의 연민이 밥 한 그릇으로 끝이 났다.

송이가 신전에 나온 다음날, 으뜸 궁녀가 왔다. 이제 순장 준비를 하기 위해 독을 왕궁으로 옮겨갈 시간이 닥쳐온 것이다. 마주 앉아서, 송이가 신라로 끌려가던 날 상수위가 벌판에서 한 짓을 일러 주었다. 다 듣고 난 으뜸 궁녀는 치를 떨었다.

- 사람의 탈을 쓰고 어찌 그런 일을 저지를 수 있단 말인가요. 흉년에 부모 잃고 떠도는 것을 거두어 글을 가르쳐 시종으로까지 삼아 준 태자가 아닌가요. 그런 태자를 고자질하더니, 이제는 송이까지 그래 되도록 만들다니요.

송이를 다시 비사벌로 불러오는 것이 상수위의 술수일 거라고 으뜸 궁녀도 어렴풋이 짐작은 했던 것 같았다. 그렇지만 이 년 전, 신라 왕의 면전에서 송이를 신라로 잡혀 가도록 하는 장난까지 쳤으리라고는 꿈에도 생각하지 못한 듯했다.
상수위는 그 자리에서 있었던 일에 대해 누구도 발설을 하
지 못하도록 입막음을 했을 것이다.

－송이가 나날이 그 인물을 대하면서 얼마나 마음고생이
많았을지. 왕이 돌아가시고 나면 그자는 온 비사벌이 제 것
인 양 활개를 치겠지요. 그 꼴을 어찌 눈 뜨고 볼지.

으뜸 궁녀의 앞으로 천천히 비단 주머니를 내밀었다.

－제사장 말이, 약이 넉넉하다고 했습니다.

으뜸 궁녀가 말없이 고개를 끄덕였다.

내가 실성해서 비사벌을 떠돌 때, 으뜸 궁녀의 언니가 그나
마 나를 수시로 돌봐 주었다. 집으로 들여서 더운밥을 먹여
주고 제대로 된 옷을 건네준 고마운 분이었다. 어머니의 먼
친척이라고 했다.

그 동생인 으뜸 궁녀는 다급할 때 도움을 청하면 언제나
소리 없이 보살펴 주었고, 왕의 마음을 대신하듯 늘 따뜻이
챙겨 주었다. 나를 애처롭게 바라보는 그 모습을 볼 때마다
왜로 떠나 버린 어머니가 생각나곤 했다.

작
별

^{송이}

송이야, 이제 가자, 이 세상을 같이 날아서…….
이승을 떠날 때라고 알려 주는 이모 목소리가
아득히 들리면서, 정신이 밀려 나가기 시작했다.
남은 의식의 마지막 자락인 듯, 육체를 빠져나가기
시작하는 영혼의 앞자락인듯, 바람 같은 무엇이
한 점 회오리의 중심부로 빨려 들어가는 것 같았다.
이어서 꿈처럼 잠처럼 몽롱하게 흐려지는…….

신전에서 지내는 이튿날, 아침부터 까치가 요란스레 울었다. 문득 구슬이 소식이 궁금해졌다. 아직 달뫼에 사는지, 아니면 벌써 어디로 시집을 가서 아이 엄마가 되었는지.

신전 구석구석을 돌아보면서 작별을 했다. 엄마 아버지 잃은 불쌍한 나를 품어 준 고마운 집. 이제 나는 또 다른 영원한 집을 찾아가야 한다. 제사장이 살던 귀틀집 사립문을 살그머니 밀어 보았다. 주인이 떠나 버린 집은 스산하기 이를 데 없었다. 제사장 어른은 약을 마시고 얼마나 고통스러웠을까.

연못가 정자도 한 바퀴 돌았다. 정자 안쪽 방에서 임금님을 처음 만났고, 안라국 왕자와 월광태자, 왜인이 모여 앉아 있는 광경을 보았더랬다. 그때 같이 있던 세 사람은 모두 신라의 칼날 아래 세상을 떠났다. 이제 또 한 사람의 목숨이 사라지려 하고 있다. 그 분의 목숨이 끝나는 날, 내 목숨도 세상에서 사라져야 한다.

살림채로 들어섰더니, 앞마당에 그루가 서 있었다.

- 아!

가만히 헤아려 보니 삼 년 만이었다. 그새 아주 청년이 다 된 것 같은 모습이 낯설어서 한참 동안이나 바라봤다. 그루는 그저 쳐다보러 온 사람처럼 가만히 서 있기만 했다. 예전에 나를 바라볼 때마다 손을 이마에 얹고 환하게 웃던 버릇은 이제 잊어버린 것 같았다.

- 왕궁에 갔더니, 여기 와 있다고 해서…….

그루의 눈이 그 옛날 소벌 호수처럼 출렁거렸다. 아, 너 그루는 한 그루 나무로, 나 송이는 한 송이 꽃으로 살게 될 줄 알았지. 세월이 순조로웠다면 소벌 기슭에서 오순도순 농사짓고 고기 잡으며 아들 낳고 딸 낳고 살았을 텐데. 신전도 왕궁도 서라벌도 모르고, 임금님도 아저씨도 만나지 않고 너만 바라보며 살 수 있었을 텐데.

그루가 윗옷 주머니를 들추더니 작은 금반지를 제 손바닥 위에 내놓았다.

- 쇠만 두드리다가 처음으로 만져 보는 거라서…….

얼굴을 새빨갛게 물들이면서 말을 더듬었다. 손을 뻗쳐 반지를 집어 왼손 약지에 살며시 밀어 넣었다. 딱 맞다고, 고맙다고 눈으로만 말했다. 옛날에 소벌 둑에 앉아서 감꽃으로 목걸이를 만들어 주더니, 이제 금반지를 건네주면서 이 세상 작별 인사를 전하는 내 동무.

그렇게 마주 서서 한참을 더 바라만 보다가, 그루가 천천히 돌아섰다. 등을 보이고도 가만히 서 있었다. 그 어깨가 조금씩 떨렸다. 그 모습을 향해 하고 싶은 말이 태산 같았다.

너는 네 부모의 일을 모를 테지. 그래, 아무것도 모르는 채로 살아라. 그저 소벌 기슭에서 아픈 몸으로 농사짓다가 큰물에 떠내려가 버린 가련한 아버지로만 알고 살아라. 왜 죽었는지도 모르는 엄마, 그저 그렇게 생각하면서 살아라. 죽간 때문에 매를 맞아 그렇게 된 네 아버지, 탁순국에서 끌려와서 노예살이를 하다가 갖은 고생 끝에 소벌 기슭으로 왔다는 네 엄마. 그렇지만 너를 낳자마자 그만 죽어 버렸다는 애처로운 엄마. 그런 이야기는 아예 알려고도 하지 말고 살아라. 너 혼자 이 세상에서 사는 게 많이 외롭기야 하겠지. 그렇지만 외롭지 않은 척, 씩씩하게 오래오래 잘 살아라. 저승에 가면 네 엄마 아버지도 만나겠지. 그루는 잘 있다고, 솜씨 좋은 야장이 되어 가고 있다고 전할게.

신전에서 자는 마지막 밤, 통곡을 하던 할머니는 기진한 듯 누워 있고 이모는 숨죽여 흐느끼고 있었다. 그래도 기어이 전해야 할 말이 있었다. 어제 왕궁을 나올 때, 임금님이 없는 힘으로 간신히 입을 열어 하시던 말씀.

- 신녀에게 전해라. 느티나무 다섯 그루 가운데에 잘 있더라고, 호위 무사가 가서 확인했다고, 목숨 걸고 지킨 보람이 있다고 해라. 그러니 영원히 바람 아래 잠들기를 기원하자고. 모르는 채로 있어야 목숨을 부지할 수 있었다고…….

듣고 난 이모가 한없이 울었다. 오래 울고 난 이모는 눈물로 세수를 한 듯 말간 얼굴이 되었다.

- 모르지, 오래오래 세월이 흐르고 나서 세상에 나올지도. 소목산 자락 어느 곳, 다섯 그루 느티나무가 나란히 서 있는

아래에서 어느 사람이 찾아낼지도 모르지.

아, 그때 내 넋도 그 광경을 볼 수 있기를, 그 가슴 벅찬 순
간을 임금님과 나의 넋이 지켜보게 되기를.

아침 일찍 신전을 떠났다. 임금님께 무슨 일이 일어나기 전
에 어서 돌아가야 할 것 같았다. 할머니는 내 뺨이 닳도록
얼굴을 비비며 통곡을 했다.

- 내가 같이 가 줄 수 있다면 얼마나 좋겠노. 니 혼자 그
길을 어째 가겠노.

할머니의 울음을 밟고 종종걸음으로 왕궁으로 돌아왔다.
언니 궁녀들은 하나같이 넋이 나간 얼굴을 하고 있고, 으뜸
궁녀는 황망하기 이를 데 없는 낯빛으로 임금님 방 앞에 서
있었다. 신도 제대로 벗지 않고 방으로 뛰어들었다. 왕비와
상수위가 임금님 앞에 앉아 있다가 놀란 표정을 지었다. 임
금님이 힘겨운 손짓으로 나를 불렀다. 허겁지겁 다가가서 얼
굴에 귀를 갖다 댔다. 임금님은 있는 힘을 다해 말을 하려고
애쓰는 듯 허공에 손을 휘저었다.

- 송이야, 내가 니 목숨을 거두어 가다니…….

땅으로 꺼져 들어가는 듯한 말소리를 겨우겨우 알아들었
다. 마지막 말이 끝나자마자 임금님의 손이 이불 위로 툭 떨
어졌다. 뼈만 남은 검은 얼굴에 움푹 들어간 눈이 휑하니 열

린 채로 내 얼굴을 올려다보고 있었다. 눈앞이 하얗게 바래면서 내 숨도 멈추고, 세상도 그대로 멈춰 버린 것 같았다.

남자 둘 여자 둘이 임금님 무덤에 묻힐 것이라고 했다. 같이 묻힐 남자는 호위 무사와 마부라고 했다. 서로 이종사촌 간인데 자원을 해서 한꺼번에 묻히게 됐다고, 아무래도 임금님을 제일 가까이서 모셨으니 자기들이 묻히는 것이 옳다는 말을 했다고 했다. 여기저기서 언니 궁녀들이 수근거리는 소리가 들렸다.

- 자매간인 어매들이 아직 살아 있다는데 이 일을 어짜노.
- 그러게. 사람 묻는 일은 인자 마지막이 되겠제?
- 그라믄. 죽은 사람 편하자고 산 사람 목숨을 끊어 파묻는 일은 끝이 나야지.

그러다가 내 모습이 눈에 띄면 허둥지둥 자리를 떠나곤 했다.

나와 같이 묻힐 여자는 아직 정해지지 않았다고 했다. 누굴까? 어느 언니 궁녀일까? 그 사람은 왜 묻히게 되었을까?

임금님이 돌아가신 지 엿새째 되던 날 밤에 왕비가 찾아왔다. 서늘한 눈길로 한참 동안이나 바라보다가 입을 열었다.

- 다음 생에는 부디 좋은 인연으로 만나기를 부처님께 빌마.

상수위도 찾아와서 물끄러미 쳐다보다가 뒤돌아섰다. 뒤이어 궁녀들이 모두 와서 차례로 나를 껴안고 울고 갔다.

잠도 꿈도 아닌 아득한 시간. 저만치 앞에서 아스라한 빛이 이끄는 대로 걸어갔다. 수많은 문이 내 앞에서 차례로 열리고, 이윽고 바닥도 기둥도 천장도 온통 황금으로 뒤덮인 눈부신 방에 들어섰다. 그곳에서 혼자서 춤을 추고 있는 여인이 있었다. 하늘을 향했다 땅을 향했다, 앞으로 나아갔다 뒤로 물러났다 하며 간절한 기원의 춤을 추어올리는 사람, 신녀 이모. 어느새 그 춤사위에 섞여든 저 사람은 누구인가. 아, 임금님이 이모를 얼싸안더니 빙글빙글 돌아갔다. 임금님의 입가에 미소가 번지고 이모는 햇살처럼 환하게 웃음을 흘렸다.

안개 같은 구름이 몰려오면서 어여쁘게 꾸민 꽃마차가 하늘에서부터 달려 내려왔다. 꽃마차 문이 열리면서 나타나는 얼굴들. 엄마, 아버지, 마루. 아, 그리운 얼굴들은 모두 하늘에 있었던가 보았다. 엄마 목소리가 아득하게 들려왔다.

– 송이야아, 송이야아…….

어서 달려가서 엄마에게 안기고 싶었다. 헐레벌떡 뛰어가는데 몸보다 마음이 더 먼저 달려갔는지 그만 풀썩 넘어져 버렸다. 엄마를 따라가야 되는데, 어떻게든 저 구름 위로 달려 올라가야 하는데, 너무도 답답해서 울음이 치밀었다. 그런데 그만 내 울음소리에 꿈이 깨 버렸다. 안타까운 풍경들도 모두 사라져 버렸다. 이불 속에서 한없이 울었다.

– 송이야, 자자. 그저 자자, 자자…….

으뜸 궁녀의 흐느끼는 소리를 들으면서, 차츰 담담한 마음이 들었다. 이미 울어 봐야 소용없는 일. 아, 안녕히. 내가 아는 모든 사람들, 그루, 그리고 아저씨.

서라벌 사람들이 믿는다는 인연, 옷깃만 스쳐도 인연이라는데 아저씨와 나는 어떤 인연으로 만났을까. 부처님 모시는 사람들이 믿는 대로 목숨이 돌고 돌아 다시 태어난다면, 아저씨를 정말 아저씨로 만나기를 빌어 보리라. 햇살처럼 따뜻하게 조카딸을 지켜봐 주시는 그 그늘 아래 정말 한 송이 꽃처럼 피어서, 만날 때마다 환하게 웃으며 지낼 수 있으리라. 이제 이 세상과 영원히 작별할 순간이 코앞으로 다가오고 있다. 엄마에게로 돌아갈 순간을 고요히 기다리고 있을 뿐.

마침내 이승에서 보낼 마지막 날이 밝아 왔다. 새벽에 상수위가 독살을 당한 채로 발견되었다고 왕궁이 잠시 술렁였지만 곧 잠잠해졌다. 언니 궁녀들이 내 앞으로 모여들었다. 모두 입이라곤 없는 사람들처럼 움직였다. 속옷부터 겉옷까지 차례대로 입혀 주고 머리를 빗겨 구슬 장식을 달아 주었다. 얼굴에 분꽃 가루를 발라 주고 입술에 붉은 색도 칠해 주었다. 지하 궁전이 화사해 보이도록 아리땁게 치장을 해 주는 것이리라.

단장의 마무리는 내 손으로 하겠다고 했다. 서라벌에서 받

아 온, 둥근 고리 끝에 산치자 모양의 장식이 세 개나 달랑
거리는 귀고리를 가만히 귓불에 밀어 넣었다. 비사벌 왕비나
신라 공주가 지니고 있는 것에 못잖게 화려한 탁순국 왕족
의 귀고리. 왼손 약지에서 빛나는 금반지도 가만히 만져 보
았다. 장차 비사벌 최고, 아니 삼한 제일가는 야장이 될 내
동무가 만들어 준 금반지. 이만하면 됐다. 왕녀처럼 당당하
게 비사벌 왕릉 속으로 걸어가자. 이 무서운 순간이 저절로
흘러가지는 않을 테니 차라리 내가 어서 이 시간을 넘어가
버리자. 그렇게 마음을 다잡았다.

길고 긴 어두운 회랑. 지난 오 년간, 아니 서라벌 나들이를
빼면 삼 년이 좀 넘는 동안 매일 무릎 꿇고 닦던 곳을 마지
막으로 걸어갔다. 회랑 양편으로 늘어선 언니 궁녀들이 하나
같이 울먹이면서 옷고름으로 눈물을 찍어 내는 모양이 내가
모르는 세상, 죽음이라는 곳으로 아름답게 걸어가라고 꽃잎
을 흩뿌려 주는 것 같았다.

어두운 회랑에 향기가 퍼졌다. 새봄에 소벌 기슭에 퍼지던
매화 향 같기도 하고, 초여름에 신전의 풀숲에 숨은 듯 피던
찔레꽃 향내 같기도 하고, 비사벌의 가을을 연연한 보라색으
로 물들이던 쑥부쟁이 냄새 같기도 한 그립고 안타까운 향기.

회랑 저편 방문이 열리더니, 으뜸 궁녀가 천천히 걸어 나와
내 앞에 섰다. 왕궁 뜰에 피어나던 동백꽃 송이가 툭 떨어지

듯, 굵은 눈물방울을 떨어뜨렸다. '아, 울지 마세요. 정말 고마운 분.' 그분의 손을 잡고 스르르 방으로 스며들었다.

검은 보를 덮은 탁자가 방 한가운데에 놓여 있고 그 위에 약그릇이 둘 올라앉아 있었다. 탁자 한쪽에 서 있는 검은 옷의 여인, 나와 함께 죽어서 임금님의 무덤으로 들어가야 하는 사람인 것을 알겠다. 얼굴마저 온통 검은 천으로 가리고 미동도 않고 서 있는 사람. 어쩌면 이모인지도 모르겠다는 생각이 얼핏 들었다.

여인이 약사발을 천천히 내 앞으로 밀었다.

- 먼저 마셔라.

땅속에서 울리는 듯 무거운 소리. 아, 이모! 살아도 산 것 같지 않은 목숨이니 죽어도 죽지 않는 목숨이 되자고, 죽어서 살아나 새 깃털같이 세상을 날아가자던 말뜻을 그제야 알아들었다.

약사발을 받아들고 어깨로 숨을 몰아쉬며 입술을 댔다. 부디 이모와 내 목숨을 아름답게 거두어 주기를, 제발 우리 두 넋을 평온하게 옮겨 주기를 빌면서.

내가 소벌 둑에 나와 앉아 있다. 자줏빛 구름 같은 자운영 방석에 앉아서, 푸른 물풀 너머 연둣빛 버들가지가 흔들리는 모습을 바라보고 있다. 어느 여름날, 신전 뒤뜰에서 창포물에 감던 이모의 머리채마냥 출렁, 깊고 윤기 나게 흔들리는 나뭇가지들.

꽃 피는 봄날에 웬 눈일까? 분홍 진달래 위에, 나비처럼 꽃잎처럼 흰 눈송이가 날린다. 꽃이 눈 같고 눈이 꽃 같다. 눈에서 꽃향기가 나고 꽃에서 눈 냄새가 난다.

눈 위에 오종종하니 새 발자국이 찍혀 있다. 새는 영혼을 실어 나르는 존재라고 했지. 내 넋이 되살아난다면 새가 되고 싶다. 훨훨 날고 종종 걸어서 어디든 갈 수 있을 테니까. 엄마 아버지와 이모와 임금님이 만들었다는 비사유록, 꼭꼭 숨어 있는 그 조각을 찾아내 입에 물고 와서 임금님께 보여 드릴 수 있다면 얼마나 좋을까.

– 송이야, 가자. 이제 가자. 이 세상을 같이 날아서…….

이승을 떠날 때라고 알려 주는 이모 목소리가 아득히 들리면서, 정신이 밀려 나가기 시작했다. 남은 의식의 마지막 자락인 듯, 육체를 빠져나가기 시작하는 영혼의 앞자락인 듯, 바람 같은 무엇이 한 점 회오리의 중심부로 빨려 들어가는 것 같았다. 이어서 꿈처럼 잠처럼 몽롱하게 흐려지는…….

기원

내 영혼과 그 아이의 영혼, 언젠가 다시 만날 것을
믿는다. 그때 송이의 열여섯 짧은 생애를 찬찬히
들어볼 수 있기를 기원한다. 간절히 바라기는 종적을
감춰 버린 죽간, 비사벌과 가야 역사가 다시 세상에
나오는 꿈같은 날이 오기를.

눈이 흩날렸다. 핏빛 단풍 위에 내려앉는 선연한 눈송이. 서설이런가, 헛된 희망이 어른거렸다. 그러나 송이는 눈송이 속에 마차에 실려 서라벌을 떠나갔다.

송이가 비사벌로 가고 나서 얼마 안 있어 제사장이 죽었다는 말이 들려왔다. 조정에서는 그 소식을 반겼다. 비사벌 제사장의 죽음은 신라 조정으로서는 부담을 더는 일이었다. 그것이 작년 초겨울의 일이었다.

해가 바뀌고 천지에 봄기운이 번져 갔다. 비사벌 왕이 죽었다는 소식이 조정에 전해졌다. 그것은 송이의 명이 얼마 남지 않았다는 말이기도 했다.

송이가 이 세상을 떠나가던 날도 봄꽃 위로 눈이 흩날렸다. 비사벌 쪽을 바라보고 서 있는 얼굴에 눈이 내려앉아 눈가가 젖었다. 송이는 고통스러운 순간을 어떻게 넘겼을까.

묻힐 사람들의 숨이 끊기고 난 다음 산 사람들 손이 바빠졌으리라. 왕의 시신을 무덤에 모시고, 발치에 호위 무사와 마부를 내려놓고 그 사이에 신녀를 눕혔다고 했다. 이어서 송이를 북쪽 벽 아래에 눕혔다고 들었다. 으뜸 궁녀와 나를 연결하는 인편이 되어 주었던 사람의 말이 그랬다. 예전에 내 휘하에 있었던 하급 무장으로, 그 역시 구야국 출신이었다.

자발없는 까마귀 울음이 길게 울리고 솔고개에 마지막 거대한 봉분이 생겨났으리라. 바로 두 해 전, 진흥왕 행차 때 세워진 우람한 척경비가 바라보이는 자리. 주인 잃은 왕궁이 저만치 보이고 그 너머로 멀리, 이제 비사벌의 명실상부한 주인이 된 서라벌이 기세 좋게 펼쳐져 있으리라.

왕은 죽어서도 영원히 살 것이다, 그 선조들이 그랬던 것처럼. 붉은 칠을 한 궁궐 안에서 금관에 은허리띠를 두르고 비단옷에 구슬을 늘어뜨리고서, 마부를 부려 말을 타고 호위무사를 거느리고 산책을 할 것이고 송이와 더불어 재미난 이야기를 할 것이다. 그리고 검은 옷의 여인, 신녀와 못다 한 사랑을 나눌 것이다. 비사벌 마지막 왕은 죽어서야 마침내 행복한 시간을 누리는지도 모를 일이다.

비사벌 왕의 장례 소식은 조회가 끝날 무렵에 지나가는 이야기처럼 나왔다.

— 그래, 비사유록인가 뭔가 하는 죽간에 관련된 인간들은 이제 모두 깨끗이 처리된 거렸다. 고구려에는 유기가 백제에는 서기라는 사서가 있고, 우리 신라에는 국사가 있소. 그런데 감히 비사벌국이 우리보다 먼저 나라 역사를 적다니 참람하다고 할 밖에. 거칠부공, 그렇지 않소?

— 예. 이를 말씀이옵니까.

신라 역사를 적은 '국사'를 집필한 주역인 거칠부가 급히 한 걸음 앞으로 나와 허리를 숙였다. 거칠부는 일찍이 고구려를 수차례나 드나들며 획득한 정보를 바탕으로 신라 영토를 획기적으로 넓힌 혁혁한 공신이었다. 고구려 고승인 혜량 법사를 모셔와 신라 승려 최고의 자리인 승통에 올리고, 불교를 나라 종교로 삼도록 공헌한 사람이기도 했다. 게다가 딸이 곧 태자 동륜의 비가 될 것이라고 하니, 영원무궁한 영화를 보장받아 놓은 것과 진배없다고 할 것이다.

- 괘씸한 인간, 비사벌 왕이라는 자를 지금껏 살려둔 이유가 죽간의 행방을 찾으려고 한 것이라는 것을 몰랐단 말이던가, 하하하. 게다가 이왕 살려둔 것, 저절로 목숨이 다할 때까지 기다려 주는 은덕까지 베풀었건만 그자가 하마 내 마음을 알아줄는지 모르겠구나.

- 폐하의 성총으로 이제껏 목숨을 부지해 왔으니 지하에서도 감사를 드릴 것이옵니다.

다른 관리 한 사람이 재빨리 아첨을 올렸다.

- 비조부공, 그대 집안이 나라에 기여한 공로가 참으로 크도다. 누이는 가라국으로 보내서 신라를 돕도록 하더니, 질녀는 비사벌국으로 보내서 만사가 평정되도록 공을 세우지 않았나.

이름이 불리자마자 비조부가 황망히 앞으로 나와 엎드리며 우는 소리를 냈다.

─ 소신을 죽여 주소서. 소신이 그때 죽간 일을 제대로 처리하지 못한 죄가 크옵니다.

─ 무슨 그런 말을 하는가. 너무 잘하려고 하다 보니 실수가 있었던 게지. 그대 질녀를 서라벌로 불러오라. 자식도 없으니 다시 신라 왕족으로 서라벌 드넓은 땅을 다니며 인생의 기쁨도 누리면서 살도록 하라.

─ 황송하옵니다, 폐하.

─ 아, 그러고 보니 그대 처가가 가라국 왕실이구만. 호조공의 소실로 있다가 그대와 통한 그 가야 공주가 도설지 고모지, 아마.

비조부는 번개를 맞은 듯 고개를 쳐들다가 다시 바닥에 고개를 처박았다. 왕은 표정이 풍부했다. 비웃음이 돌던 얼굴에 금세 부드러운 빛이 번져 갔다.

─ 부인을 잘 위로해 주도록 하라. 아들 문노를 잘 키우라, 신라의 동량이 되도록.

─ 폐하.

공을 좀 세웠다고 날뛰는 꼴은 보지 않겠다는 일침일 것이었다. 저 젊은 나이에 저렇게 노회할 수 있다니. 비조부는 울다가 놀라다가 또 울다가 왕 앞에서 물러났다. 그는 내 눈길을 피해 시선을 깊이 내리깔았다.

방문을 닫아걸고 한없이 울었다. 가야 사람들은 하나같이 목숨 부지를 하지 못하고 떠나지 않았는가. 주야로 폭음을 했다. 며칠이나 지났을까, 스승 이사부의 목소리가 들려왔다.

- 문 열어라, 어서!

황망히 문을 열자 스승은 내 어깨에 죽비를 내리치며 번개 같은 호통을 쳤다.

- 나서라.

저 남쪽, 두류산(지리산) 자락에 있는 골짜기까지 끌려갔다. 돌무덤, 뻬죽뻬죽한 돌을 쌓고 또 쌓아 놓았다. 구야국 마지막 왕, 내 아버지가 그 아래 누워 있다고 했다.

- 버려두고 떠나면서 참으라는 말 한마디만 남기셨지요.

- 자네 부친이야말로 현명한 선택을 한 게 아니더냐. 자네 하나를 내주는 것으로 다른 자식들을 살리고 백성들을 보호할 수 있었던 게 아니냐.

- ······.

- 참으라는 말만 해도 그렇다. 사나이로 태어나서 한평생 참아야 하는 것, 그게 무엇이며 무엇 때문이라고 생각하느냐.

스승은 깊은 눈길로 나를 바라봤다.

- 나도 지금껏 참자 참자고 나를 다잡는다. 하기사 왕도 그럴 것이다. 왕위를 두고 벌어진 암투 속에 일곱 살 나이에 옥좌에 올라 태후의 수렴청정 십 년 동안 말 한 마디도 제대로

못했던 사람이 아니냐. 누구든 한평생 살아 내자면 참아야 할 일이 태산 같을 것이다.

- ······.

- 자네 부친은 믿었을 게다. 신라 땅에 남겨 두고 가는 아들이 허망하게 묻혀 버리지 않을 존재가 될 것이라고 확신했을 것이다. 제일 아끼던 자식을 버려두고 가는 마음이 어땠을지, 그 생각은 해 보지 않았느냐.

내 아버지의 마음이라니. 송이를 떠나보내던 날 따갑던 내 마음, 그보다 천배 만 배 더한 아픔이었을까. 전선에 나간 자식을 찾아 적진으로 달려왔던 백제 왕, 그보다 백배 천배 더한 애틋함이었을까. 수리를 잃어버린 가슬의 심정, 그와 같았을까.

- 자네 부친이 돌무덤에 누워 있는 연유가 무어라고 생각하느냐? 나라를 잃었으니 백성들 보기가 미안해서? 그렇기도 하겠지. 그런데 내 생각으로는 누구보다도 자네를 위해서 그랬다고 본다. 구야국의 흔적조차 없어져야 자네가 신라에서 살아남을 수 있을 거라 생각했을 게 아니겠나.

- ······!

문득 스승이 돌무덤 앞쪽으로 다가갔다.

- 아까 이상한 게 보이더라만······.

절을 했던 자리, 내가 머리를 조아렸을 지점에 누르스름한

게 눈에 띄었다. 손으로 흙을 치우고 나자 손바닥 서너 개를 맞붙여 놓은 크기의 나뭇조각에 글씨가 적혀 있는 것이 드러났다.

'구야국인 구형 신라장군 무력지부.' 열네 자, 아버지 필체였다. 글씨가 없어지지 않도록 끌로 굵게 파 놓았다. 비에 휩쓸려 가지 않도록 땅에 깊이 박아 놓았다. 묘지 표석을 대신해 만든 것인가, 그러면 당신 손수 적었을 리는 없을 터. 그게 아니라면, 아, 그러면 나에게 보내는 목간인 것인가.

구야국 왕이란 말은 없고, 구형이라는 이름과 함께 무력지의 아버지라는 것만 적어 놓았다. 무력지의 아버지였고 무력지의 아버지이기를 원한다. 구야국 사람이되 신라 장군이 된 아들을 가진 아버지, 그것이 아버지가 남기고자 하는 당신의 역사인가. 언젠가 찾아 줄 아들을 위해 손수 목간에 적어 둔 당신의 변명인가. 아니면 부디 아들의 목숨을 보전해 주십사고, 신라 왕에게 다시 당부하는 애타는 부정의 기록인가. 그도 아니면, 해 줄 것이 아무것도 없는 아비가 아들을 위해 올리는 간절한 기원인 것인가. 아, 아바님. 이 나이 먹도록 이토록 불민한 자식을 어찌하오리까.

아버지 무덤 앞에서 울고 또 울었다. 걷잡을 수 없는 원망과 봇물 같은 눈물이 빠져나가자 껍데기만 남은 것처럼 한없이 헛헛했다. 남은 세월을 무슨 힘으로 지탱해 나가나 하는 막막함이 가슴을 메웠다.

돌아오는 길에 옛 구야국 도읍으로 들어갔다. 다시는 찾아가지 않겠다고 다짐했던 곳, 그래도 꿈에도 돌아가 보고 싶었던 고향이었다. 억새 우거진 왕궁 터에서 지난날이 살뜰히 그리워 여러 바퀴를 돌았다.

삼십 년 세월은 강산을 바꿔 놓았다. 빛이 바래 버린 산과 들과 강과 바다. 사람들 몰골은 쥐어뜯다 만 듯 초라하고 처참했다. 아아, 이 백성들을 어찌할 것인가.

그 옛날에 아버지를 앞세우고 삼형제가 같이 항복하러 가던 용당나루를 지나 황산강을 달리고, 이미 옛날에 신라 땅이 된 미리미동국(*현 경남 밀양 소재)과 이서국(*현 경북 청도 소재)을 지났다. 산허리마다 복사꽃이 붉게 물들어 있었다.

말 위에서 흔들리면서 생각하고 또 생각했다. 앞으로 무엇을 위해 무엇을 할 것이냐. 무엇을 추구하든, 내가 내 존재를 긍정하는 일부터 시작을 해야 할 것이 아닌가. 신라와 가야를 가르는 마음에 일생 괴로웠지만 이제는 극복을 해야 한다. 가야 사람, 구야국 출신이되 신라 사람이 되어야 할 것이다. 그렇게 함으로써만 더 큰 무엇을 얻고 이룰 수 있는 게 아닌가. 그게 내 아버지가 저 돌무덤 속에서 염원하는 것, 또 늙은 스승이 수백 리 길을 같이 달리면서 간절히 전해 주고자 하는 말이 아닐런가.

스승은 서라벌 내 집 앞까지 따라와 주었다. 말머리를 돌리던 스승이 지나는 이야기처럼 흘렸다.

- 도설지는 산으로 들어갔다. 대왕의 은혜가 있었다. 반란은 괘씸하나 목숨은 이어 주자고.

아, 태상태후와 내 아내의 어머니인 소지왕비는 아버지 다른 남매들을 낳았다. 도설지의 어머니, 비사벌 왕비의 아버지, 그리고 비조부가 바로 그들이다. 그러니 태상태후 낯을 봐서 그 여동생의 아들을 살려 주었다는 말인 것이다.

- 그때 내걸린 목은…….

- 날이면 날마다 벌어지는 싸움, 주인 없는 목 하나 얻어 오는 게 일이겠나.

- 같이 내걸렸던, 탁순국 태자는…….

- 그것까지는 모르겠다만.

- 도설지가 요행 목숨을 부지했다 해도 그저 산속에서 명만 이어 갈 뿐이겠지요.

- 그 또한 대왕의 은혜가 아니겠나. 자네나 나나 살아 있는 것만으로도 은혜를 입었다 생각하자. 목숨보다 값나가는 게 세상에 더 있겠나. 목숨을 이어 가는 것, 그게 자네가 구야국에 입은 은혜를 갚는 길이라는 것을 명심해라.

어쩌면 진흥왕이 크나큰 은혜를 내렸다고 해도 좋을 것이다. 가야 사람의 목숨을 그래도 둘이나 살려 주어서 가야라는 존재를 남기도록 해 준 것이다. 나와 도설지, 가야를 대표하는 두 나라인 구야국과 가라국 왕자는 이렇게라도 역사에 흔적을 남기게 되는 것이리라.

- 알아 두거라. 이 모든 게 다 대왕의 은덕이다. 나는 미처 생각지도 못한 것을 왕이 불러서 일러 주셨다.

- ……

- 그 옛날 법흥왕 앞에서 젊은 자네를 처음 보면서, 나는 저 동해보다 더 창창한 희망을 품었더니라. 내 안목이 결코 헛되지 않았음이 자랑스럽구나. 자네 용맹과 포부로 나라를 일으켜 떠받치리라 믿는다.

말에서 내려 스승께 큰절을 드렸다. '스승님의 축원이 이뤄지기를 저도 간절히 기원하겠습니다. 아버지 같은 스승, 저도 누군가에게 그런 존재가 되고 싶습니다.'

다음날 새벽, 꿈을 꾸었다. 내 집 남동쪽 채마밭을 일구다가 문득 안채 쪽을 바라보았다. 집 뒤쪽이 환해지면서 하얀 물이 엄청난 기세로 쏟아져 내리고 있었다. 물은 채마밭까지 흘러와서 발치를 넘어 서서히 차오르기 시작했다. 작은 언덕이 보여서 그 위로 기어올랐다. 그 정상에 검은 바위가 있기에 올라탔다. 바위가 아주 천천히 돌아섰다. 나를 쳐다보면서 껌뻑껌뻑 눈을 맞추는 거대한 거북이.

278

길조다. 쏟아지는 옥수에 거북이라. 육백여 년 전, 내 선조인 구야국 수로왕의 탄신을 예고했던 거북이가 아닌가.

해가 바뀌어 드디어 아들을 낳았다. 서현이라고 이름을 지었다. 나는 아이를 바라보면서 소리 없이 되뇌었다. 참을 줄 아는 인간이 되기를, 그러나 강단 있는 인물이 되기를, 그래서 가야의 설움을 제 힘으로 벗어던질 수 있는 존재가 되기를.

사는 것은 여전히 어지럽고 두려운 일이었지만, 아이의 웃음을 만나면 봄바람 같은 훈김이 가슴에 밀려오고 슬그머니 희망이 솟아나기도 했다. 자식 키우면서 부모가 철들고 사람이 되어 간다더니, 뒤늦게 찾아든 아이를 통해서 다시 인생을 배워 나갔다. 내 부모도 나를 이렇게 키웠던가. 그럴 때마다 하늘을 올려다보며 용서를 빌었다. 아아, 아바님……

아이라는 존재의 근원을 하루에도 몇 번씩 생각해 보곤 했다. 이 아이는 누구인가. 혹 내 아버지의 선물, 미욱하기 그지없는 이 자식을 철들게 하려고 보내신 존재인가. 아니면 아내가 오래 발원한 공덕으로 부처나 신령이 점지해 준 목숨인가. 그도 아니면 한 가련하고 애틋한 넋이 새 몸을 받아 다시 내 집으로 찾아든 것인가. 제대로 지켜 주지도 못한 무력한 나를 위로해 주려고 태어난 고마운 존재는 아닌지.

때때로, 한없이 미안하고 끝없이 무참한 내 가슴에 울릴 송이의 목소리. 내 조롱 속에 날아들었다가 울면서 떠나간 한 마리 어여쁜 새. 내 영혼과 그 아이의 영혼, 언젠가 다시 만날 것을 믿는다. 그때 송이의 열여섯 짧은 생애를 찬찬히 들어볼 수 있기를 기원한다. 간절히 바라기는 종적을 감춰 버린 죽간, 비사벌과 가야 역사가 다시 세상에 나오는 꿈같은 날이 오기를.

빛 뜰、송이

옛 비사벌 땅인 경남 창녕. 순장 소녀가 발굴된 송현동 고분 앞 아담한 박물관에 비사벌 유물들이 전시되어 있고, 그 맞은편으로 '진흥왕 행차길'과 '송현이 길'이라는 걷기 길이 열려 있다. 삼한 땅을 호령했던 신라 진흥왕과 역사에 그 존재조차 기록되지 못한 비사벌 소녀, 송현이의 이름을 딴 길이 나란히 나 있는 모습. 천오백여 년 후의 길 위에서만은 두 사람이 누리는 무게는 동등하다.

철따라 진달래가 무리 지어 피기도 하고 억새가 물결처럼 휘날리기도 하는 그 길을 따라 그 옛날 진흥왕이 비사벌로 와서 척경비를 제막했을 테고, 비사벌 소녀는 까치발을 하고 그 모습을 멀리서 지켜봤을는지도 모르겠다.

오랫동안 송현이를 품고 있었던 옛 비사벌 땅 창녕은 나에게 각별한 곳이다. 시부모님께서 내 아이를 키워 주신 곳이고 장차 내가 돌아가 노년을 갈무리할 곳이다. 그래서일까 송현이의 등신대와 처음 마주한 순간, 마치 이웃집 아이처럼 친근하고 각별한 느낌이 들었다. 열여섯 어여쁜 나이에 순장을 당한 그 소녀를 오랫동안 마음에 품어 왔다.

천오백여 년 동안 자신의 형체를 온전히 지켜 온 것은 어쩌면 어떤 절절한 염원, 또는 강렬한 기원이 있었기 때문은 아닐까. 누군가 자신의 이야기를 들어 줄 그날을 기다리며, 어두운 무덤 속에서 지탱해 왔는지도 모를 일이다. '빛 뜰', 햇살 환한 땅 비사벌에 다시 살려 내서 그 넋을 위로해 주고 싶었다.

소녀를 순장해 버린 나라, 비사벌국은 역사를 남기지 못했다. 비사벌국을 비롯한 가야 여러 나라는 육백여 년을 이어 왔다지만 그 존재는 역사에서 사라져 버렸다. 사라진 나라에서 태어나 무덤에 묻힌 소녀의 이야기도 잊혀 버렸다.

그 역사의 빈 공간을 소설로나마 채워 보고 싶었다. 지난 이 년 동안 '송이'와 '신녀'를 간절한 마음으로 만났다. 기록에 남아 있는 무력지를 절절한 심정으로 찾고 공부했다. 그리고 상상을 통해 복원하는 작업을 했다. 어쩌면 가야 역사의 뒷장에도 이런 사연이 있었을지도 모르지 않는가. 기록에서 사라지고 기억에서 잊힌 나라, 가야. 그 가야가 이 이야기를 통해 되살아나기를 바란다면 너무 원대한 꿈이런가.

사학도 출신답게 선뜻 출판을 허락해 주고, 일일이 살펴서 소설로서의 꼴을 갖추도록 만들어 준 하루헌 배정화 대표께 깊은 감사를 전한다. 진실하게 모니터를 해 준 이세은 씨와 여러 지인들께 감사 인사를 전한다. 가야와 신라에 대한 공부를 도와준 여러 저술과 자료의 저자들께도 머리 숙여 감사드린다.

  이 소설을 신라 땅 경주에서 살다 가신 친정 부모님과 비사벌 땅 창녕에서 살고 계신 시부모님께 바친다.

2014년 8월
이미희

참고문헌 및 자료 (저자명 가나다 순)

1. 강병국 『우포늪』 지성사 2003

2. 국립가야문화재연구소 『1500해앞 16살 여성의 삶과 죽음』
   국립가야문화재연구소 2009

3. 국립김해박물관 『국립김해박물관 들여다보기』 통천문화사 2009

4. 권주현 『가야인의 삶과 문화』 혜안 2009

5. 김갑동 「신라와 백제의 관산성 전투」 『백산학보』 52집 1999

6. 김기흥 『천년의 왕국 신라』 창작과 비평사 2000

7. 김태식 『미완의 문명 7백년 가야사』 1,2,3 푸른역사 2002

8. 박창희 『살아있는 가야사 이야기』 이른아침 2005

9. 부산·경남 역사연구소 『시민을 위한 가야사』 집문당 1996

10. 부산대학교 한국민족문화연구소 『한국 고대사 속의 가야』 혜안 2001

11. 신라사학회 『신라 속의 사랑, 사랑 속의 신라』 경인문화사 2006

12. 유홍준 『나의 문화유산답사기 일본편 2』 창비 2013

13. 이도흠 『신라인의 마음으로 삼국유사를 읽다』 푸른역사 2000

14. 이소정 『가야사 이야기』 리젬 2011

15. 이영식 『이야기로 떠나는 가야사 역사여행』 지식산업사 2009

16. 이영희 『노래하는 역사』 조선일보사 1994

17. 이점호 『잊혀진 왕국 가야』 선우미디어 2000

18. 이종욱 『신라의 역사 1』 김영사 2002

19. 이종욱 『화랑세기로 본 신라인 이야기』 김영사 2000

20. 이하석 『삼국유사의 현장』 문예산책 1995

21. 창녕군·국립김해박물관·국립가야문화재연구소·고령군 『비사벌』 2010

미처 언급하지 못한 논문, 인터넷 기사, 기타 자료의 저자들께도 감사드립니다.

잃어버린 왕국 가야에서 온 소녀

초판 1쇄 발행 2014년 9월 3일

지은이 이미희
발행처 하루헌
발행인 배정화
  주소 서울시 서초구 방배로 43길 5, 1-1208 (우편번호 137-829)
  전화 02-591-0057
홈페이지 www.haruhun.kr
이메일 hrhbook@gmail.com

공급처 (주)북새통
  주소 서울 마포구 서교동 465-4 광림빌딩 2층 (우편번호 121-842)
  전화 02-338-0117
  팩스 02-338-7161
이메일 thothbook@naver.com

디자인 땡스북스 스튜디오

※ 잘못된 책은 구입하신 곳에서 교환해 드립니다.
※ 가격은 뒤표지에 있습니다.
  ISBN 978-89-969574-2-3

※ 이 도서의 국립중앙도서관 출판예정도서목록(CIP)은 서지정보유통지원시스템
  홈페이지(http://seoji.nl.go.kr)와 국가자료공동목록시스템(http://www.nl.go.kr/
  kolisnet)에서 이용하실 수 있습니다.(CIP제어번호: CIP2014020155)